本书由中国敦煌石窟保护研究基金会资助出版

施秀萍 著

甘肃教育出版社

图书在版编目（CIP）数据

念念敦煌 / 施秀萍著. -- 兰州 : 甘肃教育出版社，
2024. 9. -- ISBN 978-7-5423-5936-0

Ⅰ. I253

中国国家版本馆CIP数据核字第2024EC0840号

念念敦煌

施秀萍　著

责任编辑　李冰紫
助理编辑　谢修平　马逸飞
装帧设计　石　璞

出　版　甘肃教育出版社
社　址　兰州市读者大道 568 号　730030
电　话　0931-8773145（编辑部）　0931-8773056（发行部）
传　真　0931-8435009

发　行　甘肃教育出版社　印　刷　兰州银声印务有限公司
开　本　787 毫米×1092 毫米　1/16　印　张　26.5　插　页　2　字　数　228 千
版　次　2024 年 9 月第 1 版
印　次　2024 年 9 月第 1 次印刷
书　号　ISBN 978-7-5423-5936-0　定　价　108.00 元

念念
敦煌

序

作为敦煌文化的实物遗存代表，莫高窟无疑是王冠上最璀璨的那颗明珠，被誉为文化圣殿。

施秀萍是一位多年从事文化报道的记者，如扎根大漠的莫高窟人一样，对莫高窟、对敦煌文化有着深深的热爱和眷恋。她长期关注敦煌，书写敦煌，以多年创作积累而成《念念敦煌》，分"典范与高地""千年莫高""可爱的敦煌人"三部分，生动记录了令人向往的敦煌以及动人的敦煌故事。

2019 年 8 月，习近平总书记在敦煌研究院座谈时强调，要努力把研究院建设成世界文化遗产保护的典范和敦煌学研究的高地。"典范与高地"主要记述了敦煌研究院围绕"典范""高地""数字敦煌"等建设的发展历程及取得的喜人成绩，以及弘扬敦煌文化，传承莫高精神，讲好敦煌故事等方面的典型做法。

"千年莫高"收录了多篇"莫高窟创建1650周年"系列报道，分为开窟篇、营建篇、发现篇、看守篇、基础保护篇、窟体保护篇、环境保护篇、本体保护篇、开放篇、共赢篇、临摹篇、数字篇、传播篇、回归篇等14个篇章。从公元366年乐僔在三危山敲响第一声锤音开始写起，详细梳理了莫高窟的营建历史、时代背景、巨大价值，以及莫高窟惨遭劫难再到国人凹纪觉醒开始保护，尤其是以常书鸿、段文杰、樊锦诗等为代表的代代"莫高窟人"扎根大漠，不忘初心，使莫高窟走出无人管理的困局，一步步成为名扬四海的文化宝库的历程。

这14个篇章均以时间为主线，事件为副线，既独立成篇，又紧密关联，文章既注重莫高窟营建、发展的时代背景，又注重从细节上描写莫高窟壁画、彩塑等艺术的独特价值。从细微处刻画代代"莫高窟人"围绕"保护、传承、弘扬"宗旨，所付出的艰辛努力和感人故事，力求以兼具纪实性与可读性的文字，回顾莫高窟走过的跌宕起伏的千年岁月，触摸这块文化瑰宝来之不易、存之亦艰的历史辙痕。

往事越千年。跌宕起伏的敦煌往事令人牵挂，可敬可爱的敦煌人同样令人钦佩、感动和铭记。怀着深深的敬意，作者将一个个可爱的敦煌人的事迹倾注笔端，通过发自内心的朴实文字，向他们致敬，也希望通过朴实的记录让更多的人认识这些可爱的敦煌人。

他们，有些是扎根大漠、奉献一生的"莫高窟人"，既有"时代楷模"——敦煌研究院保护利用群体，"国家卓越工程师团队"——敦煌研究院文物保护团队，"全国三八红旗手"——敦煌研究院文化弘扬部团队等群体，也有"敦煌的女儿"——樊锦诗，"大国工匠年度人物"——李云鹤等个体，他们眼里、心里都全是敦煌。有些人虽身处异地，但他们是心心念念心属敦煌的敦煌人，或从事美术创作、或创作纪录片，都离不开敦煌，绕不开敦煌。认识了这些可敬可爱的敦煌人，也就能感知到，为何敦煌总是那么有魅力。

一念，敦煌；再念，还是敦煌。从这个角度讲，作者也早已是敦煌人了。

苏伯民

2024 年 9 月 13 日

目录

千年莫高

可爱的敦煌人

典范与高地

DIANFAN
YU
GAODI

为敦煌学走向世界构筑高地

——访敦煌研究院党委书记赵声良

敦煌，承载着世界的目光。

敦煌学，从 20 世纪初发轫至今，一直牵动着一代又一代有志之士的心，并为之不懈奋斗，最终从"敦煌在中国，敦煌学在国外"的境遇一步步走向了今日"敦煌在中国，敦煌学在世界"的喜人局面。近日，记者专访了敦煌研究院党委书记赵声良，一同走进敦煌学发展的百年历史长廊。

记者：敦煌学作为国际显学，其起源是怎样的？

赵声良：众所周知，敦煌学的起源与敦煌藏经洞的发现密切相关。藏经洞位于莫高窟第 16 窟甬道北壁的第 17 窟。1900 年 6 月 22 日，莫高窟道士王圆箓在清理第 16 窟积沙时，无意间发现了藏经洞，洞内出土了公元 5 世纪至 11 世纪初的宗教经卷、社会文书、中国四部书、非汉文文献以及绢画和刺绣文物等共计 6 万余件。

赵声良

　　发现藏经洞的消息很快被往来于中国新疆和中亚地区的外国探险家获悉。斯坦因、伯希和、吉川小一郎、奥登堡等英、法、日、俄等国的"掠夺者"接踵而至，相继攫取大量文物，后流散于英、法、日、俄等国的众多公私收藏机构，吸引了西方许多汉学、藏学、东方学等领域的学者竞相研究，特别是法、英、俄、日等国产生了一批在国际学术界有影响力的敦煌学研究成果，使敦煌学成为一门世界性学问。

　　可以说，藏经洞的发现，是人类近代文化史上的一次重大发现，推动了东西方学者的竞相整理和研究，并在20世

纪30年代开始形成了一门新兴学问——敦煌学。

记者：敦煌学主要研究对象和范围是什么？随着时代发展，有何变化？

赵声良：敦煌学研究对象主要包括敦煌藏经洞文献和敦煌石窟艺术。随着时代发展，敦煌学研究范围不断延伸扩展，涉及宗教、艺术、历史、地理、经济、语言文字、民族、民俗等众多领域，属于交叉学科，其中也包括粟特文、

赵声良与敦煌学年轻学者一起进行学术讨论

回鹘文、吐火罗文等"绝学""冷门"领域。又继续扩展延伸至对丝绸之路历史，中国西部古代民族文化以及中亚、西亚及南亚古代文化与中国古代文化的历史研究，可以说敦煌学研究内涵丰富，包罗万象。

记者：从"敦煌在中国，敦煌学在国外"到"敦煌学回归中国"，几代敦煌学人是如何赓续接力的？敦煌学传承经历了怎样的发展历程？

赵声良：由于 20 世纪上半叶复杂的社会因素，我国的敦煌学研究发展比较缓慢，学者和成果较少，国际上一度流行"敦煌在中国，敦煌学在国外"的说法，这极大地刺痛了中国学者的自尊心。

让敦煌学回到中国是几代学者的梦想。但藏经洞文物流散于世界多国收藏机构，这给中国学者的研究带来极大困难和不便。20 世纪初在法国巴黎大学留学的陈寅恪，是第一个看到国外敦煌资料的中国学者。他推动了敦煌学研究的发展，指出"敦煌学者，今日世界学术之新潮流"，是第一次提出"敦煌学"这个学科概念的学者。他还号召学者使用好遗留的敦煌文书，做好敦煌学基础研究。

1935 年至 1938 年，向达在欧洲调查和研究流散的敦煌

文书期间，抄写了数百万字的敦煌文书，为后来国内敦煌学的研究提供了极为珍贵的第一手资料。

1944年1月1日，国立敦煌艺术研究所正式成立，这是我国成立最早的研究敦煌学的专门机构。在常书鸿的带领下，研究人员开始临摹工作，为开辟敦煌石窟研究新领域迈出了可喜的第一步。

1950年，敦煌艺术研究所更名为敦煌文物研究所，常书鸿继任所长。20世纪五六十年代，是敦煌彩塑和壁画临摹的黄金时期。段文杰、史苇湘、李其琼、霍熙亮等前辈临摹了大批敦煌石窟中经典的代表性壁画和彩塑，在国内外举办展览，在弘扬敦煌艺术的同时，引起了一些专家学者对敦煌石窟艺术和图像的关注和研究。

无论是20世纪80年代初接替常书鸿担任所长，还是1984年担任敦煌研究院院长，其间，段文杰对我国及敦煌文物研究所的敦煌学研究现状都感到焦虑不安。他呼吁：要抓紧时间，急起直追，多出成果，才能赶上国际学术界前进的步伐；要迅速提高研究水平，逐步扩大敦煌文物研究的领域，逐步拿出一批有分量的研究成果，改变"敦煌在中国，敦煌学在国外"的现状，为国争光！

段文杰率先垂范，夜以继日，先后写出《早期的莫高窟艺术》《唐代前期的莫高窟艺术》《唐代后期的莫高窟艺术》

《晚期的莫高窟艺术》等论文，概括出了一部相对完整的敦煌石窟艺术发展史。在他的带领下，经老中青三代研究人员共同努力，除发表大量学术论文外，还出版了《敦煌莫高窟内容总录》《敦煌莫高窟供养人题记》《中国敦煌壁画全集》等一系列出版物，敦煌研究院也从过去以临摹为主，拓展到石窟考古、石窟艺术、石窟图像、敦煌文献、历史地理、民族宗教等多领域的研究，产生了一批在国际上有影响力的研究成果，敦煌研究院这个科研团队也在国内外学术界引起了广泛的关注与好评。

这一时期，还有不少人为敦煌学发展作出了积极贡献，值得一提——

1982年，敦煌研究院创办了国内最早的敦煌学专业期刊《敦煌研究》，从不定期，到季刊，再到双月刊，研究范围不断扩大，至今已出版200期，成为国际敦煌学界最有影响力的专业核心期刊。

1983年，季羡林担任会长的敦煌吐鲁番学会成立，有计划地组织全国相关高校、科研院所奋起直追，广泛深入开展敦煌学各领域的研究，以丰硕成果为敦煌学当代发展作出了重大贡献。

20世纪80年代初，北京大学、兰州大学、中国社科院等相继成立敦煌学研究机构，开设敦煌学相关课程，培养专

业人才队伍，保证了我国敦煌学研究事业后继有人。

1984 年至 1998 年，季羡林率领敦煌学界编写了《敦煌学大辞典》，对总结国际敦煌学的研究成果并向大众普及敦煌学知识发挥了重要作用。

经过近 40 年的努力，我国在敦煌学的几乎所有领域都出现了一批研究有素、成果卓著的学者，贡献了数以千计的研究成果，在国际敦煌学领域居于先进和领先地位，彻底改变了"敦煌在中国，敦煌学在国外"的局面。

1988 年 8 月 20 日，季羡林提出"敦煌在中国，敦煌学在世界"的看法，得到一致赞赏。中国学者已不再对以往"敦煌学在国外"的说法耿耿于怀，而是以开阔的胸怀，欢迎全世界学者携手从事敦煌学的研究。

记者：现在，国际学术界已公认中国是敦煌学研究的中心，最大的中心就在敦煌研究院。围绕敦煌学研究，敦煌研究院有哪些主要成果？

赵声良：敦煌研究院基于敦煌石窟及其藏经洞文物的多元价值，开展了石窟艺术、石窟考古、敦煌文献、历史地理、民族宗教等多领域的深度研究，创立了以"客观临摹、整理临摹、复原临摹"为核心的壁画临摹方法，开创了多学科交叉的石窟考古报告编撰新范式，构建了敦煌石窟、敦煌艺术、敦煌文献并重的学术研究体系。特别是近4年来，成果丰硕。

——在敦煌石窟考古方面，承担和开展"敦煌河西石窟多语言壁题考古资料抢救性调查整理与研究"等国家社科基金重大项目。完成《敦煌石窟全集》第二卷编撰，推动《麦积山石窟考古报告》第一卷、第二卷和《炳灵寺石窟第169窟考古报告》《北石窟寺第165窟考古报告》编写，开展《敦煌石窟内容总录》修订，出版《麦积山石窟内容总录》；通过现代科技应用和多学科合作，探索出的石窟寺考古理论、方法和技术，初步构建起石窟寺科学考古研究体系，形成了考古报告规范化编撰体系。

——在敦煌文化研究方面，承担"敦煌石窟文献释录与图文互证研究""敦煌中外关系史料的整理与研究""古代敦煌多元文化交融中的中华民族共同体意识"等国家级、省部级及以上科研课题项目50余项；开展"海内外藏敦煌西域古藏文书信文献整理与翻译""法藏敦煌汉文非佛经吐蕃文献整理与研究""敦煌研究院藏回鹘文文献整理与研究""吐蕃时期汉文文献整理与研究"等；出版了31卷大型图录《甘肃藏敦煌藏文文献》，刊布了甘肃省13家单位收藏的约6700件敦煌藏文文献；出版相关研究专著40余部，发表论文

300 余篇。

——在敦煌艺术研究方面，整理出版了敦煌艺术研究的集大成著作《敦煌艺术大辞典》，全面展示敦煌艺术的整体面貌和研究成果，填补了敦煌艺术研究在大型综合类辞书出版领域的空白，荣获了"中国出版政府奖提名奖"；开展"敦煌石窟盛唐壁画色彩美学研究""敦煌石窟供养人服饰研究及活化利用""敦煌石窟乐舞文化研究"等国家级、省部级艺术研究项目；圆满完成国家版本馆 7 个专题特藏室主视觉壁画绘制任务，受到肯定与好评；持续创作蕴含敦煌艺术价值、无愧于时代的优秀作品，创作的大型壁画《丝路文明》《丝路印记——玄奘西行》《锦绣丝路》等入选全国美展。

记者：习近平总书记强调，要把敦煌研究院建设成为敦煌学研究的高地。那么，我们是如何定义"高地"的，"高地"有哪些标准？未来，"高地"建设的规划是怎样的，又将如何实践？

赵声良：建设"高地"就是在全国乃至全世界引领敦煌学研究，或者说吸引国内外学者到敦煌来，到敦煌研究院来；敦煌研究院也要搭建平台，团结、凝聚全世界敦煌学学者；高质量办好《敦煌研究》《石窟与土遗址保护研究》两个期刊，吸引全世界敦煌学者发表最新研究成果，传递敦煌学

《石窟与土遗址保护研究》创刊号封面

研究的最强音等。

　　经过几十年的发展，敦煌研究院已发展成为国际敦煌学研究的重要基地和最大实体，今后将继续秉承"开门办院、开放研究"的宗旨，团结全国乃至全世界的学者，共同推动敦煌学研究，形成完善的石窟文化价值研究体系，引领国际敦煌学研究方向，建成敦煌学权威阵地。一方面，继续举办国际国内学术会议，邀请各国专家学者到敦煌交流、研讨、

讲学，共同引领世界敦煌学的发展。同时，积极"走出去"，通过考察、交流、展示，让敦煌学研究的影响力在世界范围内不断扩大。另一方面，继续推动《敦煌研究》期刊高质量发展，使其成为世界敦煌学研究最高水平、最新研究成果的权威展示平台。同时，加大培养力度，让年轻一代成长为敦煌学界的中坚力量，让敦煌学研究走上可持续发展道路。

（原载于《甘肃日报》2023 年 9 月 4 日一版）

世界文化遗产保护的"敦煌经验"

——访敦煌研究院院长苏伯民

莫高窟，一颗耀眼的文化明珠。

这是世界上现存规模最大、保存最完整的佛教石窟艺术宝库。莫高窟坐落在 1700 米长的断崖上，保存了 735 个洞窟，其中保存完好、存有壁画和彩塑的洞窟有 492 个；壁画约 4.5 万平方米、彩塑 2000 多身。

经历了 1657 年，莫高窟魅力依然，这得益于一代代莫高窟人毕其一生的接力守护。但，保护工作道阻且长。敦煌研究院走过了怎样的漫漫长路，又有哪些成功经验？特别是围绕建成世界文化遗产保护的典范，探索几何，意义几何？近日，记者专访了敦煌研究院院长苏伯民。

记者：莫高窟作为世界文化遗产享誉世界，自 1944 年成立国立敦煌艺术研究所至今，保护始终是放在首位的大事。请您详细介绍一下，莫高窟保护经历了哪些阶段？各个阶段的主要病害、保护手段与措施以及效果是怎样的？

苏伯民

苏伯民：守护敦煌是莫高窟人毕生的使命。从 1944 年至今，敦煌石窟保护大致经历了四个阶段。

一是看守时期。1944 年 1 月 1 日，国立敦煌艺术研究所正式成立，标志着莫高窟长期无人管理的历史结束，有效保护的历史开始。在首任所长常书鸿的带领下，研究所的人竭尽全力做了当时所能做的一切保护工作，如修筑围墙、清理积沙、修建洞窟间的临时栈道，对洞窟进行编号、摄影，对洞窟的形制，壁画的时代特征、绘画风格、内容等进行研究，并开展临摹工作，制定制度等。但受人力、财力限制，保护工作基本上只能起到一定的看守作用。

二是抢险加固时期。1950 年，敦煌艺术研究所更名为敦煌文物研究所，确定了保护、研究、弘扬的基本工作方针。

1951 年，文化部委托清华大学、北京大学、古代建筑修整所的古建、考古专家勘察莫高窟保护现状，制定保护规划，复原整修部分窟外建筑，也使几座珍贵的古代木构建筑得到初步保护。

1962 年，文化部报经国务院批准开展莫高窟抢险加固工程，国家拨付专项资金，对莫高窟崖体进行了加固，于 1966 年完成一至三期加固工程。1984 年，经国家文物局批准，进行了莫高窟南区南段的四期加固工程，使莫高窟的洞窟及崖体得到了有效保护。

从 20 世纪 60 年代初开始，采用边沿加固等方法，有效防止了大量壁画的脱落；60 年代，开展了防沙试验，在窟顶建立气象观测站，对气象环境做出初步评价，为治沙和壁画保护提供依据；80 年代初，对九层楼开展了落架维修。

三是科学保护时期。1984 年，敦煌文物研究所扩大建制，更名为敦煌研究院，段文杰任院长。这一时期，敦煌研究院引进人才，与国内外科研机构合作，引进先进的保护理念和科学技术，使莫高窟的保护工作跨上了科技保护的新台

阶，进入了科学保护的新时期。

这一时期，敦煌研究院主要开展了工程地质与环境调查；用新技术、新材料加固石窟；综合性防治风沙；研究壁画和彩塑病害机理、修复材料及工艺；对珍贵壁画进行高保真、永久保存；研究洞窟游客最大承载量；采用计算机技术建立石窟文物档案、工程档案和保护修复档案；进行土建筑遗址和石质文物保护加固研究等工作。同时，还制定出台相应的法律法规、科学管理等综合措施，形成了具有国际水平的"莫高窟经验"。

四是预防保护时期。21世纪以来，敦煌研究院加强世界文化遗产保护理论和研究的基础，持续培育多学科交叉的文物保护科研团队，形成成套文化遗产保护与数字化关键技术、规范标准与专用装备，建立了抢救性和预防性并重的科学保护体系，石窟寺与土遗址保护和科研水平在国内外广具影响力，敦煌石窟逐渐成为我国文化遗产有效保护的典型。

这一时期，敦煌研究院持续加大投入，运用先进技术加强文物保护和研究；实施"总量控制、网上预约、数字展示、实体看窟"旅游开放新模式，正确处理开放与保护之间的矛盾；组建甘肃省敦煌文物保护研究中心，建成国内首座文物保护领域多场耦合实验室，为深入探索文物病害成因、机理和防控、防治、修复科学技术提供了良好实验平台；建设甘

莫高窟第 148 窟数字化采集工作现场

肃省石窟寺监测预警平台（一期），逐步实现全院六处石窟
全面监测和科学管控，提升石窟寺监测预警能力；推进"平
安石窟"建设，一院六地石窟安防系统全面联通，初步建成
具有行业示范和影响力的"安全管理平台及安全应急指挥中
心"，构建了"信息综合、科学研判、协同管理、主动预防"
的石窟安全管理新模式。这一系列举措使文物安全防范与预
防性保护呈现新局面。

　　记者：当前，莫高窟保护工作处于什么样的状态？有哪些科
学方法和创新探索是值得总结推广的？

苏伯民：当前，敦煌研究院基本建成以保护和管理并重，抢救性保护、预防性保护、数字化技术相结合，专项法规和保护规划为保障的综合保护管理体系。

特别是，紧紧围绕建设世界文化遗产保护的典范这一目标，加大文物保护基础研究和应用研究，成功申报"墓葬壁画原位保护关键技术研究"等3项国家重点研发计划项目和1项国家自然科学区域创新发展联合基金项目，开展国家级和省部级课题42项，获得授权专利40余件，编制技术标准13项，《石窟与土遗址保护研究》获批创刊并出版。依托科研成果，我院不仅承接了国家重点文物保护项目"大渡河双江口水电站甲扎尔甲山洞窟壁画本体迁移保护工程""延

2020年，我国首座文化遗产保护多场耦合实验室正式投入使用

安市重点石窟数字化保护项目"等壁画修复、土遗址保护及
文物数字化项目 60 多项，还走出国门为吉尔吉斯斯坦、缅
甸等"一带一路"共建国家的文化遗产保护提供技术支撑和
中国方案。全院多项文物保护科技成果入选国家"十三五"
科技创新成就展，其中"多元异构的敦煌石窟数字化保护关
键技术研发与应用推广"获 2020 年度甘肃省科技进步奖一
等奖。像成套文化遗产保护与数字化关键技术、规范标准与
专用装备、预防性和抢救性并重的科学保护体系等经验以及
"墓葬壁画原位保护关键技术研究""多场耦合下土遗址风化
机理与防控技术研究""干旱环境下土遗址保护关键技术研
发与应用""风沙灾害防治理论与关键技术应用"等成果值得
总结推广。

记者：习近平总书记强调，要努力把敦煌研究院建设成为世
界文化遗产保护的典范。怎样理解"典范"？达到什么样的标准
才算建成"典范"？

苏伯民：要把研究院建设成为世界文化遗产保护的典
范，首先要把莫高窟文物安全地保护好，就是说保护状态应
该是一流的，不应该存在各种各样比较危险的病害。莫高窟
营造历时千余年，出现的问题非常复杂，但经过近 80 年的

保护，在国家文物局、省委省政府以及省文物局等部门的指导、帮助和支持下，预防性保护、修复技术等越来越好，各类问题都能得到及时处理。现在，莫高窟呈现出非常稳定、安全的状态，莫高窟壁画也依然保存得非常完好、稳定。其次，日常保护和修复技术应该在国内是一流的，在世界上也是不落后的。再次，保护和管理是密切相关的，管理是一种大的保护观念，通过多年探索，我们已形成了一套有效的、科学的、体系化的高质量管理方法、管理措施和管理体系。

莫高窟第 158 窟壁画修复工作现场

兼顾开放和保护形成的"敦煌经验",可以为国内乃至世界上其他文化遗产地提供帮助和示范。此外,敦煌研究院人才队伍建设,包括保护研究所、敦煌石窟监测中心、文物数字化研究所等一流保护科研团队,在国内文化遗产保护方面发挥了典范作用。

当然,保护工作任重而道远,保护问题和潜在的风险还会出现,我们将时时关注新问题,不断研究新方法、新材料、新技术,通过科学保护,让莫高窟保存得更好。

记者:把敦煌研究院建设成为世界文化遗产保护的典范,具有什么重要意义?

苏伯民:中国是世界文明古国,地上地下文化遗产非常丰富,世界文化遗产数量仅次于意大利,位列第二。文化遗产是人类历史发展演变过程的实证,保护文化遗产,就是保护人类文化根脉,这是社会责任,是国家责任,也是全人类的责任。把敦煌研究院建成世界文化遗产保护的典范,其最大的意义在于,通过一流的保护,把莫高窟等世界文化遗产保护好,守护好中华优秀传统文化根脉,让人类文明更加久远地传下去。

（原载于《甘肃日报》2023 年 9 月 3 日一版）

让璀璨文化在"数字敦煌"里永久绽放

——访敦煌研究院院长苏伯民

莫高窟，是世界现存规模最大、延续时间最长、内容最丰富、保存最完整的艺术宝库，是一本永远也读不完的书。

敦煌文化既充分展示了中华民族的文化自信，又融合了世界各民族文化精粹，源远流长、博大精深、内涵丰富、精美绝伦，是一座取之不尽、用之不竭的文化富矿。

为了让珍贵人类文化遗产"永久保存、永续利用"，莫高窟人创新发展，以走在时代前列的"数字敦煌"与时间赛跑，蹚出了一条全新的道路。近日，记者专访了敦煌研究院院长苏伯民，一同走进"数字敦煌"的繁华世界。

记者：开展"数字敦煌"的背景是怎样的？

苏伯民：早在 1961 年，莫高窟就被国务院公布为第一批全国重点文物保护单位，要求做到"四有"，即有保护范围、有保护标志、有科学记录档案、有专门管理机构。至

20 世纪 80 年代初，敦煌文物研究所已完成"三有"，唯独欠缺"科学记录档案"一项。在通过图片采集建立档案的过程中，发现珍贵壁画有着严重的退化情况，研究人员意识到，为独一无二的敦煌石窟艺术建立能长久保存真实信息的档案已是刻不容缓的一件事。经过不断琢磨，时任敦煌研究院副院长的樊锦诗大胆构想：为敦煌石窟建立数字档案。这一设想在文物界首开先河，开始了莫高窟数字化实验。

苏伯民（中）和敦煌研究院技术人员在莫高窟第 254 窟讨论文物修复情况

记者：从设想到实现，"数字敦煌"经历了怎样的发展历程？

苏伯民："数字敦煌"从最初构想发展到现在，始终处于一种"螺旋式上升"的发展状态，就是一直在不断丰富、完善、延展。

20 世纪 80 年代末，樊锦诗首次提出"数字敦煌"概念，即利用计算机数字化技术永久地、高保真地保存敦煌壁画、彩塑的珍贵资料。后来在原国家科委、国家文物局、原甘肃省科委等各级组织的支持下，敦煌研究院与相关单位开展"敦煌壁画计算机存贮与管理系统研究""濒危珍贵文物信息的计算机存贮与再现系统研究""曙光天演 Power PC 工作站在文物保护中的应用"等课题研究，为突破莫高窟数字化关键技术奠定了坚实基础。

2006 年 4 月，敦煌研究院成立数字中心，主要承担敦煌石窟及相关文物的数字化技术研究与应用工作，并经过持续不断的试验、探索和研究，攻克了如何在复杂洞窟环境中精确地布光、如何针对不同曲率变化的壁画壁面获取高质量的图像、如何控制图像拼接产生的形变等系列技术难题，并最终形成了一整套集合数字影像采集、色彩管理、图像拼接、图像定位纠正和数据存储等方面的壁画数字化技术和规范。

2014 年，数字中心更名为文物数字化研究所，主要承担不可移动文物和可移动文物的数据采集、加工、存储、传输、交换和展示等数字化关键技术方面的研究。

2014 年 8 月，"敦煌艺术走出莫高窟"数字敦煌展在兰州开展，展览首次集中展出数字化成果，让不可移动的敦煌石窟艺术在千里之外得到精彩展示，在社会上引起强烈反响。

2016 年 5 月 1 日，"数字敦煌"资源库正式上线，敦煌研究院首次通过"互联网+"的形式，向全球免费共享敦煌

敦煌莫高窟数字展示中心外景

游客在敦煌莫高窟数字展示中心观看球幕电影《梦幻佛宫》

石窟 30 个精品洞窟的高清数字化图像及全景漫游，这是敦煌数字化进程中的一个重要里程碑。全世界用户通过互联网，即可进入古老中国的历史中。人类文明的宝库在科技的帮助下，也真正实现了永远保存。2017 年，敦煌研究院又发布了"数字敦煌"英文版。

2014 年 8 月 1 日，历时 4 年投资 3 亿元打造的莫高窟数字展示中心投入运营，借助先进的数字技术，4K 超高清主题电影《千年莫高》和全球首部展现文化遗产的 8K 高分辨率球幕电影《梦幻佛宫》上映，为有效实现文物保护与利用之间的平

衡探索出一条新路子。

2022年6月15日，敦煌研究院和腾讯成立了"腾讯互娱×数字敦煌文化遗产数字创意技术联合实验室"；2023年4月18日，双方联合打造的全球首个超时空参与式博物馆"数字藏经洞"上线。这是敦煌藏经洞发现以来，首次在虚拟世界以毫米级高精度重现。"数字藏经洞"以虚拟形式实现了敦煌藏经洞与"漂泊"海外出土文献文物的首度"珠联璧合"。

记者："数字敦煌"是一项庞大的系统工程，包含哪些项目和板块？

苏伯民：的确，"数字敦煌"是一项系统工程。经过多年发展，敦煌石窟数字保护工程形成了一整套关键技术，全球上线"数字敦煌"资源库与"数字敦煌·开放素材库""数字藏经洞"等板块和海量资源。

记者："数字敦煌"取得了哪些进展和成效？

苏伯民：截至2022年底，敦煌研究院完成了敦煌石窟289个洞窟的壁画数字化采集、178个洞窟的图像拼接处理、162个洞窟的全景漫游节目制作、7处大遗址三维重建、45

身彩塑的三维重建、5万张历史档案底片的数字化扫描工作，形成了海量的数字化成果。

依托国家古代壁画与土遗址保护工程技术研究中心，石窟数字化技术和培训已经推广到全国多个省份，并且为新疆、西藏、河北、山东等9省（区、市）18处文物保护单位提供了数字化技术支撑。

通过不断总结，敦煌研究院将学术、技术、艺术融为一体，构建了多元异构的数字文化；探索文化遗产保护与利用新模式，培育了"数字敦煌"品牌，开创了数字文化新业态。

2021年10月20日，敦煌研究院推出"飞天"专题游览线路，为游客提供虚实融合的全新感受。

2022年，"数字敦煌"入选世界互联网大会"携手构建网络空间命运共同体精品案例"，这是在全球网络基础设施建设、网上文化交流、数字经济创新发展、网络安全保障、网络空间国际治理五大领域200余项案例中获选的12项案例之一。

以敦煌文化为核心，创建以文化展销、O2O、IP授权为主的、多种形式相结合的数字敦煌资源库文化产业模式，包括丰富多彩、深受观众喜爱的各类敦煌文创产品。

特别是经过近40年的探索和研究，敦煌研究院形成了一整套不可移动文物数字化关键技术和工作流程，承担了多

伽瑶——首位"数字敦煌"文化大使

项省部级课题和项目，并且制定了不可移动文物数字化保护4项行业标准。课题《多元异构的敦煌石窟数字化保护关键技术研发与应用推广》获 2020 年度甘肃省科技进步奖一等奖。

记者：众所周知，"数字敦煌"得到了广泛运用和推广，请重点介绍一下。

苏伯民："数字敦煌"的运用，随着时代发展和"数字敦煌"技术与内容的不断完善、延伸在不断变化，我们也始终秉持"永久保存、永续利用"的宗旨，在再开放、再利用的道路上不断探索——

首先，通过"数字敦煌"，永久地保存敦煌石窟艺术信息，加大敦煌石窟综合保护体系建设，为人类留一个真实完整的莫高窟。

其次，"数字敦煌"资源有效解决了美术工作者临摹过程中起稿难、上色难等问题，成为临摹工作重要的辅助工

2015 年，敦煌研究院在香港文化博物馆举办"敦煌——说不完的故事"展览（孙志军摄）

具，减轻了临摹工作强度，提高了临摹工作效率。

再次，便捷、高清的海量数字资源，为国内外敦煌学学者研究提供了重要的信息资源，为促进敦煌学走向更广阔的世界创造了便利条件。

特别是，充分运用"数字敦煌"的丰富资源和先进技术，一方面实现"窟外看窟"，减轻洞窟开放压力，有效保护窟内文物，满足游客体验；另一方面，通过深度挖掘石窟文化内涵，在国内外举办各类不同的数字展览，使深藏在敦煌石窟中的敦煌艺术"活"起来，走出石窟、走出敦煌、走出甘

"敦煌不再遥远"数字敦煌展走进澳门

肃、走出国门，向世界展示具有中华民族风格的优秀文化艺术，"讲好中国故事，传播好中国声音"。截至目前，已先后在北京、上海、河北等地及美国、俄罗斯等国举办各类"数字敦煌"展览 30 余场次。

此外，"数字敦煌"在深入推进国际合作、积极传播中华文化、助力文化强国建设等方面，也展现出独特优势。比如，在已经可随时随地让全世界观众欣赏到敦煌文化的基础上，再分门别类，配上各国语言，让全世界观众更加轻松地欣赏璀璨的敦煌文化，以及中华民族优秀传统文化和相互辉映的人类多元文化。还可通过充分利用数字化资源，结合人工智能等最新技术和方式，再开发一些工具进一步助力敦煌学研究、助力石窟考古、助力文物保护；再创作更多观众喜闻乐见的敦煌作品，更加高效地弘扬敦煌文化；再研发更多适合推广的中华文化节目，让中华优秀传统文化走得更广更远……总之，"数字敦煌"应用前景广阔，这也是我们未来要不断努力的方向。

（原载于《甘肃日报》2023 年 9 月 5 日一版）

花开敦煌　绽放世界

——写在第六届敦煌文博会盛大开幕之际

地理坐标：东经 92°42′~95°30′，北纬 39°38′~41°34′，位于中国西部甘肃省河西走廊西端，偏居沙漠一隅；

文化坐标：丝绸之路上的璀璨明珠、文化崛起的历史坐标、四大文明交汇之地、人生必去一次的地方。

这，就是人类的敦煌。

历经千年岁月，从漫漫黄沙中走来，从悠悠历史中走来，仿若会呼吸的生命，以历史的年轮浇灌，花开敦煌，惊艳世界。

能不忆敦煌！

忆·敦煌时间

元狩二年（前 121 年），随着张骞通西域、霍去病攻取河西的相继进展，河西走廊地区成为西汉王朝领土，归入汉帝国郡县制管理体系之下；同年，酒泉郡、武威郡设立。元鼎六年（前 111 年），武威郡西部被划出，另设张掖郡；酒泉郡西部被划出，另设敦煌郡，"河西四郡"就此形成。

自公元前111年至公元2023年，敦煌走过了漫长的2134年。

时间如沙漏。2000多年时间，很多人很多事，早已随风而逝；但有些人有些事，却刀刻斧凿般镌刻在永恒的时间轴上，也在历史的记忆里留下诸多无法忘却的"敦煌时间"——

公元848年，敦煌人张议潮在沙州率部起义，推翻吐蕃统治，孤悬中原之外近百年的河西六郡十一州重回大唐版图。

"舞榭歌台，风流总被雨打风吹去。"历经21帝，享国289年的大唐还是走向了衰落。因连年战乱，地面上的大唐遗迹几乎消失殆尽。

幸有敦煌。

莫高窟在唐朝迎来了黄金时代。如今，开凿于唐代的200多个洞窟，以金碧辉煌的经变画、与崖壁等高的巨像、满壁风动的飞天，为我们呈现了一个洞窟里的精彩大唐。

大宛的宝马、波斯的箜篌、波斯的银币、龟兹的胡旋舞……丝绸之路开通后的千年时间里，敦煌作为中西交通的枢纽和中国唯一的口岸城市，满目流转的，是中国、印度、中亚、西亚等不同的文化和琳琅满目的商品。

敦煌莫高窟九层楼（孙志军摄）

　　三危山麓的敦煌，是穿行在丝绸之路漫漫征途上的无数商旅僧人心中的灯塔。

　　1900年，敦煌道士无意间打开藏经洞，6万余件敦煌遗书在封藏近千年后重见天日，吸引东西方学者竞相整理和研究，并在20世纪30年代形成了一门新兴学科——"敦煌学"。

　　……

　　进入21世纪，又迎来一个特别的"敦煌时间"——

　　2016年9月20日，首届丝绸之路（敦煌）国际文化博览会（以下简称"敦煌文博会"）隆重召开，来自85个国家、5

首届敦煌文博会场外景（盛学卿摄）

个国际和地区组织的 95 个代表团、1700 多位中外嘉宾参会。

各类论坛精彩纷呈、文化年展精美绝伦、文艺展演美不胜收、系列活动亮点频出……这是一次展示中国文化自信、筑牢民心相通桥梁的盛会，是一次共商"一带一路"倡议、形成广泛共识的盛会，是一次展示甘肃新形象、凝聚甘肃发展新动力的盛会，受到国际社会广泛赞誉，得到共建"一带一路"国家和地区的积极响应和盛赞。

此后五年敦煌文博会连办五届，以规格高、规模大、层次高著称，恰以一年又一年的"丝绸之路上的万国博览会"，一次又一次引起全球瞩目。

干涸的土地上，可以没有绿树繁花，但不能没有文化和信仰。

第二届敦煌文博会千人太极拳会演（郁婕摄）

大型民族器乐剧《玄奘西行》在敦煌大剧院上演（高樯　盛学卿摄）

念·敦煌模样

一念敦煌。再念，还是敦煌。

"看莫高窟，不是看死了一千年的标本，而是看活了一千年的生命。"这是何等壮阔的生命！

或许，是因为，莫高窟与敦煌血脉相连。

1935 年秋的一天，漫步于巴黎塞纳河畔的常书鸿，在一个旧书摊上，偶然看到伯希和编的《敦煌石窟图录》。这一眼，让已在巴黎颇负盛名的东方之子，从此魂牵梦萦，念念不忘；最终，一路辗转，抵达敦煌，再用一生守护，在敦煌站成了一道独特的风景——"敦煌守护神"。

樊锦诗只因一念，从此再也拔不动脚，眼里、心里只有敦煌，在大漠成为最美的"敦煌女儿"。

这样的人，还有很多。

敦煌，是他们的挚爱，就算用一生的陪伴，依然觉得不够，千种舍不得，万般放不下，心里眼里，全是敦煌。

1600 多年前，当一个个洞窟在叮咚声中凿成，当一幅幅壁画、一尊尊塑像在画匠笔下完工，那洞窟里流光溢彩的颜色和曼妙动人的姿容，是当时最流行的"国际时尚"，是最动人的"盛世美颜"，是敦煌最美的模样吧。

1600 多年后，当一个个洞窟在流沙中渐渐露出身影，当一幅幅壁画、一尊尊塑像在细心呵护中重焕光彩，那洞窟里与困难争斗、与时间竞走的保护者，与洞窟里的精美壁画和彩塑一样，也是敦煌最美的模样吧。

2000 多年前，敦煌是"华戎所交一大会"，迤逦穿行往来的商贾，身负各国珍宝的驼队，如丝线般串起中亚、西亚经济与文化的长廊，漫漫丝路上那绵延不绝的风景线，是敦煌最美的模样吧。

2000 多年后，敦煌作为国家历史文化名城和享誉海内外的旅游胜地，莫高窟里、鸣沙山上、月牙泉畔的如织人流，频繁相约敦煌的各类节会展览，日新月异变化着的市容市貌，也是敦煌最美的模样吧。

　　特别是前五届敦煌文博会，以传承、弘扬丝路精神，推进"一带一路"共建国家间人文交流、战略互信、经贸合作为宗旨，共有来自100多个国家、地区和国际组织的4500多名嘉宾参会，开展了一系列文化论坛、展览展演、文化贸易、合作交流等活动，取得了丰硕的政治、经济和文化成果，不仅为推动"一带一路"建设、促进共建"一带一路"国家合作交流和民心相通发挥了重要作用，也为新时代的"敦煌模样"装扮上鲜明的"中国气派"与"国际风范"。

　　敦煌古乐器仿制展、平山郁夫的丝路世界专题展、"丝路上的星辰"60国艺术精品展、流散海外文物复制精品

《到世界找敦煌——敦煌流散海外精品文物复制展》亮相第五届敦煌文博会（高樯摄）

第三届敦煌文博会"一带一路文化创新论坛"在敦煌举行（高樯摄）

展……历届敦煌文博会上丰富多彩的文化展览，更以鲜明的"中国元素，世界表达"，为观众留下深刻的"敦煌模样"与"敦煌印象"。

听·敦煌声音

敦煌两字，是印在脑海里，刻在心里的。

"敦——煌——"，唇齿开合，轻轻读出来，"敦煌"两字的魅力总是令人无法抵挡；"敦煌声音"仿佛有一种魔力，可穿越古今。

曾经，提起敦煌，是开放，是包容。作为中西交通的枢纽要道、丝绸之路的咽喉锁钥、对外交往的国际都会、经营

西域的军事重镇，敦煌，曾在中华历史长卷上书写了熠熠生辉的华彩篇章，发出过雄浑苍劲的历史声音。

如今，提起敦煌，还是开放，是包容。作为丝绸之路上留存历史印记最为清晰、文化遗存最为丰富、自然遗产最为独特的枢纽城市，敦煌，依然续写着字字铿锵的动人诗篇，用一次次发声，让雄浑苍劲的"敦煌声音"，在历史与未来间接力延续。

2016 年 9 月 21 日晚，作为首届敦煌文博会重要成果的《敦煌宣言》，向全球发布——

《敦煌宣言》说，2000 多年前，亚欧大陆上勤劳勇敢的人民，开辟了连接亚欧非几大文明的古丝绸之路。它不仅是一条贸易之路，也是一条友谊之路。由此，各国人民友好交往绵延不绝，不同文明之花竞相绽放，"和平合作、开放包容、互学互鉴、互利共赢"的丝绸之路精神薪火相传，推动了人类文明的不断进步。

《敦煌宣言》说，本着"推动文化交流、共谋合作发展"的宗旨，经过充分讨论，达成坚持文化多样性、平等性、包容性，保护传承各国历史文化遗产，加强各层次文化对话与合作，促进文化贸易与文化产业合作等诸多共识。

这，是 21 世纪最强劲的"敦煌声音"。

时隔 7 年，"敦煌声音"依然久久回荡，萦绕耳畔，响彻"一带一路"。

或共同展望"一带一路"建设形势和机遇，畅谈交流合作途径和未来，让加强人文交流、促进共同发展的"中国方案"深入人心，让共建"一带一路"的国际共识更加牢固；或共同探讨"一带一路"视野下敦煌学研究重要命题；或深层次探讨丝路文化传承发展新路径……历届敦煌文博会，坚持"共商、共建、共享"原则，策划组织的高峰会议、敦煌论坛以及各项不同主题的高规格论坛，以一次次铿锵有力的"敦煌声音"，让敦煌一再成为凝聚"一带一路"国际共识的理论高地。

国际时装秀《丝绸的魅力》，诠释丝绸之路就是文明之路、和平之路、开放之路、繁荣之路；群舞《胡杨礼赞》以拟人化艺术手法，展现丝绸之路上一代代友好人士共建美好家园的风雨历程；器乐合奏《阳关三叠》彰显中华民族传统音乐和器乐的独特魅力……敦煌文博会上，来自丝绸之路沿线国家和地区的艺术家们，以文艺晚会《相约敦煌》的名义，以一场场连接历史与当代、中国与世界的国际化艺术盛宴，讲述中国故事，传递"敦煌声音"。

还有舞剧《丝路花雨》《大梦敦煌》，交响乐《敦煌·慈悲颂》，文艺演出《绝色敦煌之夜》……无不是余音袅袅的"敦煌声音"。

舞剧《丝路花雨》亮相首届敦煌文博会（高樯摄）

舞剧《大梦敦煌》在敦煌大剧院上演（高樯摄）

演出《绝色敦煌之夜》为敦煌文博会添彩

　　2023年9月5日，荟萃14首经典曲目的《飞天》音乐会在敦煌大剧院成功上演，以美妙的音乐讲述敦煌魂牵梦绕的故事，拉开了第六届敦煌文博会的序幕……

　　"敦煌定若远，一信动经年。"又是一年节会至，相约敦煌，再次进入"敦煌时间"，再来看看"敦煌模样"，再次听听"敦煌声音"，不见不散。

　　　　　　　（原载于《甘肃日报》2023年9月6日四版）

让敦煌文化明珠更加璀璨绚丽

——敦煌研究院保护研究弘扬事业发展综述

首创文保领域多个"第一",科研成果"红利"惠及全国16个省(区、市);敦煌学研究成果丰硕,深入挖掘敦煌文化价值内涵;持续创新文化展陈和传播方式,让千年敦煌与时代接轨……

78年来,敦煌研究院用一份不变的坚守,从中华人民共和国成立初期的百废待兴,到改革开放之后的事业腾飞,再到聚力加快建设世界文化遗产保护典范和敦煌学研究高地,筚路蓝缕,步履铿锵。

78年来,敦煌研究院扎根戈壁,研究队伍从中华人民共和国成立前的18人,到如今文物保护门类齐全的千人团队,再发展成为中国拥有世界文化遗产数量最多、跨区域范围最广的文博管理机构,在国际上极具影响力的敦煌学研究实体、古代壁画与土遗址保护科研基地,砥砺前行,一路芬芳。

时光飞逝,这种坚守大漠、甘于奉献、勇于担当、开拓进取的莫高精神，永远是莫高窟人薪火相传、生生不息的不竭源泉和无穷动力。

岁月更迭，在莫高窟人的精心呵护下，敦煌这颗文化明珠，愈加璀璨绚烂。

科技保护　创新构建综合管理体系

敦煌研究院建成了国内文物系统第一个国家工程技术研究中心，研发出第一台文物出土现场保护移动实验室，通过互联网向全球发布敦煌石窟30个经典洞窟的高清数字化内容及全景漫游的"数字敦煌"，在全国文博界首次开展游客承载量研究……围绕建设世界文化遗产保护的典范这一目标，敦煌研究院构建了抢救性与预防性保护并重的敦煌石窟综合保护体系，在文物本体保护、预防性保护、文物数字化等基础和应用研究、关键技术研发等方面取得了一系列重要成果。

"敦煌研究院一直在与时间赛跑。"敦煌研究院院长苏伯民告诉记者，近五年里，敦煌研究院先后完成了莫高窟、麦积山石窟、榆林窟、炳灵寺石窟、西千佛洞、北石窟寺彩塑保护修缮、塑像抢救性保护、洞窟保护修复等文物保护工程31项，完成莫高窟第148窟、麦积山石窟第135窟、榆林窟11个洞窟、西千佛洞全部洞窟的文物数字化采集以及北

敦煌研究院石窟预防性保护监测预警体系

石窟寺第 165 窟彩塑三维数字化等工程项目。

　　其间，敦煌研究院还建成敦煌石窟、炳灵寺石窟、麦积山石窟监测预警体系，初步形成了 6 处石窟预防性保护监测预警体系，并在此基础上编制完成甘肃省石窟监测预警平台设计方案。

　　此外，敦煌研究院还承接了国内壁画修复、石窟寺及土遗址保护、文物数字化等项目 140 余项，把历史留给人类的珍贵文化印记，保存下来、传承下去、利用起来。

　　"路漫漫其修远兮，吾将上下而求索。"文物保护没有现成的先例可循，唯有"摸着石头过河"，探索、探索、再探索。

"令人欣喜的是，在文物保护之路上，敦煌研究院走出了一条'产、学、研、用'相结合的发展之路。"敦煌研究院副院长郭青林说。

据统计，敦煌研究院先后承担国家重点研发计划项目3项、省部级以上科研课题67项、其他课题58项，获批研究经费1.1亿元。其中，2项成果获国家科技进步二等奖，多项文物保护科技成果入选国家"十三五"科技创新成就展，10余项科研成果获省部级以上奖励，推广应用于全国16个省（区、市）的文化遗产保护项目。

实践，是培育人才的最好摇篮。

在开展文物保护的过程中，敦煌研究院高度重视人才培养工作，先后与美、日、英等10多个国家和地区的30多家机构以及国内数十家科研院所、大专院校，持续开展各种形式的交流与合作，培养壁画与土遗址保护修复高级人才。

星光不问赶路人，时光不负有心人。目前，敦煌研究院已发展成为全国领先的石窟文物保护综合研究科研实体，基本形成了以科技保护和科学管理相结合，以专项法规、保护规划、数字保护为主要内容的综合保护体系。

深挖研究　丰富敦煌文化价值内涵

"我国的敦煌学研究已有百余年历史。"敦煌研究院副院

壁画作品《锦绣丝路》

长张元林说，经过百余年的不断探索和挖掘，敦煌学研究已经向多学科深度交叉融合发展。

在敦煌学研究领域，敦煌研究院积极作为。通过全方位、多维度挖掘和阐释敦煌文化中蕴含的哲学思想、人文精神、价值理念、道德规范，进一步拓展人文社科研究的广度和深度，实现了学术研究成果数量和质量"双提升"。

近五年，敦煌研究院出版《敦煌艺术大辞典》等学术专著 80 余部，发表学术论文 600 余篇，持续开展莫高窟第 172 窟整窟复原临摹和东千佛洞壁画临摹等项目，临摹创作岩彩画 160 余幅、彩塑 20 余身。

同时，敦煌研究院完成国家社科基金重大招标项目"敦

煌石窟图像专题研究""敦煌遗书数据库建设"等国家和省部级课题 13 项，成功申报国家社科基金重大招标项目"敦煌文献释录与图文互证研究""敦煌中外关系史料的整理与研究"，合作申报成功国家社科基金冷门绝学团队项目"敦煌壁画外来图像文明属性研究"等国家和省部级及以上课题 70 余项。

其中，敦煌研究院名誉院长樊锦诗先生领衔编著的《敦煌石窟全集》第一卷《莫高窟第 266—275 窟考古报告》在体例、结构、研究方法上为石窟寺考古报告编写树立了典范，并荣获吴玉章人文社会科学优秀奖和法兰西学院汪德迈中国学奖。《敦煌艺术大辞典》等 11 项学术成果获省级哲学社会

科学优秀成果奖。敦煌研究院持续深化敦煌石窟艺术价值整体研究和绘画技法研究，取得了令人瞩目的成就，《锦绣丝路》《敦煌印象·丝路虹霓》等6幅作品入选全国美展。

近五年，敦煌研究院还编辑出版了《敦煌研究》期刊30期、《敦煌画研究》等学术著作19部。其中《敦煌研究》获"中国出版政府奖期刊奖""全国百强报刊""中国最美期刊""中国国际影响力优秀学术期刊"，《敦煌艺术大辞典》获"中国出版政府奖图书提名奖"。为了进一步推进石窟与土遗址等文化遗产的保护研究，刊载科技考古、文物数字化等领域最新研究成果，敦煌研究院申请创办学术期刊《石窟与土遗址保护研究》。该期刊于2021年底获得国家新闻出版署批复，2022年正式创刊。

广泛弘扬　推动敦煌元素融入生活

作为当今世界范围内具有影响力的文化之一，敦煌文化历史悠久、博大精深，涵盖了中西文化、宗教、艺术、人文、社会等众多学科，具有极为重要的传播与传承意义。

进一步优化旅游参观模式，力求讲解内容多元化、普及化、专业化，频频举办"敦煌艺术大展"国内外展览……这样的工作，只是敦煌文化传播的"家常菜"。

为了让璀璨的敦煌文化在新时代绽放更加绚烂的光芒，

敦煌研究院可谓殚精竭虑，狠下了一番苦功——

不断创新文化展陈和传播方式，开展"敦煌文化驿站""文化遗产六进"等公益学术讲座 450 余场次。

实施"敦煌文化守望者"志愿者特派计划和"香港青年敦煌实习计划"，推出系列化、多元化、高质量的数字文化产品，让千年敦煌与时代接轨，初步形成了文化遗产价值传播弘扬体系。

运用 AR 和数字孪生技术，实现了莫高窟遗址区智能导览和"窟内文物窟外看"，并通过云展览、融媒体传播等多种方式，对优秀传统文化进行创新性挖掘，相继推出"数字供养人""敦煌诗巾""云游敦煌"和敦煌动画剧等数字文化产品及传播项目，用富有时代气息的敦煌文化凝聚中国力量，累计曝光量超 90 亿……

这些举措和活动，让人耳目一新、刮目相看、惊喜连连……观众和参与者发自肺腑的称赞成为最好的肯定。

值得一提的是，敦煌研究院官方微博连续三年获评文博十大影响力官微；《敦煌岁时节令》成功入选 2019 年度数字出版精品遴选推荐计划，入选"读掌上精品 庆百年华诞——百佳数字出版精品项目献礼建党百年专栏"；"云游敦煌"小程序、《一事一生 一人一窟》系列视频获中华文物全媒体传播精品（新媒体）推介项目。

　　作为文博领域的翘楚，敦煌研究院各项工作更得到社会各界的高度认可。

　　——敦煌研究院先后荣获甘肃省人民政府质量奖、中国质量奖、亚洲质量创新奖；被国家相关部委批准认定为丝绸之路文化遗产保护国际科技合作基地、国家文化和科技融合示范基地、国家引才引智示范基地和国家一级博物馆。

敦煌研究院文物保护利用群体获"时代楷模"称号

——敦煌研究院文物保护利用群体被中宣部授予"时代楷模"称号、被甘肃省委宣传部授予"2019年'感动甘肃·陇人骄子'"称号。

——名誉院长樊锦诗被授予"文物保护杰出贡献者"国家荣誉称号和"改革先锋"称号,荣获"何梁何利基金科学与技术成就奖",当选"全国道德模范"和"感动中国2019年度人物",李云鹤荣获"大国工匠年度人物"荣誉称号。

……

"百尺竿头,更进一步。"苏伯民表示,未来,敦煌研究院将秉承莫高精神,聚焦"典范"与"高地",持续加大文物保护基础研究,全面拓展人文社科研究广度深度,不断提升敦煌文化弘扬水平,加快推进管理体制机制创新,统筹协调院辖6处石窟发展,奋力开创新时代文化遗产事业高质量发展新局面。

（此文由作者施秀萍与敦煌研究院王芳芳合写,敦煌研究院杜鹃统筹,原载于《甘肃日报》2022年5月12日十版）

打造世界文化遗产保护的典范

　　曾经，石窟崖体残垣断壁，石窟内外黄沙湮没，石窟壁画病害丛生……

　　如今，石窟崖体坚固整洁，石窟内外焕然一新，石窟壁画焕发生机……

　　文物保护，看得见的是变化与成绩，看不见的是背后的艰辛与汗水。

　　敦煌文物保护工作者日复一日、年复一年，用自己的青春与生命，换来敦煌瑰宝的璀璨绽放。

　　2019 年 8 月 19 日，习近平总书记考察莫高窟时强调，要十分珍惜祖先留给我们的这份珍贵文化遗产，坚持保护优先的理念，加强石窟建筑、彩绘、壁画的保护，运用先进科学技术提高保护水平，将这一世界文化遗产代代相传。

　　"这为敦煌研究院未来发展指明了方向，也提出了更高要求。"敦煌研究院党委书记赵声良说，敦煌文物保护工作者将牢记重托、砥砺奋进，着力在平台建设、学术研究、人才培养和技术支撑等方面发力，推动敦煌文物保护事业不断迈向新的发展阶段。

累累硕果　见证文物保护铿锵足印

2004 年，依托敦煌研究院组建的古代壁画保护国家文物局重点科研基地，成为我国文化遗产领域首批三家科研基地之一。

2008 年，我国首台具有自主知识产权的文物出土现场保护移动实验室研制成功；敦煌研究院成为国际岩石力学与岩石工程学会古遗址保护专业委员会依托单位，中国人首次担任该专业委员会主席。

2009 年，我国首个也是目前唯一的国家古代壁画与土遗址保护工程技术研究中心成立。

2011 年，甘肃首个文化遗产领域重点实验室组建。

2016 年，我国首个基于风险理论的石窟监测预警体系建成运行。

2019 年，甘肃省敦煌文物保护研究中心组建。

2020 年，我国首座文化遗产保护多场耦合实验室通过专家验收。

2021 年，敦煌研究院积极申报文化遗产领域首个国家重点实验室。

......

一串串喜人果实，恰似一个个深深的足印，印证了敦煌研究院文物保护团队数十年如一日的艰辛付出。

"多年来，我们一直走在不断探索和求真创新的路上。"敦煌研究院副院长郭青林告诉记者。截至目前，敦煌研究院的足迹已遍布我国16个省（区、市），并开始着眼于"一带一路"共建国家文化遗产保护，抢救了大量珍贵文物，使其重放光彩。

敦煌莫高窟曾长期受到自然环境和人为因素的破坏。

残垣断壁、风沙掩埋、崖体坍塌……历史照片显示，莫高窟大量壁画曾暴露在风吹沙打、日晒雨淋的露天环境中，整体风貌破败不堪。

直到1944年，国立敦煌艺术研究所（敦煌研究院前身）成立，这一状况才得到初步改善。以常书鸿为代表的第一代莫高窟人，通过清理积沙、修筑围墙、抢救濒临毁坏的壁画彩塑等探索性保护实践，开启了敦煌文物保护事业的新篇章。

此后，莫高窟人代代接力，在文物保护之路上越走越远。

20世纪六七十年代莫高窟崖体加固工程开始实施，解决了洞窟围岩稳定性问题。

20世纪80年代以来，通过开展国际合作，科学保护理念和先进分析技术被引入石窟保护中，使敦煌石窟的保护工作从看守和抢险加固阶段逐步进入多学科综合性保护阶段。敦煌研究院由此形成了一整套古代壁画和土遗址科学保护程序、技术和工艺，取得了一大批科研成果，逐步构建了莫高窟风沙灾害综合防护技术体系，解决了石窟本体及其赋存环境间的关系、壁画病害形成机理、加固修复材料研发等难题。

"道路艰辛，成绩可喜。"敦煌研究院院长苏伯民欣喜地

敦煌研究院文物保护工作人员正在进行壁画原位无损调查

告诉记者，经过 70 余年艰苦卓绝的探索，敦煌研究院已经由原来的"保护四人组"发展为 200 多人，成为全国最大的集研究—设计—施工全链条一体化的文物保护团队。同时，在《甘肃敦煌莫高窟保护条例》等法律法规的保障下，在国家工程中心等研究平台的支撑下，在化学、地质、土木、物理、生物、环境等多学科人才队伍的通力协作下，莫高窟的保护工作进入抢救性保护和预防性保护并重发展的新阶段，并逐步成为我国文化遗产领域科学保护和精心管理的典范。

数字技术　开创文物永久保存美好未来

"石窟文物保护，永无止境。"敦煌研究院院长苏伯民说，为更好地将敦煌这一文化瑰宝完整地交给子孙后代，一代又一代莫高窟人殚精竭虑、守正创新，一直在探寻文物保护利用更有效的方法。

数字时代，数字化是最好的选择。

为了让敦煌壁画、彩塑信息永久保存、永续利用，敦煌研究院紧跟信息技术变革的时代步伐，率先在国内文博界进行文物数字化的探索研究。

可喜的是，经过不断实践，目前敦煌研究院已形成了一套科学的壁画彩塑数字化技术，制定了 14 项文物数字化保护技术标准与规范。

"数字敦煌"建设更是一步一个脚印，成果丰硕——

截至目前，敦煌研究院已累计完成莫高窟200余个洞窟壁画数字化采集、7处大遗址和40余身彩塑的三维重建、140多个洞窟的全景漫游节目制作和500余套可移动文物数字化采集。

先后上线中英文版"数字敦煌"资源库，实现了敦煌石窟30个洞窟整窟高清图像的全球共享，累计有55个国家、1500余万人次在线访问。

实施"数字敦煌"资源库扩容升级项目，数据安全存储能力不断提升……

此外，敦煌研究院正在致力于大数据中心的建设工作。未来，该中心将成为甘肃省不可移动文物科学数据中心，服务于全省文物数字化事业。

值得期待的是，"数字敦煌"建设定能让文物保护走得更好、走得更远。

石窟"航母" 推动"一院六地"文物保护远航

2017年1月17日，是甘肃省文博界的特殊日子。

这一天，天水麦积山石窟、永靖炳灵寺石窟、庆阳北石窟寺三大石窟整建制划入敦煌研究院管理。这意味着敦煌莫高窟、西千佛洞、瓜州榆林窟、天水麦积山石窟、永靖炳灵

寺石窟、庆阳北石窟寺这 6 处横贯东西、相距上千公里的甘肃精华石窟全部纳入敦煌研究院管理，正式开启了"敦煌模式"，标志着甘肃省着力打造的石窟保护研究利用"航母"正式启航。

至此，敦煌研究院成为中国文物管理单位最多、分布区域最广的综合性科研机构，并开始带动甘肃省重要石窟文物保护管理利用工作的提质、上档和升级。

为了更好地推进新划入石窟的保护工作，敦煌研究院保护团队迅速进入"战斗状态"——

紧抓主要矛盾。针对北石窟寺严重风化问题，在甘肃省科技厅的大力支持下，敦煌研究院成功立项甘肃省科技重大专项"砂岩石窟寺防风化技术研究与应用"，开展北石窟寺工程地质环境、砂岩多因素风化机理、砂岩综合防风化技术等多个专题研究，全力推进北石窟寺的保护工作。

针对麦积山栈道安全问题，保护团队联合甘肃省地震局、兰州理工大学等多家单位，开展了麦积山栈道安全稳定性评价研究，给出了动静荷载下不同区段石窟栈道的安全性评价，并为后续栈道改造和局部补强奠定了坚实的基础。

针对炳灵寺洪水侵蚀问题，保护团队多次奔赴现场调研，讨论防洪排沙和彻底解决方案，并启动 12 个洞窟的壁画保护修复工作。目前，在甘肃省水利厅的大力支持下，正在进行可行性研究报告编制工作。

为持续加强敦煌研究院所辖 6 处石窟的文物保护工作，近年来，敦煌研究院开展了一系列工作。

先后编制文物本体保护方案 50 余项，完成莫高窟第 130 窟壁画彩塑保护修缮、麦积山石窟栈道安全稳定性前期勘察、榆林窟第 6 窟大佛抢救性保护、炳灵寺石窟 3 个洞窟揭取壁画保护修缮、西千佛洞 7 个洞窟保护修复和北石窟寺清代戏楼修复等文物保护工程 31 项。

将"数字敦煌"项目扩展为"数字甘肃石窟"项目，完成麦积山石窟第 135 窟、榆林窟 11 个洞窟、西千佛洞全部洞窟的文物数字化采集，以及北石窟寺第 165 窟彩塑三维数字化等工程项目。

建成敦煌石窟、炳灵寺石窟、麦积山石窟环境监测体系，初步形成了 6 处石窟预防性保护监测预警系统，正在开展甘肃省石窟监测预警平台设计建设。

持续推进莫高窟风沙防治及生态环境综合治理，文物保存状况和石窟周边环境不断得到改善……

科技引领　助力世界文化遗产保护典范建设

科技时代，将黑科技引入文物保护领域，多举措唤醒沉睡文化遗产，是时代趋势，也是必然选择。

这方面，敦煌研究院一直走在前列。

近年来，在科技部、国家文物局、甘肃省科技厅和甘肃省文物局等部门大力支持下，敦煌研究院针对壁画、土遗址、预防性保护和文物数字化等领域关键科学问题，持续加强文物保护相关应用和基础研究，成功申报"墓葬壁画原位保护关键技术研究""多场耦合下土遗址劣化过程及保护技术研究""丝路文物数字复原关键技术研发"等国家重点研发计划项目 3 项，承担省部级及以上课题 67 项、其他课题 58 项，获得授权专利 45 项，制定行业标准 7 部。

一路探索，一路汗水，也收获一路的鲜花与掌声。

其中，"干旱环境下土遗址保护关键技术研发与应用""风沙灾害防治理论与关键技术应用" 2 项成果获国家科技进步二等奖，"多元异构的敦煌石窟数字化保护关键技术研发与应用推广"获甘肃省科技进步一等奖，多项文物保护科技成果入选国家"十三五"科技创新成就展。

这些科技成果不仅有效提升了我国古代壁画与土遗址保护技术水平，保障了敦煌石窟文物安全，相关技术成果还推广应用到青海瞿昙寺、内蒙古阿尔寨石窟、陕西延安石泓寺、西藏罗布林卡、山西资寿寺、浙江良渚遗址、江苏紫金庵、四川观音寺等我国 16 个省（区、市）140 余项文物保护项目中，使大量濒临消失的珍贵文物得以保存，取得了良好

敦煌研究院文物保护团队对西藏罗布林卡壁画进行修复

敦煌研究院文物保护团队在山西灵石资寿寺修复现场

2018 年 3 月，敦煌研究院专家赴阿富汗巴米扬石窟考察

的社会效益。

当前，以敦煌石窟为代表的"中国特色·敦煌经验"文物保护模式已基本形成，并逐步走向国际。团队研究成果逐渐向阿富汗、尼泊尔、乌兹别克斯坦、吉尔吉斯斯坦等"一带一路"沿线国家延伸，得到了国际同行的广泛认可。

"文物保护，永远在路上。"苏伯民表示，未来，敦煌研究院将持续聚焦"典范""高地"建设，不断加大文物保护基础研究，聚焦国际前沿和国家文化遗产保护领域的重大需求，积极推动国家重点实验室落地，通过多学科交叉汇聚与培养顶尖人才，以文化遗产科学保护和有效利用为使命，积极与丝绸之路沿线国家开展国际合作与交流，不断推进研究成果推广应用，奋力开创新时代世界文化遗产保护、研究文物事业平衡协调高质量发展新局面。

（此文由作者施秀萍与敦煌研究院武发思合写，敦煌研究院杜鹃统筹，原载于《甘肃日报》2022 年 5 月 12 日十一版）

建设敦煌学研究的高地

敦煌自古以来便是"华戎所交一都会",也是中西文化交流的主通道。来自南亚、西亚、中亚、东亚甚至欧洲的文化汇聚于此,不同民族与各种文化在敦煌交汇、交流、交融,共同促进了敦煌辉煌文明的形成。

敦煌文化集建筑艺术、彩塑艺术、壁画艺术、佛教文化于一身,历史底蕴雄浑厚重,文化内涵博大精深,艺术形象精美绝伦。

自 1944 年以来,国立敦煌艺术研究所在资料匮乏、生活极其艰苦的条件下,开始了敦煌石窟清理、内容调查、洞窟编号和供养人题记抄录等工作,开辟了敦煌石窟系统研究的先河。

1984 年以后,敦煌研究院进入敦煌学研究的全面发展阶段,学科体系不断完善,学术观点、科研方法不断创新。在敦煌研究院和敦煌学界的共同努力下,敦煌学研究步入繁荣发展新阶段,一批又一批各学科研究人员加入敦煌学研究的行列，敦煌学研究的广度和深度不断扩大，敦煌学学科体系不断发展，学术观点、科研方法不断创新。

"加强敦煌学的研究，是始终摆在敦煌研究院面前的艰巨任务。"敦煌研究院党委书记赵声良说，近年来，敦煌研究院更是紧紧围绕建设敦煌学研究高地这一目标，进一步拓展人文社科研究的广度和深度，逐步加强对少数民族历史文化的研究，取得了丰硕成果。

石窟考古　有序推进

在石窟考古研究方面，敦煌研究院对十六国、北朝、隋代、唐代前期、唐代中期和西夏时期石窟进行了考古分期研究，对莫高窟窟前遗址和莫高窟北区洞窟实施全面清理发掘，发现了一批殿堂遗址和一些新的窟龛，出土了大量珍贵遗物，基本弄清了北区洞窟的数量、功能和性质。

2011年，经过数十年努力，由樊锦诗先生主持编写的《敦煌石窟全集》第一卷《莫高窟第266~275窟考古报告》出版。

2017年，《莫高窟第266~275窟考古报告》荣获全国性哲学社会科学研究较高规格的奖励——吴玉章人文社会科学优秀奖。

2020年，樊锦诗先生荣获法兰西学院"第二届汪德迈

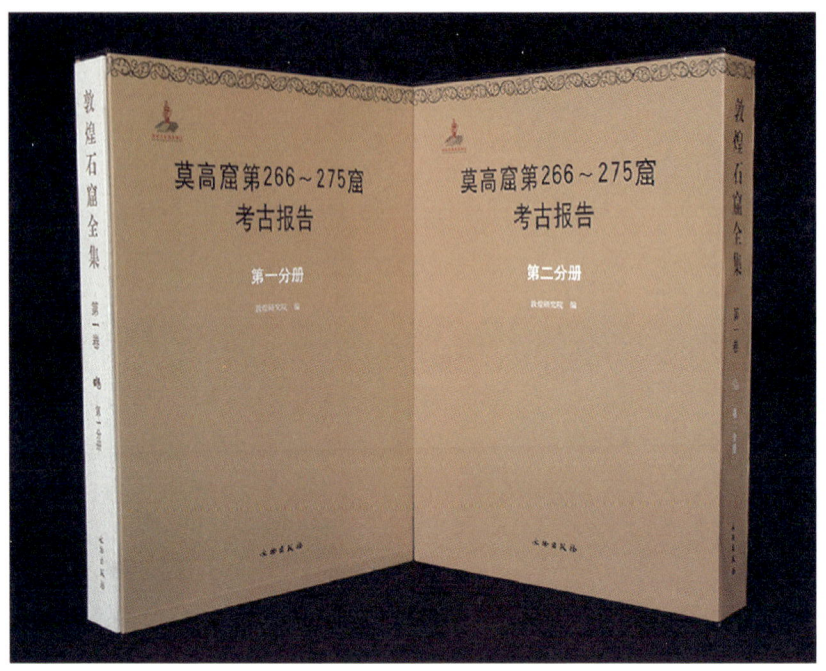

《莫高窟第 266~275 窟考古报告》封面

中国学奖"。该奖项以汪德迈的名字命名,在世界范围颁发,系终身成就奖。

近年来,敦煌研究院积极构建多学科交叉的石窟寺考古工作研究体系,各项工作有序推进:

——建立石窟寺考古报告编撰模式和规范并向行业推广。

——继续推进莫高窟考古报告和麦积山石窟、炳灵寺石窟、北石窟寺考古报告编写。

——加快石窟内容整理与研究，完成 6 处石窟内容总录修订与编纂。

——加强田野考古研究，开展了河西中小石窟及周边遗址的考古、调查工作。

锁阳城塔尔寺遗址是河西地区佛教传播和发展的重要遗存。2019 年，在国家文物局、甘肃省文物局的大力支持下，敦煌研究院开始了对这一遗址的发掘。

三年里，考古工作组对锁阳城塔尔寺遗址进行了科学全面的考古发掘和研究，基本厘清了塔尔寺遗址山门与大殿的结构，山门和大殿上出土了大量板瓦、筒瓦等建筑构建。

敦煌研究院考古研究所所长张小刚介绍道："这些成果不仅对于准确认知古代敦煌地区城市基本面貌、格局、规模、构成、变迁、历史沿革等方面有着重要价值，而且对于与丝绸之路相关的历史、文化、宗教信仰等问题的深入探讨都具有极其重要的意义。"

学术研究　硕果累累

有了方向和目标，再远的路也能到达。

近年来，敦煌研究院紧紧围绕建设敦煌学研究的高地这一目标，全方位、多维度挖掘和阐释敦煌文化中蕴含的哲学

思想、人文精神、价值理念、道德规范，进一步拓展研究的广度和深度，取得累累硕果：

——相继完成国家社科基金重大招标项目"敦煌石窟图像专题研究""敦煌遗书数据库建设"等国家和省部级课题13项。

——成功申报国家社科基金重大招标项目"敦煌文献释录与图文互证研究""敦煌中外关系史料的整理与研究"，合作成功申报国家社科基金冷门研究专项学术绝学团队项目"敦煌壁画外来图像文明属性研究"等国家和省部级及以上课题70余项。

——敦煌莫高窟入选百年百大考古发现，敦煌研究院获批国家考古发掘资质证书，锁阳城塔尔寺遗址等田野考古发掘项目顺利推进。

在深厚的学术积淀基础上，敦煌研究院五年来共出版《敦煌艺术大辞典》等学术专著80余部，发表学术论文600余篇。

在编辑出版工作上，近五年共计编辑出版《敦煌研究》30期，出版《敦煌画研究》等学术著作19部。特别是《敦煌研究》，目前已出版191期，发表论文3800余篇，内容涉及敦煌学的所有专业，现已发展成为国际敦煌学界最有影响力的专业期刊和学术载体，是弘扬敦煌学的主阵地，引领、

2022 年,《石窟与土遗址保护研究》期刊正式创刊

推动着国际敦煌学不断发展。

2021 年,学术期刊《石窟与土遗址保护研究》获批创刊。该期刊旨在推进石窟与土遗址等文化遗产的保护研究,刊载科技考古文物数字化等领域最新研究成果,进一步推动敦煌学乃至丝绸之路研究高质量发展。

数字技术　助力保护

海外"游子",最令人牵挂。

尽管敦煌学研究硕果累累,但散落在世界各地的敦煌遗书,让敦煌研究院专家们时刻牵挂着。

面对数量品种繁多、文化内涵丰富、形态复杂多样的海外敦煌遗书，敦煌研究院最先提出了"数字化复原"构想。

2012 年，由敦煌研究院主导的国家社会科学基金重大项目《敦煌遗书数据库建设》立项——

利用现代数字技术，对敦煌遗书进行数字化处理，尽可能将各地所藏敦煌遗书资源信息汇集在一起，建立完整的敦煌遗书信息资源总库，以期进一步实现全球各地所藏敦煌文物的数字化复原。

目前，敦煌研究院对全球各地所藏敦煌汉、藏文遗书的基本信息和研究文献信息等数据的搜集整理工作已接近完备。这些信息已经部分导入数据库平台。

在此基础上，敦煌研究院于 2021 年组织成立了"流失海外敦煌文物数字化复原工程"专门领导小组和工作小组，组织编制了《流失海外敦煌文物数字化复原工程——法藏敦煌文物（一期）2022 年度工作方案》，于 2022 年完成法藏敦煌文物叙录、录文，初步构建了流失海外敦煌文物建设数字资源管理与共享平台，推进流失海外敦煌文物数字化复原工作。

广阔平台　展示精彩

敦煌之美，风华绝代。其中，敦煌美术是敦煌文化百花园中一朵耀眼的玫瑰，芬芳馥郁，令人魂牵梦萦。

在敦煌美术研究方面，敦煌研究院精心"灌溉"、悉心"养护"，使敦煌美术这朵"玫瑰"绽放出迷人芬芳——

多年来，先后对敦煌石窟各时期、各类型的美术作品风格、技法与美学特征作了总结性研究，并开展了敦煌石窟美术史研究，《敦煌石窟美术史：十六国北朝卷》已于2014年出版，在建筑、图案、飞天、山水画等方面的专题研究取得了重要成果。

近年来，持续开展莫高窟第172窟整窟复原临摹和东千佛洞壁画临摹等项目，临摹创作岩彩画160余幅、彩塑20余身。多幅作品入选全国美展，10幅作品参加"百年历程 辉煌成就——庆祝中国共产党成立100周年甘肃省美术作品展"。

在文化和学术交流方面，敦煌研究院同样用心用力，走出了一条条独具特色的"敦煌道路"——

依托丝绸之路（敦煌）国际文化博览会、甘肃省丝绸之路与敦煌研究中心以及敦煌研究院佛学研究中心等平台，成功举办"敦煌论坛""世界文化遗产保护与旅游可持续发展国际论坛""麦积山国际雕塑论坛""绝色敦煌之夜"等学术论坛、艺术展演，让敦煌之风劲吹华夏大地。

举办"丝绸之路文化艺术"研修班、"丝绸之路与敦煌

学""敦煌读书班""莫高讲堂""敦煌艺术沙龙"等系列学术讲座，让敦煌之花四季盛开。

先后选派专家学者赴美国、英国、日本、印度、阿富汗、伊朗等十余个国家开展学术交流，让敦煌之种播撒世界，让世界分享敦煌之果。

多见者博，多闻者智。敦煌研究院正在不断扩展研究视野和研究方法，持续推进敦煌石窟考古，敦煌艺术，敦煌历史、民族、宗教、文学，敦煌与中外关系以及敦煌藏文文献的研究，全方位、多维度挖掘和阐释蕴含其中的中华民族文化精神、文化胸怀和文化自信。

"新时代的敦煌学研究，必将更上层楼。"展望未来，赵声良信心满满。今后，敦煌研究院将再接再厉，进一步加强敦煌学研究，努力掌握敦煌学研究的话语权，拓展研究领域，寻找突破口，在更大范围内采取多学科相互交叉、渗透、对比的研究方法，推动敦煌学研究向纵深发展，为建成敦煌学研究高地，为增强中华文化自信，为服务好"一带一路"倡议而奋发努力。

（此文由作者施秀萍与敦煌研究院王芳芳合写，敦煌研究院杜鹃统筹，原载于《甘肃日报》2022年5月12日十二版）

用心用情讲好敦煌故事

1979 年，随着敦煌被国务院列为全国第一批对外开放城市，敦煌文物研究所（敦煌研究院前身）依据洞窟的历史、艺术、科学价值，制定了洞窟开放标准，选择了不同时代的代表性洞窟，正式向游客开放。

自此，"藏在深闺少人识"的莫高窟，以其多元文化价值和国际化禀赋，逐渐成为甘肃文化旅游的名片，一跃成为名扬四海的旅游胜地。

莫高窟所在地敦煌市，也因此获得了国家历史文化名城、2021 年"东亚文化之都"等一系列荣誉称号。

讲解队伍，莫高窟靓丽"第一形象代言人"

气质高雅、知识渊博、讲解专业、服务悉心、态度暖人……参观过敦煌莫高窟的人，都会对那里的讲解员留下深刻印象，留言簿上满满的赞美之词就是明证。

眼睛，是心灵的窗口。而讲解服务工作，就是敦煌研究

院文化弘扬工作的一个重要窗口。

这个窗口，窗明几净，令人喜爱。

从 1979 年莫高窟正式对外开放时的"五朵金花"，到现在近 300 人的讲解队伍……经过 40 余年的发展，这支以青年为主的讲解服务团队，始终具有共同的"面貌"和"名字"——

他们，具有较高的专业素养和业务水准。大部分人同时还掌握一门外语，可提供中、英、法、日、德、韩六种语种的讲解，是目前全国文化遗产地和博物馆系统中人数最多、

莫高窟讲解队伍

整体业务素质最过硬的讲解员团队之一。

他们，是莫高窟靓丽的"第一形象代言人"，能够始终以专业、生动、精彩的讲解，让博大精深的敦煌文化变得可亲、可知、可感。

有温度，问不倒，是敦煌研究院讲解员的不懈追求。

这，并非易事。

要有温度，得先有厚度。这是知识、经验积累的厚度。也只有厚度够了，才能厚积薄发、深入浅出。

学习、学习、再学习，实践、实践、再实践……为了不断提高讲解员业务水平，敦煌研究院有两条"铁律"——

每年旅游淡季，都会请专家授课，全面提升、扩大理论储备。

每两年，开展一次级别考核，实地考核讲解员的讲解能力、语言表达和临场讲解水平等。

凭借过硬的业务素养，敦煌研究院的讲解服务团队先后获得"全国巾帼文明岗""全国工人先锋号""全国三八红旗集体""甘肃省青年五四奖章集体"等荣誉称号。

多轮驱动，实现文物保护与旅游开放共赢

21 世纪以来，随着国家西部大开发政策的出台和不断推进，甘肃省文旅产业迎来了发展契机，莫高窟旅游开放工

作也进入了一个新的阶段。

来自全球 80 多个国家和地区、2100 余万游客——这是截至目前，莫高窟的接待数据。

喜人数据，又伴随着挥之不去的淡淡忧愁。

"日益增长的游客人数，固然让敦煌艺术更广为人知，但随之而来的则是保护与旅游开放之间的矛盾。"敦煌研究院院长苏伯民告诉记者，莫高窟受洞窟空间、文物保护现状等条件所限，可承载的游客数量有限。而短时间内高频次参观将造成洞窟内温度、湿度、二氧化碳浓度等指标急剧升高，对石窟保护构成威胁。

如何处理好二者间的关系，是摆在时任敦煌研究院院长樊锦诗面前的首要难题。

"我们提倡负责任的旅游，既要对文物负责，也要对游客负责。"樊锦诗说。

行动，比心动更加重要。

在历任院长带领下，敦煌研究院通过不断探索研究，实施了一系列在国内外文博行业具有前瞻性的文物保护利用措施——

在洞窟内安装传感器，随时监测游客进入洞窟后的窟内温度、相对湿度和二氧化碳浓度变化。

依据洞窟空间容量、是否有观赏性和严重病害、开放洞窟微环境标准，以及游客数量和流量等数据，研究确定日游客最高承载量。

基于"数字敦煌"资源和先进技术，制作 4K 超高清主题电影《千年莫高》和 8K 球幕数字电影《梦幻佛宫》，建成"莫高窟数字展示中心"，实现"窟内文物窟外看"。

构建实践"总量控制，网上预约，数字展示，实地看窟"的莫高窟旅游开放新模式。

这些创新举措，切实缓解了莫高窟文物保护与旅游开放之间的矛盾，保证了文物安全，提升了游客参观体验度，也获得了国内外游客的广泛认同和赞许。

2010 年，在巴西召开的世界遗产委员会第 34 届会议上，莫高窟被誉为"有效保护与可持续旅游管理方法的典范"。并且，此次会议将敦煌莫高窟的保护管理、旅游开放经验作为典型案例，向各国世界遗产地传播分享。

百尺竿头，更进一步。近年来，敦煌研究院持续优化旅游参观模式，在实现保护与开放共赢的道路上，走得更远——

以莫高窟智慧管理系统建设为主导，策划推出莫高窟虚拟体验"飞天专题游"参观路线，让游客借助移动端即可见到飘逸的飞天、灵动的九色鹿等，依靠技术手段破解制约游客服务与体验的瓶颈。

以莫高窟旅游开放经验为基础，科学核定并严格落实 6 处石窟游客承载量，提升景区基础设施，统一开通运行门票预约平台，游客满意度达到 99% 以上，实现了石窟开放利用管理水平和接待服务能力同步提高。

打造矩阵，让敦煌文化全面融入现代生活

"听得到、听得懂、听得好。"这是莫高窟人共同的宗旨、不变的目标。他们躬身践行，一直在努力。

多年来，敦煌研究院充分发掘敦煌文化多元价值，阐释弘扬敦煌文化蕴含的哲学思想、人文精神、价值理念、道德规范，不断创新传播方式、提高文化产品质量，通过大众喜闻乐见的形式，讲好敦煌故事，让千年敦煌与时代接轨。

深挖敦煌文化内涵，先后策划举办百余场展览，打造出"敦煌艺术大展""敦煌艺术精品高校公益巡展""莫高精神展"等精品展览品牌，带领敦煌文化走进美国、英国、奥地利等 10 余个国家，北京、上海、香港等 60 多个城市和地区，扩大了敦煌文化的辐射范围，为促进文化合作交流发挥了重要作用。

2016 年，在成都举办的"丝路之魂·敦煌艺术大展暨天府之国与丝绸之路文物特展"，吸引了 108 万人次前来观看。

2021 年，在北京举办的"敦行故远：故宫敦煌特展"，

"敦行故远：故宫敦煌特展"现场

通过展现丝绸之路甘肃段和故宫博物院院藏的 188 件文物，以及回望两家机构走出具有中国特色的文物保护利用之路的发展历程，让观众深刻感悟到了中华民族伟大的融合力、创造力和生命力，吸引了众多线上线下观众。

除在展览陈列上推陈出新外，敦煌研究院还努力探索让文物"活"起来的有效途径——

"云游敦煌"是敦煌研究院联合腾讯于 2020 年推出的一款微信小程序。用户通过手机，即可从艺术类型、朝代、颜色等维度近距离领略敦煌石窟艺术风采。

小程序自上线以来，反响热烈，得到国家文物局官方点

赞和学习强国等权威平台的自发传播，引发大规模行业主流媒体和文博机构的高度关注，荣获 2020 年度中华文物全媒体传播精品（新媒体）推介项目。

《敦煌岁时节令》数字文化产品以"传承、人文、诗意、生活"为核心理念，将中国传统节日及二十四节气与敦煌壁画、塑像、出土文献等结合起来，巧妙而富有趣味地将古人的智慧成果引入现代生活中。该产品以清新独特的风格受到大众喜爱，敦煌文化也以更为年轻、更有活力的姿态走到了大众面前。

此外，基于敦煌文化研究成果，敦煌研究院着力打造融媒体传播矩阵，推出"数字敦煌"精品线路游、"数字供养人"、《一事一生 一人一窟》系列视频等数字文化产品和文化品牌，让敦煌文化"出了圈"。

而莫高窟、麦积山石窟、榆林窟、炳灵寺石窟、西千佛洞、北石窟寺六大石窟辉煌灿烂的艺术风采，也正通过"云讲国宝""云游麦积山石窟""寻访炳灵寺石窟"等线上直播、短视频走入大众视野。

据了解，五年来，敦煌研究院官方融媒体平台浏览量超 8 亿人次，访客覆盖 120 多个国家和地区，真正使洞窟里的文物"活"起来、"走"出去，成为"互联网＋中华文明"行动计划的生动实践。

勇担使命，传播敦煌文化扩大国际影响力

文明因多样而交流，因交流而互鉴，因互鉴而发展。

随着"一带一路"倡议不断发展，作为历史时期具有世界性这一文化特性的敦煌文化，无疑是对外传播中华优秀传统文化、讲好中国故事最好的代表。

多年来，敦煌研究院始终坚持把"构建敦煌文化制高点，加快敦煌文化走出去"作为使命担当，努力推动敦煌文化服务共建"一带一路"，让敦煌走向世界，让世界走近敦煌。

基于敦煌文化价值多元化、国际化禀赋，敦煌研究院先后走进"一带一路"共建国家，开展了一系列主题突出、特色鲜明的专题展览推介活动。

在奥地利维也纳，举办以音乐为主题的展览；在土耳其、阿富汗等国，举办以敦煌艺术为主题的展览；在美国、德国等国高校，举办敦煌壁画艺术精品高校公益巡展……结合敦煌深厚的文化积淀，针对不同国家、不同信仰、不同民族的特点，敦煌研究院因地制宜"走出去"，不仅在国际上获得广泛认可和高度评价，更为弘扬中华优秀传统文化、坚定文化自信、提升国家文化软实力作出了积极贡献。

在"走出去"的同时，敦煌研究院不断加强与丝路沿线

国家和机构的合作，引进"丝路秘宝——阿富汗国家博物馆珍品展""丝绸之路上的文化交流：吐蕃时期艺术珍品展"等展览，为不同文明搭建起文化交流平台。

文化发展，只有与民共享，才能真正落地见效。敦煌研究院这样想，也这样做——

开设"敦煌文化驿站""文化遗产六进"等公共文化平台，让博物馆走进社区、学校，走近公众。

开展 450 余场国内知名专家学者的专题公益讲座，以及"指尖上的敦煌"等公共文创体验课程，将敦煌文化带到国内外公众身边。

"敦煌文化守望者"全球志愿者派遣计划、"香港大学生敦煌青年实习计划"，延伸了博物馆的社会教育范围，让敦煌文化走出洞窟，让广大学子真切感受敦煌文化之美。

"敦煌文化历久弥新，现代科技让敦煌文化有了更多的呈现方式，也展示出了它源源不断的生命力。"苏伯民表示，敦煌研究院将始终秉持对中华文明传承弘扬的责任感和使命感，努力推动敦煌文化创造性转化、创新性发展，为坚定文化自信、建设文化强国贡献敦煌力量。

（此文由作者施秀萍与敦煌研究院段文磊、殷曦合写，敦煌研究院杜鹃统筹，原载于《甘肃日报》2022 年 5 月 12 日十二版）

让莫高精神绽放新的时代光芒

坚守大漠，就是艰苦奋斗、坚韧不拔、锲而不舍的执着品质。

甘于奉献，就是潜心治学、淡泊名利、克己奉公的无私精神。

勇于担当，就是不忘初心、为国尽责、勇挑重担的使命意识。

开拓进取，就是解放思想、敢为人先、与时俱进的创新精神。

这是莫高精神"坚守大漠、甘于奉献、勇于担当、开拓进取"的基本内涵，也是对敦煌事业发展历程的高度概括。

从艰难起步，到曲折探索，再到蓬勃发展，78年来，以常书鸿、段文杰和樊锦诗为代表的几代莫高窟人，深居大漠，谱写了令世人瞩目的敦煌传奇，开辟出一条独具特色、与时俱进的石窟发展之路，让沉积千年的莫高窟盛世重光。

他们如荆棘、似胡杨。78年来，代代莫高窟人扎根于

敦煌鸣沙山与三危山间的山谷中，用青春和汗水、坚守和奉献，深耕大漠，孕育出一种熠熠生辉的可贵精神品质。这就是莫高精神。

"莫高精神，难在凝结，贵在薪火相传。"敦煌研究院党委书记赵声良颇有感触地说，莫高精神是敦煌研究院七十八载团结奋进、生生不息的不竭源泉和澎湃动力，也是讲好敦煌故事，传播中国声音，提升文化软实力，坚定文化自信，助推文化强国建设，促进世界文明共融的强大力量。

1953 年 10 月，敦煌文物研究所职工在榆林窟夜间工作情况

忆往昔，薪火相传凝结莫高精神

1944 年 1 月 1 日，国立敦煌艺术研究所正式成立，常书鸿被任命为所长。至此，敦煌石窟结束了荒芜凋敝、无人管理、任人劫掠、任凭破坏的历史。

常书鸿、段文杰、霍熙亮、欧阳琳、孙儒僩、史苇湘等一批前辈专家，满怀对敦煌艺术的热爱，伴着大漠戈壁、土屋油灯，克服交通不便、吃水困难、经费不足、物资匮乏的艰难处境，笃定坚守，担负起保护敦煌石窟的神圣使命，开启了敦煌石窟保护、临摹和研究的征程。

20 世纪 60 年代，常书鸿工作照

1955 年 10 月，段文杰工作照

　　1949 年中华人民共和国成立后，党和国家对敦煌石窟文物保护工作高度重视，1950 年敦煌艺术研究所重组为敦煌文物研究所，1984 年敦煌文物研究所扩建为敦煌研究院，党和国家领导人也多次考察莫高窟，并对各项工作作了具体的指导。

　　这期间，李其琼、关友惠、刘玉权、李贞伯、万庚育、李云鹤、贺世哲、施萍婷、李永宁、孙修身、樊锦诗、李最雄等一批专家学者响应祖国号召，从四面八方来到莫高窟。而这时期的生活条件和工作环境并未有大的改观，与家人分

20 世纪 90 年代，樊锦诗工作照

居几处、子女无法接受正常教育等问题接踵而至。但与常书鸿、段文杰等几位先生一样，他们克服种种困难，怀着对敦煌石窟保护研究的热情和决心，白天窟前清沙、植树放羊，晚上挑灯夜读、勤勉钻研，一待就是一辈子，成为名副其实的"打不走的莫高窟人"。

在这样艰苦的条件下，老一辈莫高窟人却书写了一份份精彩的"敦煌答卷"，开创了敦煌石窟保护、研究、弘扬各项事业发展的基业，为敦煌文物保护事业的繁荣奠定了坚实的基础。

——他们完成了石窟崖体的抢救性保护、壁画现状的调

查、病害修复技术的探索、保护规划的编制等工作，开启了从抢救性保护迈向科学性保护的新阶段。

——他们开创了石窟壁画临摹方法，开展原大整窟临摹，使敦煌石窟艺术走出国门、走向世界。

——他们创办了《敦煌研究》期刊，举办敦煌学学术研讨会，出版《敦煌研究文集》《敦煌莫高窟内容总录》《敦煌莫高窟供养人题记》等一批敦煌学研究必备的重要参考资料，在敦煌学发展史上具有里程碑式的重大意义。

进入 21 世纪以后，在众多大学毕业生选择在大城市绘就锦绣人生的大背景下，仍有不少青年学子，受敦煌事业的吸引和莫高精神的感召，舍弃繁华都市，甘心情愿来到莫高窟，继承发扬莫高精神，运用数字科技，开拓创新，做新时代的"守窟人"——

他们，与时俱进，创新旅游开放模式，提升游客体验满意度，提升文化弘扬质量，扩大敦煌文化辐射范围和传播受众，打造精品文化研学品牌，开展敦煌文化的全媒体传播，构建院属石窟"云展览"模式。

他们，将科技创新与石窟考古相结合，探索出一整套行之有效的撰写石窟寺考古报告的科学方法，加强国内外特别是与丝绸之路沿线国家的学术交流，开展多民族历史文化研究，助力铸牢中华民族共同体意识。

他们，引领文博行业的数字化发展，建立石窟文物预防性科学保护体系，提高石窟文物保护技术和水平，加强石窟寺文物保护利用……

78 年，只是时间长河中的一瞬。而莫高窟正当年华，欣欣向荣。正是一代代莫高窟人以满腔赤诚、实干笃行写就了莫高精神。继而，这种精神升华为一种力量，跨越时空、历久弥新，在戈壁荒漠上生根发芽、开花结果。

看今朝，代代传承践行莫高精神

择一事，终一生。多年来，几代莫高窟人勇担时代使命，躬身践行莫高精神，以执着的信念和满腔的热诚，筚路蓝缕，锐意进取，精心保护、研究和弘扬敦煌文化遗产，使敦煌研究院发展成为我国文化遗产保护传承的排头兵，被国际上誉为世界文化遗产科学保护、精心管理和合理利用的典范。

奋进发展的敦煌研究院，肩负起更多重任；奋力前行的莫高窟人，也赋予莫高精神新的使命担当。

2017 年，甘肃省政府将天水麦积山石窟、永靖炳灵寺石窟、庆阳北石窟寺整建制划归敦煌研究院管理，希望敦煌研究院发挥龙头作用，让"石窟航母"扬帆远航。

2019 年 8 月 19 日，习近平总书记考察甘肃，首站就

2019 年，敦煌研究院部分职工合影

选在敦煌莫高窟。在敦煌研究院召开的座谈会上，习近平总书记对敦煌研究院几代人秉持坚守大漠、甘于奉献、勇于担当、开拓进取的莫高精神，以及在敦煌文物保护、研究和弘扬中取得的成绩给予充分肯定。

这一系列的荣誉是党和国家对敦煌研究院几代莫高窟人奋斗业绩的高度评价，是党和国家对莫高精神的充分肯定，也是党和国家在新的历史时期，站在"十四五"时期文化发展和 2035 年建成社会主义文化强国目标任务研究部署的高度上对敦煌研究院、对莫高精神的新要求和新期许。

展未来，生生不息光大莫高精神

今天，莫高精神作为莫高窟人奋斗历程的精神结晶，已经成为全国文博行业所共有的一种精神，是甘肃精神谱系的重要组成部分，与"和平合作、开放包容、互学互鉴、互利共赢"的丝路精神一脉相承、相得益彰，也是中华优秀传统文化在新的历史条件下的继续与发展，是社会主义核心价值观的生动展示。

发扬莫高精神，对于服务"一带一路"倡议，促进丝绸之路沿线国家的民心相通，促进中外文化交流，铸牢中华民族共同体意识，提升文化软实力，坚定文化自信，助推文化强国建设，促进世界文明共融等具有重要意义。

知重负重见本色，鸣沙脚下绘新图。

在新的历史时期，如何进一步传承弘扬莫高精神，扩大莫高精神的影响力，并不断挖掘、赋予莫高精神新的时代内涵，以新气象、新担当、新作为，奋力开创新时代文物事业改革发展新局面，讲好敦煌故事，传播好中国声音，为我国文化遗产保护、研究和弘扬事业的发展作出更大贡献，是敦煌研究院新的时代使命和时代任务。

身边的榜样最有力量。

近年来，敦煌研究院不断组织干部职工开展形式多样的

莫高精神学习活动，统一思想，提高认识，大力挖掘、培育和宣传先进典型，学习常书鸿、段文杰、樊锦诗等为代表的老一辈莫高窟人的先进事迹和高尚品格，以典型引路，向榜样看齐。通过先进典型弘扬正气、凝聚人心、鼓舞斗志，以身边典型的先进事迹和高尚品格鼓舞人、激励人、感召人，凝聚干事创业的"精气神"，朝着"努力把研究院建设成为世界文化遗产保护的典范和敦煌学研究的高地"目标要求奋进。

同时，鼓励更多人争做文物保护利用改革的实践者、贡献者、引领者，争做新时代中华文化的继承者、创新者、传播者，运用各类媒体、平台、展览等弘扬主旋律、传播正能量。

2021 年以来，敦煌研究院开始在全省范围内举办以莫

敦煌研究院外景

高精神为主题的展览和专题讲座，在全省掀起了学习践行莫高精神的热潮。目前，"莫高精神主题展"不仅在天水、武威、庆阳等甘肃省内20余个市县举办，而且在上海、北京、深圳等5省市成功举办，莫高精神的影响力逐渐扩大到省外，获得了较大的社会反响。

此外，敦煌研究院还创作发布了以莫高精神为主题的新闻报道、网络推文、短视频等作品，并结合国际博物馆日、文化和自然遗产日等重要时间节点，开展以莫高精神为主题的进校园、党课讲座、读书分享会等宣传教育活动，推动莫高精神传播开、走出去，以多样化的活动载体更好地凝聚社会共识，构建网上网下"同心圆"。

伟大的事业需要伟大的精神，伟大的精神托举伟大的梦想。78年来，一代又一代莫高窟人秉持莫高精神，怀着对敦煌文物事业百折不挠的执着和为国家、为民族的使命担当，不断把事业往前推进。在新时代中国特色社会主义建设中，莫高窟人将进一步继承发扬莫高精神，在新的历史征程中谱写出属于新一代莫高窟人的崭新篇章，绽放出新的时代光芒。

（此文由作者施秀萍与敦煌研究院段文磊、殷曦合写，敦煌研究院杜鹃统筹，原载于《甘肃日报》2022年5月12日十四版）

千年莫高

QIANNIAN
MOGAO

开窟篇：回响千年的一声锤音

题记：似是偶然，但若放在历史长河中去看，一切都是必然的。

公元 2016 年，农历丙申年。以灿烂丰富的壁画和多姿多彩的彩塑闻名于世的莫高窟已经走过 1650 个年头了。

1650 年，岁月漫漫，莫高窟静静伫立在大西北的戈壁深处，貌似闲"看"云卷云舒，实则以跌宕起伏的生命历程诠释着岁月的沧桑巨变。

1650 年，该是有多不容易啊！

初创，公元 366 年的开窟鼻祖

公元 366 年的一天，敦煌鸣沙山东麓响起了叮叮当当的敲击声，那是莫高窟开崖建窟的第一声锤音。

发出这声锤音的人，正是被誉为莫高窟开创者的乐僔。

据唐代李克让《李君莫高窟佛龛碑》记载："莫高窟者，

厥初，前秦建元二年，有沙门乐僔，戒行清虚，执心恬静，尝杖锡林野。行至此山，忽见金光，状有千佛。……造窟一龛。次有法良禅师，从东届此，又于僔师窟侧，更即营建。伽蓝之起，滥觞于二僧。"

这段文字详细记载了乐僔、法良，这两位不知何方人氏、生卒时间的僧人先后开凿莫高窟的真实历史，两人也被一同尊为莫高窟的开窟鼻祖。此外，据五代敦煌写本《沙州城土境》记莫高窟"永和八年癸丑岁创建窟"，即公元352年创建莫高窟；而西晋《莫高窟记》谓："敦煌名士晋司空索靖在莫高窟题壁号'仙崖寺'。"这又意味着莫高窟创建在公元290年左右。

敦煌莫高窟（孙志军摄）

　　虽有不同记载，但业内一般公认公元 366 年为莫高窟最初创建年代。可惜"由于自然和人为的破坏，初创期的洞窟已不可考，现存最早的洞窟是公元 430 年左右的北凉时期修建的"。"敦煌的女儿"樊锦诗在《漫话敦煌》一文中这样写道，憾惜之意甚浓。

　　或许，潜心修佛的乐僔不曾想到，他这一凿，竟开凿出一座举世闻名的艺术宝库；他这一凿，竟创造出一个流经千年的文化圣殿。

　　据载，自乐僔、法良之后，笃信佛教的东阳王元荣与建平公于义先后出任瓜州（敦煌古称之一）刺史，又各修一大窟。

　　此后，莫高窟的开窟造像兴盛起来，山麓断崖上凿壁开窟的声音历经北凉、北魏、西魏、北周、隋、唐、宋、西夏、元等朝代，1000 多年绵延不绝，无数后来者在前临宕泉河、东向三危山的鸣沙山东麓长 1680 米、高 15 至 30 米的南北两区断崖上，鳞次栉比地开凿了各种洞窟。其中，存有塑像、壁画的洞窟多集中在南区，为古代僧侣信众礼佛的场所，现存洞窟 492 个，塑像 2000 余尊，壁画 4.5 万平方米以及木构建筑 5 座；北区则是僧侣修行、居住、瘗埋的场所，有洞窟遗址 243 个。

　　如今，莫高窟以一个无与伦比的历史文化艺术宝藏、人

莫高窟面对的三危山（孙志军摄）

类文化史上的一大奇迹，尤其是千姿百态的精美彩塑、灿烂丰富的灵动壁画吸引着全世界的目光。

背景，丝路重镇酝酿艺术沃土

敦煌，中国西部的一个小城，沙漠中的一片绿洲，却在一千多年前就形成了规模巨大的石窟群，盛开出莫高窟这一朵怒放的艺术奇葩，闪耀了千年，璀璨了世界。

"乐僔在三危山开窟看起来是偶然的，实则是历史发展

的必然。"敦煌研究院副院长赵声良说，要了解莫高窟，就应对敦煌历史好好作一番考察。

据考古研究，敦煌的历史可上溯至4000年前的夏代，战国至秦，瓜州一带居住着塞种人、乌孙人和月氏人，后来，月氏人逐渐强大，打败乌孙人，赶走塞种人。西汉初年，居住在蒙古高原的匈奴又强大起来，将月氏人征服，随后月氏人分别迁移至中亚和祁连山一带，被称为大月氏和小月氏。在此期间，汉高祖刘邦或以和亲、或以金银布帛换取边境安宁。

至汉武帝时代，渐次强大的汉朝改和亲政策为抗击匈奴战略，一面派遣张骞出使西域，寻找大月氏联合夹击匈奴，一面以一系列军事打击占领河西走廊。公元前111年，汉朝在河西走廊的四个行政区设置完成，它们是张掖、武威、酒泉、敦煌"河西四郡"，敦煌之名得以问世，并在敦煌城西设立了阳关和玉门关。敦煌，由此成为中国西面的门户。

张骞虽未达到联合大月氏夹击匈奴的目的，但在公元前138年至公元前115年，先后两次出使西域的壮举，却成为丝绸之路的"凿空之旅"。

随着丝绸之路的不断繁荣，地处丝绸之路要道的敦煌在经济上取得飞速发展。至西汉末年，敦煌管辖六县人口已达3.8万余人，生活富足，社会稳定，成为"华戎所交一都会"。

敦煌玉门关（孙志军摄）

与此同时，敦煌地方文化也进入快速发展时期。

东汉末年，敦煌郡渊泉人、名将张奂拒绝董卓征辟，隐居乡里，在敦煌收弟子千人，著《尚书记难》。其子张芝"临池学书，池水尽墨"。张芝姐姐的孙子索靖亦受张芝影响，长于章草。

三国至两晋时期，中原战乱不休，敦煌却在安定的气氛中继续发展着传统文化。宋纤、索袭、郭瑀等历史上有名的"硕德名儒"，大多在此隐居讲学，授徒百千人。

晋王朝退守东南，前后出现十六个国家，史称"十六国"，河西一带则经历"五凉"。其中，西凉政权是建立在敦煌的汉族政权，标志着早期敦煌政治文化发展的一个高峰。

公元400年，相传是汉将军李广第十六代孙李暠以敦煌为首都建立了西凉王国。深受儒家文化熏陶的李暠广招英杰、兴办教育，至"郡大众殷，制御西域，管辖万里"。李暠去世后，继位的李歆刚愎自用，终败于北凉。其弟李恂坚守敦煌，北凉王沮渠蒙逊用党河水灌城，攻陷后又进行了残酷的大屠杀，从此，敦煌元气大伤，一片萧条。

"古代敦煌就像现代的深圳一样。"著名敦煌学学者王惠民告诉记者，古代敦煌，位于东西交通的要冲，西行求法与东来传教的僧侣多经于此，或讲经说法，或作短暂停留，使其成为我国最早接触佛教的地方，至公元4世纪，就已是"村坞相属，多有寺塔"了。

早在魏正始年间（240—248年），月氏人竺法护就在敦煌出家，从罽宾文人和龟兹使节处得到一些梵文佛经进行翻译，在敦煌、长安、洛阳等地名声鹊起，跟随他的僧徒达1000多人。后其弟子竺法乘，敦煌人于法兰、于道邃等高

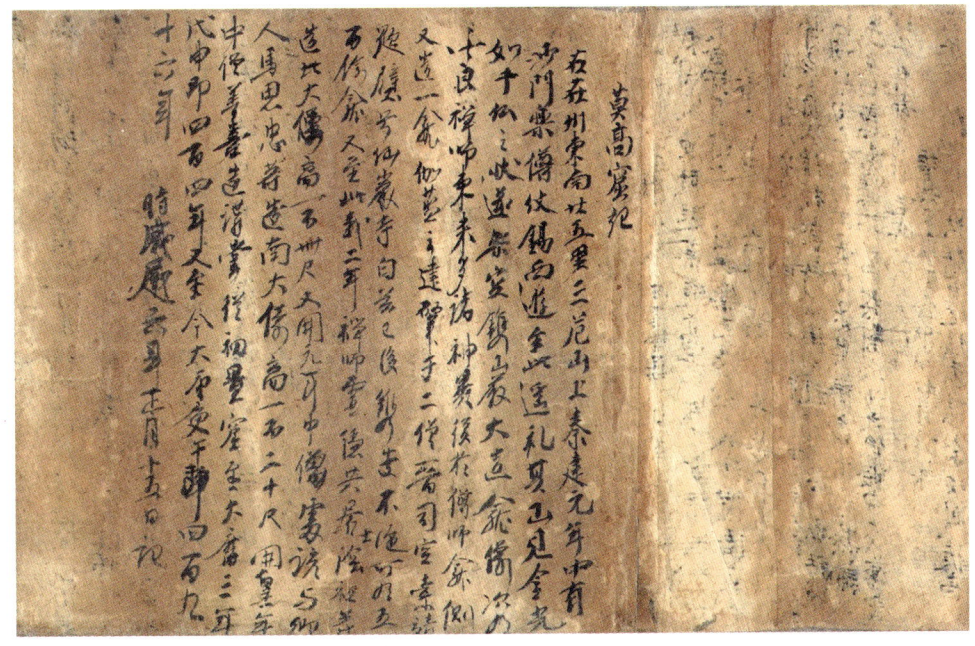

敦煌藏经洞出土的《莫高窟记》

僧兴建寺庙，为大众说法。

　　在这种大环境和佛教氛围中，内地高僧纷纷来到敦煌开凿洞窟修行，莫高窟应运而生。

价值，永远翻不完的百科全书

　　有一句话很适合莫高窟——我们的价值，不在于我们获得了什么，而在于我们为这个世界，创造了什么。

　　"内容决定价值。"赵声良告诉记者，莫高窟的魅力来自

洞窟里精美绝伦的彩塑、壁画以及其反映的多姿多彩的佛国世界，还有洞窟投射出的厚重历史。

走进洞窟，就明白了。

开凿于盛唐的第 445 窟北壁下侧壁画中有一幅根据经文"女子五百岁出嫁"描绘的婚礼图：途中宅第门外设帷帐及"青庐"，帐内宾客对坐宴饮，帐前正举行婚礼，新郎五体投地跪拜宾客，新娘盛装，傧相侧立于旁，侍婢往来忙碌，舞者闻乐起舞。生动展示了北方地区的婚礼场面和行礼时男拜女揖的习俗。

可为何女子五百岁才出嫁呢？

"隋唐时期，中国人觉得从印度传来的'累世修行'有些无望，便开始渐渐流行'净土思想'。"赵声良解释道，为了吸引更多信众，此时的佛国极乐世界降低门槛，不用"舍身饲虎"，更不用"累世修行"，佛国世界金砖铺地，树上生衣，不仅路不拾遗、夜不闭户，还由龙王喷雨，夜叉鬼打扫，什么也不用干，只管听音乐看舞蹈，想吃什么吃什么，人的寿命长达八万四千岁，女人则五百岁出嫁。

又为何结婚没有洞房，只有"青庐"？

"壁画描绘的婚礼风俗与历史文献记载的现实情况非常吻合。"赵声良接着解释道，这一时期，婚嫁沿袭了游牧民族的老习惯，婚礼要在搭建的帐篷即"青庐"中举行。因武则天在位时期，唐朝女人地位比较高，实行男拜女不拜的习俗，"所以，壁画描绘为男跪女立。"

　　这只是一个洞窟里壁画一角展现的内容，4.5 万平方米壁画该有多少浩瀚的内容要告诉我们啊！帝王将相、民族关系、使者朝会、商旅往来、生产劳动、风俗礼仪、婚丧嫁娶、耕作渔樵、行船驾车、屠宰射猎、洒扫宴饮、音乐舞

莫高窟第 445 窟《婚嫁图》（孙志军摄）

蹈、衣冠服饰、天文地理、医药科技等等，莫高窟是一部包罗万象的"大百科全书"，更是一座宝贵的历史资料陈列馆，正如樊锦诗所说："敦煌是永远读不完的，无论你读书万卷还是学富五车，在敦煌面前，你永远是个才疏学浅的小后生。"

"莫高窟更是唯一的，不可复制的。"王惠民说，十多个朝代，一千多年的营建，世界上再没有一处文化遗产延续这么长的时期，而且每个时期都有相当数量的作品遗存，其历史价值、艺术价值、科学价值、社会价值都是独一无二又无与伦比的。他感叹道："你说，价值几何？"

（原载于《甘肃日报》2016 年 9 月 1 日一版转二版）

营建篇：映照历史的一面镜子

题记：历史是最大胆的小说家，由其撰写的鸿篇巨制永远读不完。

佛语说："一花一世界，一叶一菩提。"在莫高窟的佛国世界里，加一句"一窟一时代"似乎也不为过。

根据石窟营造年代，业内将莫高窟分为早期窟（北凉、北魏、西魏、北周，420年至581年）、中期窟（隋、唐，581年至907年）和晚期窟（五代、宋、西夏、元，907年至1368年）。

今天，顺着开窟造像的时间轴，我们依然可以了然地看到莫高窟由初创到极盛，再到衰微的发展过程，也能清晰地触摸到不同时代的洞窟跳动了千年的历史脉搏。

早期营建，敦煌渐成佛教都会

"乐僔、法良等开凿的早期洞窟已经无法考证了。"敦煌

莫高窟第 268 窟内景（孙志军摄）

研究院副院长赵声良告诉记者，现可考最早的洞窟，是佛教非常盛行的北凉时期开凿的第268、272和275三个窟，但究竟是谁开凿的，也已无法考证，"而莫高窟的艺术价值、社会价值等，都是以现代眼光衡量，在古代就是单纯的禅修和拜佛。除了北区，南区的洞窟内都有塑像和壁画，均属礼拜窟。"

早期洞窟为"禅修窟"，是禅僧苦修的地方，令人震撼的精美壁画和彩塑不多。北凉时期的第268窟就是一个典型的禅窟。这是一个高1.5米左右的小型洞窟，中央是一个宽不足1米的过道，过道两侧的南北两壁各开两个方形小禅室，仅能容身，内有隋代补画的千佛。

这种附有禅室的洞窟由印度毗诃罗窟（梵语原义指散步或场所，后指僧侣住处）发展变化而来，古代的僧人们就是在这样小小的禅室里修行。

显然，初创期的洞窟小而简单，是实用型的。

但和尚们除了个人修行，还要举行礼佛等活动。于是，较宽敞、可容纳多人的"礼拜窟"产生了。窟内不仅雕塑有高大的佛像，还绘出很多与佛教相关的壁画。北凉时期的第275窟就已经是一个"礼拜窟"了，窟内有一个3.35米高的弥勒菩萨像，南北两壁则是在龟兹广为流行的释迦牟尼佛传故事壁画。这说明早期敦煌佛教与西域有着密切关系，也让

莫高窟第 275 窟　交脚弥勒菩萨像（孙志军摄）

北凉时期的敦煌石窟带有浓郁的西域艺术风格。

　　5 世纪末，几经北面柔然、南面吐谷浑等战乱的敦煌终于安定下来，战胜的北魏改敦煌为瓜州，派北魏明元帝的四世孙元荣出任瓜州刺史，这是敦煌历史上第一次由皇帝宗室担任敦煌地方官，无疑为敦煌文化繁荣带来了契机。

莫高窟第 285 窟内景（孙志军摄）

　　元荣是个崇信佛教的皇家子弟，他从中原带去一批开窟造像和绘制壁画的工匠，在敦煌大兴佛寺与石窟，不仅让莫高窟的营建进入一个高潮，也让北魏时期"入塔观像"的"中心柱窟"有了鲜明的中原风格特征，比如西魏第 285 窟等。

　　从北魏到西魏再至北周的一百多年，尽管三朝更替，但

处于丝路要道的敦煌政治安定。北周时期，敦煌的经济与文化十分活跃，建平公于义担任敦煌太守时，兴建了一座大型洞窟（第428窟）。在他的带动下，北周时期佛教石窟的开凿也兴盛起来，且能容纳多人、用以高僧宣讲佛法的"殿堂窟"开始增加。

莫高窟第428窟内景（孙志军摄）

渐渐地，在北朝统治者的倡导和佛教僧侣的努力下，敦煌便成为一个佛教都会，而以后的敦煌文化史也几乎都与佛教有关。

盛世敦煌，佛国迎来"黄金时代"

至隋朝，可谓盛世敦煌。

隋朝开国皇帝杨坚幼年长于寺院，一直崇信佛教，登基后，尊佛教为国教，还下令保护寺院佛像。仁寿年间（601—604 年），杨坚还派大臣专程到瓜州（即今敦煌）崇教寺（即莫高窟）建了当时唯一的舍利塔。

公元 607 年左右，派驻张掖的黄门侍郎裴矩撰写《西域图记》一书，详细记录了丝绸之路从敦煌往西的三条道路以及西域的山川形势、风土人情和服章物产等，令隋炀帝杨广大感兴趣。他于公元 609 年西巡，在张掖召见西域 27 国使节，史称"万国博览会"，当地人民盛装观看，队伍长达数十里。虽说这是隋炀帝好大喜功的表现，但也充分显示出隋王朝的强盛与河西一带的繁荣景象。

由于皇帝的倡导扶持，佛教迅速繁荣起来。隋朝短短的 38 年间，仅在莫高窟就兴建洞窟 70 座，有不少还是大型洞窟，这生动地反映了隋朝雄厚的经济基础。而隋朝对西域的"开放"政策也极大地促进了丝绸之路上的商贸文化交流，这

莫高窟第 96 窟弥勒佛像

一时期的敦煌壁画中富有西域特色的人物形象颇为常见。

至唐朝，敦煌由西部边陲变为统领西域的后方基地，迎来经济文化繁荣发展的高潮，也促使莫高窟营建进入"黄金时代"。仅唐前期就营建了140多个洞窟，大佛窟和大型洞窟愈加多了，莫高窟标志性建筑九层楼里的第96窟即为"唐朝佳作"。

据考，为讨好武则天，薛怀义和僧法明等僧人伪造了一部《大云经》曰："一佛没七百年后，为女王下世，威伏天下。"后又作《大云经疏》道武则天理应"当代李唐，入主天下"。公元690年，武则天登基称帝，下令向全国颁布《大云经》和《大云经疏》，在各州县建大云寺，造弥勒佛像。

第96窟即是在这样的历史背景下修建的。窟内塑有倚坐弥勒大佛像，高35.5米，是世界最大的石胎泥塑佛像和世界最大的室内佛像。佛像崇高庄严，面容慈祥和善，雕塑线条流畅丰满，富有美感。据说耗时12年、耗银1.2万两完成。这是莫高窟历史上的一个创举，显现出这一时期洞窟高大、精美的特征，也清晰地映照了唐代前期国家强盛、社会稳定和经济繁荣的时代特征。此外，唐朝时期的壁画中还出现了不少外国人的形象，比如第103窟东壁就画有《各族王子听法图》。这说明，这一时期经济繁荣、文化交流频繁。

莫高窟第 103 窟《各族王子听法图》(孙志军摄)

极盛而衰，辉煌之后悄然落幕

"敦煌的历史分期与中国其他地区的历史分期不太一样。"著名敦煌学者孙儒僩告诉记者，中唐时期，在公元781年，敦煌进入吐蕃时代。

这一时期，虽然笃信佛教的吐蕃民族营造洞窟的规模不亚于唐前期，也继承了唐前期人物造型丰满、笔法流畅的传统风格，但色彩已由华丽绚烂走向单调简单。

公元848年，敦煌人张议潮从吐蕃治下收复敦煌。此后40多年，敦煌均由张氏家族统治。其间，新开洞窟70多个，不少世家豪族修建的洞窟有着鲜明的"家庙"性质；此外，还在第156窟绘制了规模宏大的《张议潮统军出行图》

莫高窟第156窟《张议潮统军出行图》（孙志军摄）

和《宋国夫人出行图》，开创了在敦煌石窟中描绘"出行图"的先例。

公元 920 年，以曹议金为代表的曹氏接替张氏管辖敦煌长达 100 多年。崇信佛教的曹氏政权虽不遗余力营建洞窟，但绘制简陋、千篇一律，表现出经济力量的衰弱和文化上的封闭性，莫高窟已然从极盛渐趋衰微了。

公元 1036 年，西夏占领河西地区。在长达 200 余年的

莫高窟第 3 窟《千手千眼观音菩萨图》（孙志军摄）

统治时期，西夏这个敦煌历史上统治时间最长的少数民族政权基本保持着曹氏以来的传统，直到 12 世纪末才出现西夏供养人、藏传佛教艺术风格等新的艺术特点。

进入元代，敦煌虽经济发达、安定富足，但寺院比石窟更流行，所以现存元代石窟仅约 10 个，画有千手千眼观音像的第 3 窟则成为敦煌晚期壁画艺术的代表之作。

明代以后，敦煌石窟艺术几乎是空白。所以，一般来

敦煌莫高窟北区石窟（孙志军摄）

说，敦煌石窟的艺术史到元代便告结束。

营建虽告结束，但莫高窟的意义自古至今从未结束过。

矗立了千年的莫高窟，就像一面镜子，不仅其营建历史清晰地映照着千年历史的岁月更迭，每一个洞窟更像穿越时空般呈现着每一个时代的人生百态与大千世界。

（原载于《甘肃日报》2016年9月2日一版转三版）

发现篇：震惊世界的一次"意外"

　　题记：时光不能倒流，历史没有假如。已经发生的一切，或许原本就是上天最好的安排。

　　自沙门乐僔于公元 366 年开窟以来，莫高窟经历了从初创、发展到逐渐衰落的一个漫长的历史进程。

　　千余年来，敦煌乃至往来敦煌的先民们创造并小心地维护着这座文化圣殿，其间也有百余年时间，莫高窟如同消失一般在历史记载中难寻踪迹。

　　直到有一天，一次偶然的"意外"，让敦煌的名字传遍寰宇。

意外发现，震惊中外

　　明正德十一年（1516 年），敦煌被当时吐鲁番的统治者占领。嘉靖三年（1524 年），明王朝下令闭锁嘉峪关，将关西平民迁入关内，废弃了瓜、沙二州。

此后两百年，敦煌旷无建制，逐渐成为一片荒芜的沙漠之地了。

清康熙五十四年（1715 年），在明代一度荒废的敦煌莫高窟，终于再次受到关注。清雍正三年（1725 年），清政府于敦煌古城之东设沙州卫，迁内地 56 州县民户至敦煌屯田。地方官吏开始注意保护莫高窟，清除窟内流沙。其间，督修敦煌城的汪濰，发现《唐宗子陇西李氏再修功德碑记》和莫高窟壁画，并写诗盛赞敦煌艺术。嘉庆年间，著名的西北史地学者徐松游历莫高窟，在《西域水道记》中，记录了莫高窟碑刻文字，并探讨了莫高窟创建年代和历史。道光十一年（1831 年），敦煌知县苏履吉修撰的《敦煌县志》中，附载了描述莫高窟的版画和诗文。

而真正让莫高窟震惊中外的，是道士王圆箓的意外发现。

王圆箓祖籍在湖北，因家乡连年灾荒，被迫外出谋生，后流落至酒泉入道修行。大约在 1892 年，已近不惑之年的

王圆箓道士于莫高窟下寺正殿前

他走进莫高窟，感慨道"西方极乐世界，乃在斯乎"。随后，他定居此地，看护莫高窟，还四处奔波，苦口劝募，省吃俭用，积攒钱财，清理洞窟积沙。据传，仅清理第16窟积沙，他就花了近两年的时间。

清光绪二十六年（1900年），住在莫高窟下寺的王圆箓在清理积沙时意外发现了藏有6万多件写经、文书和文物的藏经洞（即莫高窟第17窟），由此揭开了莫高窟新的历

《妙法莲华经常不轻菩萨品第十九》 敦煌市博物馆藏

129

史篇章。

王圆箓的墓志铭明确记载了这一历史事件："沙出壁裂一孔，仿佛有光，破壁，则有小洞，豁然开朗，内藏唐经万卷，古物多名，见者多为奇观，闻者传为神物。"

自此，莫高窟引起世人关注。可惜，引来的多是疯狂的"掠夺者"。

疯狂掠夺，令人痛心

按说，王圆箓还算是个尽责的人。发现藏经洞后，他徒步赶往县城找到敦煌县令严泽，还奉送了藏经洞的两卷经文，希望引起这位官老爷的重视。可惜，严泽把这两卷经文竟视为两张发黄的废纸。

1902 年，王圆箓又向新任敦煌县令汪宗翰汇报了藏经洞的情况，这位进士出身、对金石学也颇有研究的县令当即去莫高窟察看，并顺手拣得几卷经文带走。但他却也只留下一句话，让王道士就地保存，看好藏经洞。

两番上报未果，王圆箓仍不甘心。他又从藏经洞挑拣了两箱经卷，赶着毛驴奔赴肃州（今酒泉），找到了时任安肃兵备道的道台廷栋。这位廷栋大人浏览了一番，最后得出结论：经卷上的字不如他的书法好，就此了事。

再后来，刚完成《语石》一书初稿的金石学家叶昌炽就

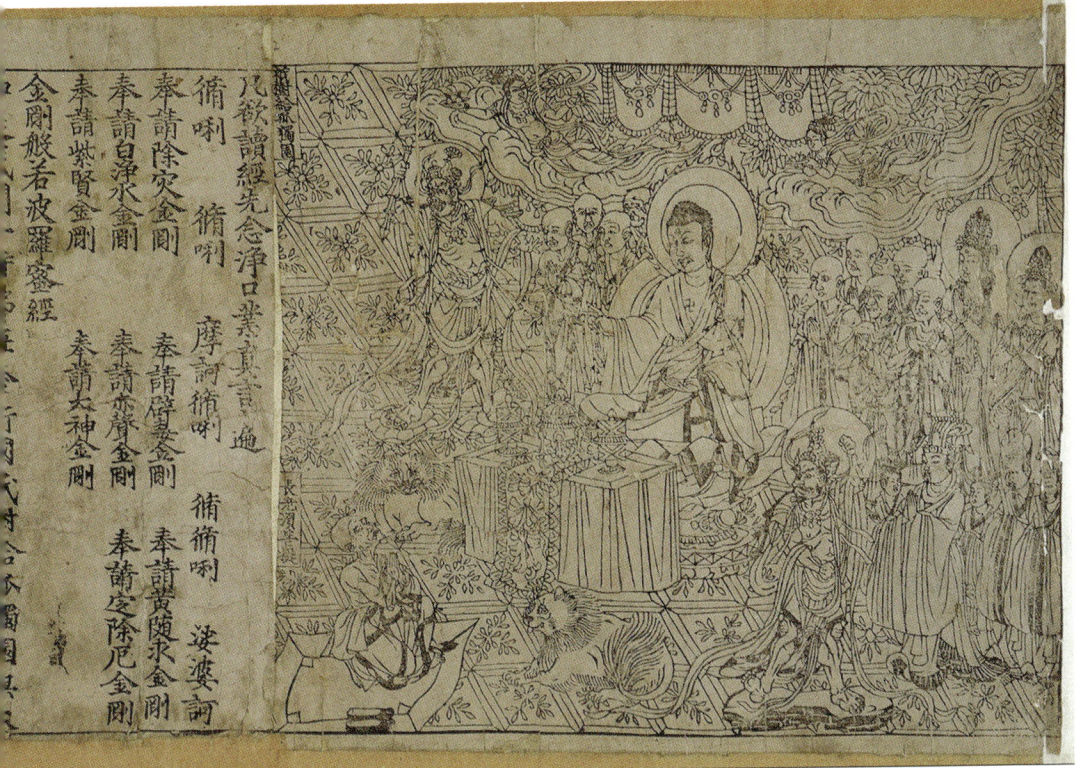

868年雕版印刷的《金刚经》 现藏于大英图书馆（孙志军摄）

任甘肃学政不久，就接到汪宗翰关于莫高窟藏经洞情况的报告，便托汪宗翰为《语石》一书寻找一些莫高窟藏经洞出土的碑刻资料，却未下决心对藏经洞采取有效保护措施，只是向甘肃藩台建议将这些古代文献和文物运到省城兰州保存。

然而，敦煌离兰州路途遥远，仅运费就要五六千两银子，此事只好又"搁浅"。直到1904年，省政府才下令敦煌县府检点经卷并就地保存。

"据考证，王圆箓还给老佛爷写过信，但并未寄出去。"著名敦煌学者赵声良告诉记者，并非像传说那样，王圆箓斗胆写给老佛爷的密报信如泥牛入海，而是偏居一隅的一介道

《南无地藏菩萨图》 现藏于美国弗瑞尔美术馆

士根本不可能有渠道把信寄出去。

王道士与藏经洞频遭"冷遇"，可有人却视敦煌为宝地，不远万里而来。

1905年10月，俄人奥勃鲁切夫从内蒙古黑水城遗址盗掘之后，赶至莫高窟，以五十根硬脂蜡烛为诱饵，换得藏经洞写本两大捆。这是藏经洞文书流失于外国人之手的开始。

1907年3月，听说了藏经洞消息的英国人斯坦因迫不及待地赶到敦煌，以4块马蹄银从王圆箓处换得写经200

斯坦因于1907年拍摄的莫高窟藏经洞外观

捆，文书 24 箱，绢画丝织物 5 大箱。1914 年，斯坦因再次来到敦煌，从王圆箓处获得写本 570 余卷。

业内人士分析，当时王圆箓将经卷卖给斯坦因有三方面的原因：一是在长达 7 年的时间里，他多次逐级上报却无人过问，让他灰了心。二是急着筹款清扫洞窟，修建三层楼，完成自己的宏愿。三是斯坦因以探险家的精神感动了崇拜玄奘的他，虽极不愿意让外国人将这些文物带走，却无奈地让了步。简言之，王圆箓贱卖珍贵敦煌文物是"政府不理、经济需求、信仰吻合"三大原因导致的。

此后，西方窃贼接踵而至。

1908 年，法国人伯希和来到敦煌，将藏经洞遗物"翻了个遍"，以白银 500 两换得 6000 余卷汉文写本和不少古藏文写本，200 多幅纸绢画，20 余件木雕及大批绢幡和丝织品。由于伯希和通晓汉文，他获取了藏经洞中学术价值最高的经卷写本和绢本、纸本绘画。

1911 年，日本大谷探险队成员橘瑞超、吉川小一郎共用 350 两白银从王圆箓处前后骗买写本 169 卷和 200 卷，还将两身精美塑像卷入行囊带走。

1914 年至 1915 年，俄国人奥登堡到敦煌收集了 1.8 万余卷写本和百余幅绢画，还剥离窃取了第 263 等窟的十余幅壁画和十余尊塑像。

1908 年，伯希和在莫高窟藏经洞挑选经卷

　　1921 年，在苏俄国内战争中失败的 469 名白匪军逃窜至莫高窟，在壁画上任意涂抹、刻画，并在洞窟内烧炕做饭，致使大批壁画被火燎烟熏。

　　1924 年，美国人华尔纳用 70 两银子买通王圆箓，粘剥

1924 年，华尔纳将莫高窟第 328 窟一尊供养菩萨像劫往美国

12 幅壁画，带走第 328 窟的一尊唐代菩萨彩塑和第 257 窟的一尊北魏彩塑。

更令人痛心的是，当斯坦因把精美的敦煌文物宣传于全世界时，清朝官员这才懂得了其重要价值。但他们不是考虑如何保护，而是千方百计地窃为己有。因此，偷窃一度成风，敦煌经卷流失严重，敦煌藏经洞自发现后再历浩劫。

1910 年，清政府终于作出决定，将剩余的敦煌经卷装满 6 辆大车运往北京保存。可惜又可悲的是，狡黠愚蠢的王

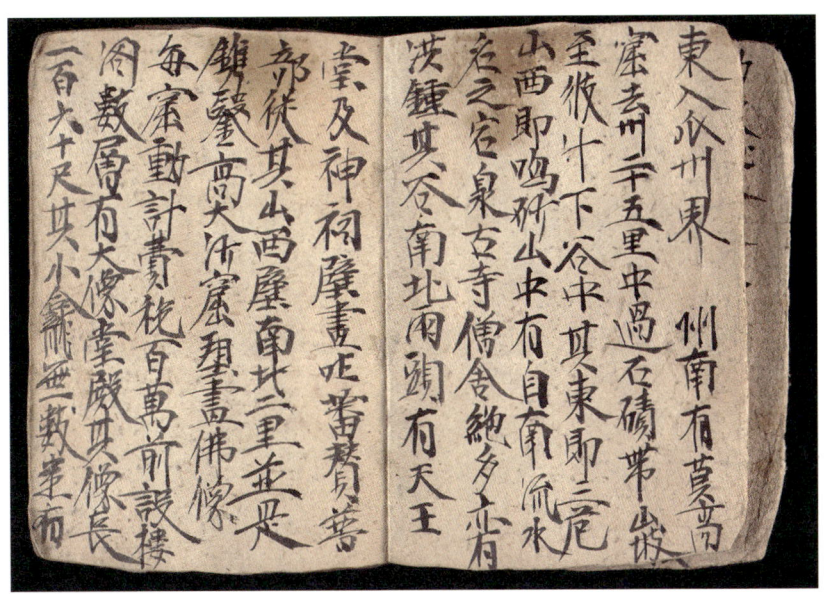

敦煌藏经洞出土《敦煌录》 现藏于大英图书馆

圆箓作了大量隐匿，而运送途中又被沿途官僚"雁过拔毛"，运抵北京移交京师图书馆时只剩了 18 箱，仅 8000 多件，是出土时的五分之一，且大多已成残页断篇。

是非争议，尚无定论

有人将王圆箓定为历史的罪人，因为无知的他，不该在那个年代打开藏经洞，更不该将藏经洞的珍贵写本、绢画低价卖给各国探险家，使这些写本、绢画和与之密切相关的敦煌石窟分离。

　　发现藏经洞并非王圆箓刻意为之，而是历史的安排，这
自然无可褒贬。但王圆箓发现藏经洞之后的种种行为，业内
人士也有两种不同的说法，一种是"历史罪人论"，一种是
"无知黑锅论"。

　　"历史罪人论"者认为，如果王圆箓第一次盗卖文物是
上当受骗，那么后来又连续五次以上犯相同的罪孽，这肯定
不是上当受骗。

　　"无知黑锅论"者则从王圆箓盗卖文物的根源和背景分
析，认为王圆箓发现藏经洞后，即向当地官员汇报，但政府

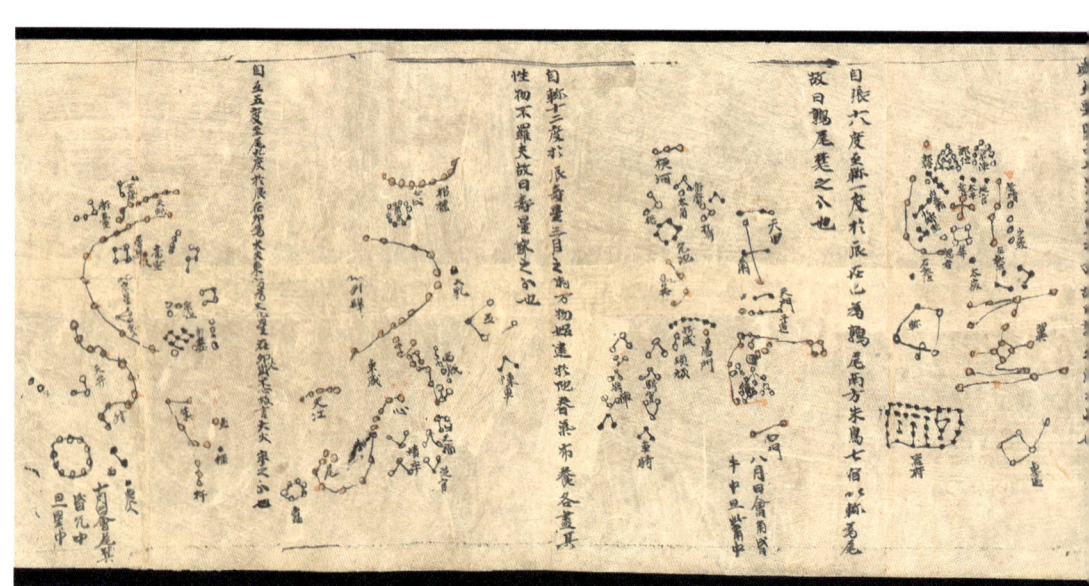

《全天星图》（局部）　敦煌藏经洞出土　现藏于大英博物馆

却长达 7 年置之不理，半路出家的农民道士贱卖文物亦在情理之中。此外，若无引狼入室的中文翻译蒋孝琬，斯坦因不可能以蹩脚的中文从王圆箓处得逞。后来，斯坦因将大量敦煌文物暂存安西县政府达数月之久，也无人过问。再者，伯希和等人偷运文物路过北京时，还向当地官员和学者展示鉴赏，京城名流谁也没有提出扣留这批文物，还设宴款待，中国海关也未严格检查。因此，他们认为敦煌文物被盗卖，是王圆箓、蒋孝琬和当朝官员共同造成的后果，而王圆箓一个人背了"黑锅"。

藏经洞发现之时，正是清王朝风雨飘摇之际，国人政治意识上无暇顾及，文化观念上缺乏自信，经济实力上捉襟见肘，致使敦煌文物惨遭轮番掠夺。

这样的历史背景下，王圆箓即便有心也是"螳臂当车"。据斯坦因《西域考古图记》等相关史料记载，当时，西方人从中国带走文物时，都持有当地官方许可证，且一路有官兵保护，一介道士大约根本就没有能力拒绝他们。

客观地讲，王圆箓到达莫高窟时，莫高窟处于无人管理的"废弃"状态，王圆箓四处募捐、清理积沙，在某种意义上算是"看护莫高窟的第一人"；其次，王圆箓逐级上报，说明他还是想极力保护的；再者，"据考证，王圆箓生活很清贫，募捐以及贱卖敦煌文物所得均用在'功德'上。"赵

绢画《引路菩萨图》 现藏于大英博物馆(孙志军摄)

声良说，传说王圆箓迅速成为了当地首富，那是现代人的观念，其本质依然是个"道人"。

引起纷纷争议的，还有第 17 窟藏经洞封闭的原因。第 17 窟原为唐代高僧洪辩的修行禅窟。洪辩去世后，族人及弟子为示纪念，将禅室改为影堂，内塑洪辩塑像。但不知何时何因，这个洞窟中存入了大量古代写经和艺术品，直到被王圆箓发现。

对于藏经洞封闭原因及时间，由于缺乏明确记载无法确知，但近百年来众说纷纭，并渐渐形成"避难说"和"废弃说"两种流派。"避难说"人士认为，是在宋仁宗景祐二年（1035 年）西夏入侵沙州时或在 1006 年为防御黑汗王朝进攻沙州时，三界寺僧人有计划地封存了经卷、佛画、文书等。"废弃说"人士则认为，是在 11 世纪初叶，随着佛经样式的演进，折叶式的刊本经卷逐步替代了古老的卷轴式经卷，因此就把以前使用起来不方便的卷轴经卷等进行集中处理，作为敦煌寺院的"神圣废弃物"而封存。

历史的争论继续留给历史。

无可争议的是：藏经洞的发现，让 6 万余件从晋朝到宋朝的写本、刻本及各类文物，在封藏近千年后重见天日。这是人类近代文化史上的一次重大发现，客观上推动了东西方学者的竞相整理和研究，并在 20 世纪 30 年代形成了一门新

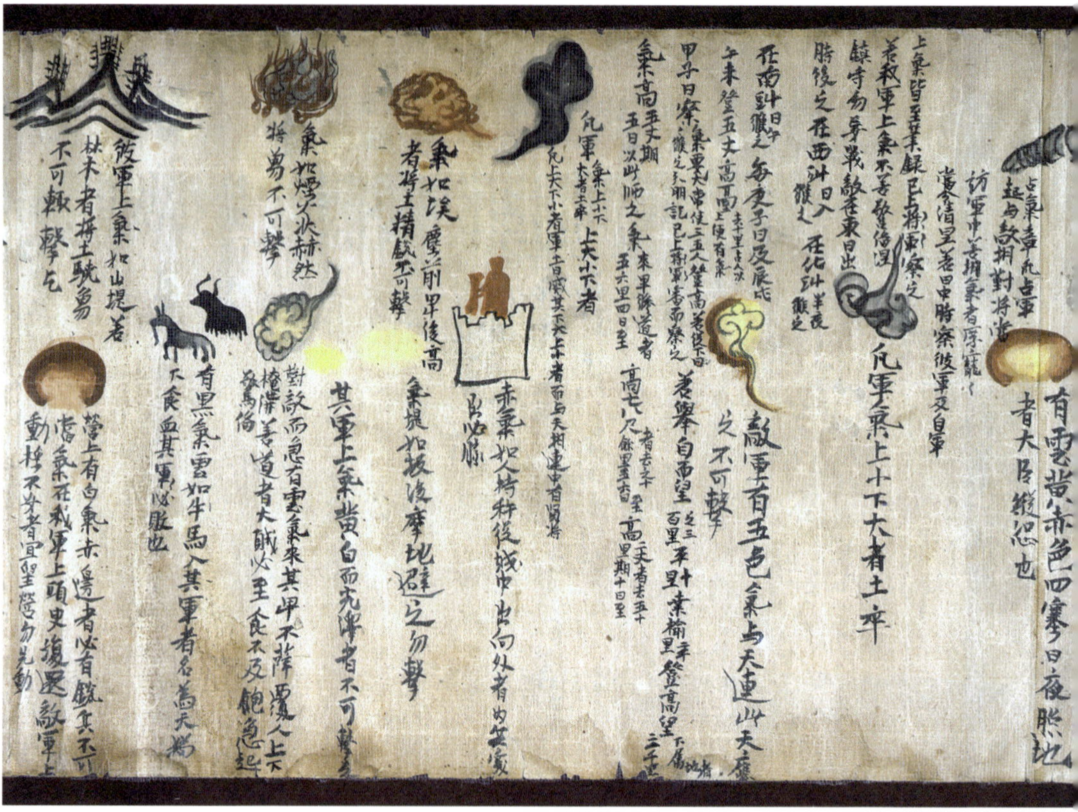

《占云气书》（局部）　敦煌市博物馆藏

兴学问——"敦煌学"。

　　而敦煌学的兴起，又极大地引起了学术界对沉寂了数百年的敦煌莫高窟的重视。

（原载于《甘肃日报》2016 年 9 月 5 日一版转三版）

看守篇：劫掠之后的世纪觉醒

题记：有梦想就有希望。为理想坚守的人，永远值得我们尊敬和铭记。

1900年夏天，守窟道士王圆箓发现藏经洞后，随着大量敦煌文献的流失与传播，莫高窟的价值渐为人识。但当时，丝绸之路已"风光不再"，加上长期的政局动荡，致使石窟看管不严，破败不堪。

1911年爆发的辛亥革命终结了中国两千年的帝制。次年，民国政府成立。尽管"把过时的满清君主政体改变为'中华民国'，并未能真正解决中国问题"，但丝丝曙光还是透过历史的斑驳岁月温暖地照进了莫高窟。

成立机构，结束无人管理乱局

1900年至1924年，这24年间，具有巨大文化价值的莫高窟却由一名道士管理，造成了无可挽回的巨大损失。

时间的车轮缓缓移动，到了 1941 年 10 月 5 日，农历的中秋佳节，莫高窟迎来了一名改变其命运的学者。

时年 63 岁的于右任，任国民政府监察院院长，在陕甘宁青新五省监察使高一涵的陪同下，来到敦煌，与正在莫高窟临摹壁画的张大千结伴逐洞观看壁画。在欣赏、惊叹满目灿烂的千年艺术宫殿之时，于右任对敦煌艺术珍品大量流失、损坏深感痛惜和愤慨。

返回重庆后，于右任即向国民政府呈交了提案，提议"设立敦煌艺术学院"，恳切指出："似此东方民族之文艺渊海，若再不积极设法保存，世称敦煌文物，恐遂湮销，非特为考古家所叹息，实是民族最大之损失。因此提议设立敦煌艺术学院，招容大学艺术学生，就地研习，寓保管于研究之中，费用不多，成功特大。"

这份提案发表在 1942 年 2 月 15 日出版的《文史杂志》二卷二期西北专号上，后经过讨论，交当时的教育部办理。

1942 年，在于右任的积极倡导下，国民政府教育部组织"教育部艺术文物考察团"，由画家王子云带团，赴敦煌考察半年多，不仅拍摄了敦煌石窟的大量照片，还临摹了不少敦煌壁画。同年 6 月，中央研究院等部门组成"西北史地考察团"，由西北农学院院长辛树帜担任团长，由考古专家向达为历史组主任，组织劳榦、石璋如等学者赴敦煌对莫高

于右任的提案

窟进行了实地考察，除测绘丈量和拍摄外，还对敦煌周边地区的文物古迹进行了勘查。1944 年，中央研究院与北大组织"西北科学考察团"，向达、夏鼐、阎文儒等考古学家至敦煌开展了更为细致的考察。

1944 年 1 月 1 日，在于右任等一批有识之士的大力倡导和社会各界的声援下，隶属国民政府教育部的国立敦煌艺术研究所正式成立，常书鸿任所长。

"这标志着敦煌石窟结束了约 400 年无人管理，任凭损毁、破坏和偷盗的历史，翻开了保护、研究和弘扬的历史新

敦煌莫高窟第 259 窟彩塑（教育部艺术文物考察团团员卢善群摄）

1943 年，常书鸿等人考察莫高窟千相塔（罗寄梅摄）

篇章。"敦煌研究院第三代"掌门人""敦煌的女儿"樊锦诗
说,"这也为敦煌石窟事业发展奠定了坚实的基础。"

　　随后,李浴、史岩、董希文、苏莹辉、潘絜兹等一批
有志于保护、开发祖国艺术宝库的专业人才毅然从鱼米之乡
或天府之国,不远千里集结于鸣沙山下,在工作条件十分艰
苦、生活条件极其简陋的环境下,以饱满的热情,积极投身
于敦煌的文化艺术事业之中。

　　1944年3月25日至4月15日,国立敦煌艺术研究所
修筑全长1007米的莫高窟围墙,被圈入围墙的洞窟达420

1943年冬,国立敦煌艺术研究所职工在大泉河取冰化水(罗寄梅摄)

莫高窟外景（1949 年拍摄）

余个，"从此关闭有定，管理已较前容易"。

　　然而由于缺少经费，刚刚成立的敦煌艺术研究所担负的保护和研究重任难以完成，基本上只起到一定的看守作用。

　　值得一提的是，1944 年 8 月 30 日，在搬迁中寺后面土地庙清代塑像时，研究所的工作人员发现泥塑中心支柱上缠绕着六朝经文 66 种、残片 32 片，内容涵盖佛教的经、咒、疏等，成为继 1900 年藏经洞之后的又一次重大发现。

所长来了，历史"弃儿"有了亲人

常书鸿，被誉为"敦煌守护神"。早年，出生于西子湖畔的常书鸿到法国学习油画，定居法国，事业家庭双丰收，过着无忧无虑的日子。

但，缘分似乎冥冥中由天注定。

1935 年秋的一天，常书鸿漫步在巴黎塞纳河畔，在一个旧书摊上，偶然看到由伯希和编的一部名为《敦煌石窟图录》的画册，他在著作中说："我打开了盒装和书壳，看到里面是甘肃敦煌千佛洞壁画和塑像图片 300 余幅。那是我陌生的东西。序言说明这些图片是 1907 年伯希和从中国甘肃敦煌石窟中拍摄来的……尤其是 5 世纪北魏早期的壁画，其遒劲有力的笔触，气魄雄伟的构图……甚至比现代野兽派的画还要粗野。但这是距今 1500 年的古画，这使我十分惊异，令人不能相信！"常书鸿异常着迷，又根据卖书人提供的信息，至法国吉美博物馆看到伯希和从敦煌劫去的艺术品，方知在中国还有这样一座辉煌的艺术宝库。

更令他痛心疾首的是，这么珍贵的艺术品大量流失国外且在国外引起不小轰动，而国人却不自知，于是一股强烈的爱国之情油然而生。为了敦煌艺术宝库，常书鸿离开生活了 9 年的法国，放弃了优越的生活条件和工作环境，于 1936

年毅然回到了祖国。

回国之后，他一直挂念着莫高窟的保护工作，向往着早日实现梦想。1943年3月27日，他肩负筹备"敦煌艺术研究所"的重任，经过几个月的长途跋涉终于来到敦煌。一踏进千佛洞，他便沉醉在浩瀚的艺术海洋里，开始如饥似渴地临摹、研究。

1944年，常书鸿就任敦煌艺术研究所首任所长，与首批"莫高人"起劲地干起来。尤其是针对莫高窟长期无人管理的混乱状态，制定了清理洞窟积沙、种植防沙林带、安装部分窟门、修建防护墙等一系列有效管理办法和保护措施，使石窟面貌得到初步改观。同时，有计划地对洞窟进行调查、考证和临摹，迈出了历史性的一步。短短一年，便临摹复制壁画上百件，整理编辑出《敦煌石室画像题识》。

20世纪40年代，莫高窟的生活条件十分艰苦，常书鸿虽"感到有种遭遗弃的服'徒刑'的感觉"，但瑰丽的莫高窟文化吸引着他，他和战友们克服了一个又一个困难。

然而，意想不到的事还是发生了。1945年春天，因政局不稳，财力紧张，教育部宣布解散成立刚满一年的敦煌艺术研究所。面对这突如其来的残酷消息，常书鸿和战友"懵"了。

但他们舍不下令人心醉神迷的莫高窟，那里是艺术的海洋，是梦想的天堂。常书鸿决定面对现实，领导大家继续干。他用"我们的工作本来就是全凭自己的力量干起来的，研究所的撤销或不撤销，实际意义不大"这样的话安慰大家，鼓励自己。又奔赴重庆，与傅斯年、徐悲鸿、向达、陈寅恪、梁思成等学者一起四处呼吁。

功夫不负苦心人。1946年，敦煌艺术研究所恢复，段文杰、郭世清、李承仙、欧阳琳、孙儒僩、史苇湘等一批又一批后来成为杰出敦煌学者的年轻画家追随而来，迎来了一段敦煌艺术研究所欣欣向荣的日子。1948年8月28日，他们在南京举办大型《敦煌艺展》，展出作品500幅，蒋介石在于右任、陈立夫、孙科、傅斯年的陪同下冒雨参观；后移上海复展，两番形成轰动效应。到1949年以前，他们共临摹壁画900多幅。

1948年，敦煌艺术研究所职工合影

冯骥才在《人类的敦煌》一书中这样写道：真正的生活总是把弱者击得粉碎，把强者百炼成钢。

科学编号，沿用至今的身份证

1949年9月28日夜，敦煌和平解放。第二天，西北野战军司令员兼政治委员彭德怀发出的"保护敦煌千佛洞"的命令传到了莫高窟。

10月1日，毛泽东在北京天安门城楼庄严宣告"中华人民共和国成立了"。

胜利的喜讯传到莫高窟时，常书鸿使劲撞动了大佛殿上的铁钟，让洪亮的钟声一波接一波地穿越亘古沙丘，穿越每个洞窟，直达天际。

很快，人民政府接管了敦煌艺术研究所。1950年8月更名为敦煌文物研究所。

1954年，文化部特地拨款，在莫高窟第一次安装了电灯，为长期在戈壁深处工作的第一代"莫高人"送去光明；1961年，莫高窟被列为第一批全国重点文物保护单位。

1964年，敦煌文物研究所再次对洞窟进行编号。

其实，从莫高窟建窟伊始，就有编号。只不过是按窟主家族、姓氏或窟主神氏表示，如阴家窟、文殊窟等，不具现代考察意义。

莫高窟洞窟编号（孙志军摄）

以阿拉伯数字为序的编号工作，具有代表性的有四次，因用途不同而各异。

第一次，是伯希和编号。从窟区南端开始，再向两边展开，建窟时代顺序混乱，只为配合其考察拍摄所需。第二次，是敦煌县官厅自南至北编号。第三次，是张大千编号。按洞窟下、中、上的层次关系和排列次序编号，科学明了，不足之处是将大窟中的小窟、耳洞附于大窟，编号比实际窟数少。第四次，是史岩编号。但只适用于准备出版的《石窟供养人题记考察》一书。

敦煌文物研究所于1964年进行的编号工作，基本按张大千编号，不同之处在于，一是将附于大窟的小窟、耳洞单独编号，二是将张大千"之"字型整窟反转编号。此次编号，共计492窟，一直沿用至今。

（原载于《甘肃日报》2016年9月6日一版转三版）

基础保护篇：精神大厦的坚实地基

题记：雁飞过，天知道；风吹过，云知道。他们做过的每件事，莫高窟知道。

对莫高窟的保护，该从何时说起呢？

回顾历史，有意识、有组织、有计划地保护莫高窟大约要从 1943 年张贴的一张告示算起。

一张布告，宣布文物国有

据著名敦煌学者孙儒僩文章记载，1943 年，敦煌艺术研究所筹备委员会在九层楼北侧张贴了一张告示，大意是：莫高窟已收归国有，是国家重要的文化古迹，要加强保护，不得破坏。还要求参观者不得在壁画及塑像上题写刻画，不得在洞窟生火住宿、嬉戏打闹等。

"这一张布告结束了莫高窟长期无人管理的状态，为石窟保护开创了人为管理的先例，具有划时代的意义。"孙儒侧这样评价这一告示。

　　这一年，初到敦煌的常书鸿还做了一件大事：在条件极为困难的情况下，为莫高窟修建了高约 2 米、厚约 0.6 米、长约 1007 米的夯土围墙，加强石窟管理，防止牲畜进入窟区。更重要的是其象征意义，这是在用行动明确宣告莫高窟有了保护机构，不能再任意破坏了。如今，在第 1 窟北边山坡通往上山小道的旁边还能看到一段几十米的残垣断壁，就是当时修筑围墙的历史见证。

敦煌艺术研究所于 1944 年修筑的莫高窟围墙遗迹（孙志军摄）

此外，常书鸿为了保护洞窟，还为第428窟、第61窟、第98窟等一部分具有代表性的洞窟安装了窟门。当时，没有经费，常书鸿就到敦煌县城动员官绅士商捐献窟门，大约做了大小不等的几十个窟门。这些窟门，一直使用到60年代。

清理流沙，不是一件易事

20世纪40至60年代，莫高窟流沙堆积，尤其是靠近鸣沙山的南端石窟，流沙堆积高达四五米。这些流沙或封堵窟门，或流入窟内破坏壁画及塑像，或封堵洞窟之间的通道，使得进窟难，上下洞窟更难。

据说，张大千为上第161窟搭了个蜈蚣梯。结果，上去后不敢下来，只好等人来救援；等人时还在甬道北面用土红色颜料画了一幅大胡子自画像，至今仍在。

挡在追随梦想的艺术家面前的，竟是握不住的经年流沙。

"沙是石窟保护的大敌，一定要首先制服它。"1944年，敦煌艺术研究所成立，首任所长常书鸿一直把治沙作为保护工作的重点。

但这些流沙却没那么容易被清理，尤其对当时缺乏治沙理论指导和实践借鉴的艺术家们来讲，愈加难！

莫高窟第 161 窟的张大千自画像（孙志军摄）

　　但第一代"莫高人"凭着对石窟保护的极大热情，像做试验一般，想了种种办法。

　　先是"引水冲沙"，设法把宕泉河的水引至窟前，在沙土堆筑的临时水坝中聚到一定高度后，突然放水冲沙。这种办法能削去一些沙堆，但冲出去的距离有限，只能把沙堆平摊到大范围的树林中，作用不大，过了一段时间就停止了。

　　1946年以后，在敦煌名士任子宜的提议下，他们开始就地取材，在石窟的山崖边上修建高约1.5米、厚0.35米的"土坯防沙墙"。防沙墙能把流沙聚集在墙的后面，减少飘落到窟前的流沙。这个办法有效控制了流沙，但弊端是一两年后，墙后流沙堆积，需要及时清除。

　　防沙墙起了作用，但又要想法清理防沙墙后堆积的流沙。孙儒僴设计了一个有意思的工具：用帆布缝制成长约20米、直径约0.3米的帆布筒，将帆布筒一端连接到防沙墙流沙孔上，出口固定在离洞窟较远的地方放沙，再用牛车拉走。这个办法可行，但帆布容易被流沙磨蚀破损，需要经常更换，经济上比较吃力。

　　1955年，他们又在洞窟山顶的平坦处挖了1000多米长的防沙沟，沟深1.2米、宽约2米，挖出来的沙砾堆积到了防沙沟的东面，用来拦蓄流沙，也起到了控制流沙的作用。

1954 年，莫高窟第 111—126 窟前的 运沙队伍（李承仙摄）　　1955 年，敦煌文物研究所职工 在莫高窟崖顶挖防沙

"尽管还有沙子，但与清除前积沙成堆、荒芜零乱的景象还是形成了鲜明对比，也明显感觉到了人为管理的效果。"孙儒僩回忆，当时清理的积沙累积有三四万立方米，想想那时的条件，真是极为不易。

摸索借鉴，开创修复先河

对于常书鸿、孙儒僩等人来说，在艰苦的清沙等工作中，最令人感到幸福的，大约是发现新的洞窟。

1953 年，他们就遇上了这样一件幸福的事。

这年 5 月，他们在清理第 233 窟前面的土台时，发现了

6个唐代洞窟，后被依次编号为第470窟至第475窟。发现这批洞窟时，窟门内同样堆了很多流沙。第474窟内的塑像造型很好，可惜都散乱地倒在流沙中，破碎了，因为当时还没有修复残破塑像的技术，只得暂时收存起来。这个窟的壁画也很好，可谓线描、造型与色彩俱佳，但由于洞窟长期封闭，打开后暴露在空气中，就出现了壁画大片起甲、地仗严重酥碱的现象。可惜，当时对这类壁画病害几乎是束手无策。

这一年，首批"莫高人"在调查的基础上，仿照古人做法，掺入麻刀（一种纤维材料，古时掺到泥浆里，用以提高墙体韧度和黏性）和少量红土，调制成麻刀石灰浆，试着为窟外崖面上剥落的五代、宋初时期的露天壁画加固边沿。因为仿照得法，修复的露天壁画边沿不仅与原壁面十分协调，加固性亦令人满意，至今还保存完好。

1957年7月，莫高窟迎来了首个"治疗"壁画病害的"国外医生"，开启了用打针注射方法修复壁画的历史先河。

捷克斯洛伐克文物保护专家约瑟夫·格拉尔受文化部文物局委托，来到莫高窟进行壁画保护情况考察和壁画病害治理示范。

这对常书鸿、孙儒僩以及当时的美术组、保护组业务人员来讲无疑是雪中送炭，他们当即决定到第474窟做试验，现场观摩学习。约瑟夫·格拉尔大约按10:1的比例，将一种白色牙膏状的材料与水混合搅拌均匀，制成黏合剂，再用一支粗针管顺着起甲壁画边沿缝隙滴入，渗透至地仗里；待壁画表面水分稍干，再用纱布包着棉球轻轻按压，使壁画表面保持平整、粘贴牢固。

看了演示，大家认为"打针修复法"很神奇，能使起甲的壁画变得平整，非常适合莫高窟壁画病害修复。这位专家还作了一次壁画修复的专题报告，理论结合实践，让莫高窟

1957年，捷克专家约瑟夫·格拉尔在莫高窟第474窟修复壁画

人打开了眼界、受到了启发。

孙儒僴在《我所经历的敦煌石窟保护工作》一文中说，累积的三四万立方米的流沙，清除完了就完了；即便是已开裂或即将倒塌的塑像、空鼓起甲的壁画，也是或修缮扶正、或修复加固，都是修旧如旧，什么痕迹也没有留下。

的确，不同于研究出专著、有别于临摹出画作，在保护工作中"有些事情做了就过去了，没有留下什么痕迹"。如今，夯土的围墙已经倒塌，安装的窟门换了新颜，绞尽脑汁设计的"引水冲沙"、防沙墙、防沙沟、"导沙帆布筒"或许在今人眼里略显"小儿科"，但在当时，件件桩桩无一不是开创性举措，点点滴滴无一不是奠基性工作。

风过无痕，雁过无声。即便没有留下痕迹，第一代"莫高人"带着温度的手指触摸过的每一寸莫高"肌肤"，带着梦想的脚步丈量过的每一米莫高土地，每一个洞窟都知道，每一代"莫高人"也记得！

（原载于《甘肃日报》2016年9月7日一版转三版）

窟体保护篇：给"飞天"一个安全的家

题记："给我一个家，一个不需要多大和华丽的地方。"

千年莫高窟的 2000 余尊精美塑像和 4.5 万平方米多彩壁画，就"住"在敦煌鸣沙山东麓 1680 米长的陡崖上的 492 个洞窟中。

这 492 个洞窟，大小不一，是"飞天"永远的家。

这个家，外表朴素，内容丰富。这个家，孑然千年，守望历史。

哭泣的艺术，谁能给我一个安全的家

莫高窟全部开凿在前临宕泉河、东向三危山的鸣沙山东麓断崖上，崖面是由砾石、沙土及少量钙质胶结而成的岩质砾石层。

古代先民之所以在此地开凿洞窟，除了历史背景外，也是看上了这里的地质条件。

敦煌莫高窟北区石窟（孙志军摄）

　　莫高窟的千年历程也证明，先民眼光独到。

　　但，岁月的刀、自然的刀还是无情地挥向莫高窟，一点一点地啃噬着。

　　"莫高窟窟体病害是风雨和地震等多种因素的共同作用造成的。"敦煌研究院保护研究所所长苏伯民告诉记者，风引起的沙害，不仅会填没洞窟，还会对洞窟里的珍贵壁画造成磨蚀；雨水则可能汇集成洪水，直接灌入洞窟，造成劫难；而经年累月的风化、水蚀，虽然不起眼，却如同刀削般一点点、一层层地剥蚀着，使莫高窟洞窟崖体越来越薄，再加上地震等地质灾害，若不及时防治，久而久之就会造成各种各样的病害。

　　"比如，产生构造裂隙、垂直裂隙、水平裂隙等各种裂隙。"苏伯民说，这就相当于百姓居住的房屋屋顶、墙壁出现裂隙或孔洞，必须及时维修或防治。否则，轻则，风、沙、雨通过孔洞直接进入洞窟，危害壁画塑像；重则，一旦遇到大的震动，洞窟就可能直接垮塌，造成无法挽回的损失。

　　此外，莫高窟本身也是具有"危险"的。代代先民在 1.66 万平方米的鸣沙山崖壁上，见缝插针般地开凿了 492 个洞窟。"平均 16 至 27 平方米的崖面上就有一个洞窟，的确有些密集。"苏伯民认真地算了算。

敦煌莫高窟（孙志军摄）

　　加之，又在大窟之间开小窟，形成不同层次、高低错落、密如蜂巢的石窟群，造成洞窟大小不一、体积相差悬殊、间壁过薄、中下部被挖空使上部失去支撑等现象，导致洞窟本身就存在许多不稳定因素。

　　这种种隐患，都让"住"在洞窟里的 2000 余尊精美绝伦的塑像和 4.5 万平方米流光溢彩的壁画时时刻刻发出低沉的呼喊——谁能给我一个安全的家。

试验性加固，探索良方体现"国家责任"

"中华人民共和国成立初期，大家就深刻意识到保护莫高窟窟体这个'家'的重要性，但苦于条件、技术所限，只能开展一些试验性加固工程。"苏伯民说，这个过程也相当重要，"为今后科学保护探索了道路，摸索了方法。"

1950 年 7 月 1 日，敦煌艺术研究所更名为敦煌文物研究所，成为国家文物主管部门直属单位。此后，莫高窟的保护得到更多关注和重视。

1951 年，国家文物局委派赵正之、宿白、莫宗江、余鸣谦四位专家，组成工作组，针对莫高窟自然环境、建造年代、洞窟损害情况、石窟崖面情况、窟檐情况等开展了三个月的考察，并由古建筑学家陈明达写成《敦煌石窟勘察报告》，文中第六部分"修理意见"即为敦煌石窟维修保护和研究工作的中长期规划，成为莫高窟保护工作的纲要性文件。

四位专家在考察的同时，还根据国家文物局要求，进行了一些窟檐局部修缮、窟檐落架大修、为露了顶的窟龛塑像修建临时窟檐等简单的修缮工程。

1954 年 6 月 28 日，文化部致敦煌文物研究所的函中指出："首先应明确认识，保护敦煌石窟不使其遭受任何损失是一项重要的政治任务，当前最严重的问题是石窟本身由于地质关系已时有崩塌的危险，风沙雪水正不断地损坏着壁画和雕塑，因此继续做好及时的抢修工作仍是必要的。"

"这体现了'国家责任'。"苏伯民说，以前都是常书鸿等艺术家们凭着对艺术的无限热爱在保护石窟，方法手段上是"传统手工业式"的；而到了这一时期，思想认识从"底层自觉"上升到"国家层面"，也开创性地运用现代工程技术保护莫高窟，有着划时代的意义。

如斯，对于喘息了千年的莫高窟，何其幸哉！

"加固石窟，解除地质病害对石窟安全的威胁，并尽可能地保存石窟原有风貌。"尽管没有任何先例和既有经验可供参考，但原则很明确。

1956年夏秋之际，国家文物局委派余鸣谦、杨烈、陆鸿年三位古建专家到莫高窟调查研究，核心任务是为加固第248至第260窟一段北魏石窟收集资料。

1957年1月25日，国家文物局召开专家会议，陈明达、余鸣谦等考察调研的专家几乎全部到场，对"第248至第260这一段石窟试验性加固工程"的原则进行了广泛讨论，并达成"临时性加固与长远规划相结合、事先做好测绘及地质勘探工作、加固工程可逆"等共识。

"对第248至第260窟的加固，是敦煌文物研究所成立后规模最大的工程。"著名敦煌学者孙儒僴在其著作中回忆

说，当时加固的主要方法是"方整石砌石柱"，但当地的泥瓦工只会开石料，不懂工程技术，还是常书鸿老所长通过任震英从张掖找来一批退休的青岛石匠解了燃眉之急。"总之，20 世纪 50 年代对石窟的保护，还处在调查研究和探索试验阶段，除了一些大的项目，零星的修缮从来没有停止过，可能永远也不会停止。"

"家"只会更好，石窟保护永远没有句号

1962 年，文化部副部长徐平羽率团到敦煌考察。考察团认为石窟崖壁裂隙严重威胁着石窟安全，提出莫高窟全面加固的计划。周恩来总理批准拨款百万元经费。同年 11 月，铁道部西北勘测设计院近 100 人的队伍进入石窟，在寒冷的季节开展地质调查、地质钻探、地形和洞窟测绘等前期工作。

1963 年，我国第一次大规模石窟加固工程破土动工。

此后三年，结合我国著名古建筑专家梁思成的"有若无，实若虚，大智若愚"的建设性意见，以保证洞窟安全为主，以坚固稳定、朴素大方、与原有风貌协调的建筑风格为原则，工程队采取"支""顶""挡""刷"的技术，对裂隙纵横的莫高窟南区崖体和石窟实施了全面的、大规模的危崖加固工程，不仅解决了石窟的稳定问题，还解决了石窟之间的交通问题。

1964 年，敦煌研究院在莫高窟南区实施崖体加固工程

　　"此次大规模的加固，大大降低了由于地震可能造成崖体垮塌的危险性，大大提高了莫高窟的抗震性、稳定性和安全性，使莫高窟能承受 7 级烈度的地震，使濒临坍塌的洞窟脱离了险境，得到了妥善保护。"苏伯民告诉记者。

　　1984 年至 1985 年，根据 1963 年至 1966 年四个年头

1965 年 3 月，在莫高窟第 427 窟进行的菩萨修复工作

完成三期加固工程的原则，又加固了第 130 窟以南一段 172
米范围内的 26 个洞窟，使莫高窟荒凉破败的区域也得到了
治理，也使莫高窟洞窟之间南北贯通。1986 年，又进行了
第 96 窟九层楼上二层的落架大修。

　　"现在已很少修修补补了，精美艺术已经有一个安全的

'家'了。"苏伯民告诉记者，2000年以后，敦煌研究院继续通过裂隙灌浆、表面风化加固、铆固法等措施实施崖体加固，加之保护技术的不断进步，保持了石窟崖体的"原貌性"，即便遭遇暴风沙、暴风雨，也依然安全，"但这并不意味着保护工作的结束"。

资料记载的，往往是时代的缔造者。无数默默无闻的人，比如勘测技术人员、施工工人等，虽然没有在资料中提

2005年，敦煌研究院开始加固莫高窟北区崖体（孙志军摄）

莫高窟第 98 窟壁画修复现场（孙志军摄）

及名字，但同样为莫高窟保护工作作出了巨大贡献。

　　90 岁高龄的孙儒僩，至今都记得他们，更记得他们吃苦耐劳、勤奋敬业的精神。他说："所有参加过莫高窟加固工程的人，为莫高窟保护献策出力的人，都不应该被忘记。"

（原载于《甘肃日报》2016 年 9 月 8 日一版转三版）

环境保护篇：大漠深处的世外桃源

题记：一个安全温馨的家，总是有着一个干净舒适的庭院。如此，才相宜。

如果说，莫高窟洞窟是壁画、彩塑等精美艺术品的家，那么，周边环境就是相依相偎的庭院了。

处在沙漠深处的莫高窟，庭院里最多的就是沙。

环境保护绕不开的自然也是沙——那细微的、握不住的流沙。

尽管这已不是艺术研究范畴，但却与艺术密切相关。

而影响莫高窟艺术生命的一切困难，都必须"攻克"，没有余地。

清理积沙

"自乐僔开窟以来，就面临风沙问题。而风沙对莫高窟的危害可以追溯到五代时期，有清沙功德碑为证。"敦煌研

究院保护研究所副所长汪万福告诉记者，莫高窟地处我国八大沙漠之一的库木塔格沙漠东南缘和鸣沙山东麓，又因其独特的风沙运动规律，较一般沙漠区更具危害性，已严重影响到文化遗产的保护，"我们对莫高窟环境治理的核心，就是营造适宜文物保护的外部环境，时髦点说就是预防性保护。"

"几十年来，对莫高窟的风沙防治从未间断过，而且不同时期都有新的进展。"汪万福根据不同时期的风沙危害、治理研究的主要特点及突出问题，将防沙治沙发展历程归结为三个时期。

"20世纪70年代以前为第一个时期。"汪万福告诉记者，这一阶段以清除窟内和窟区积沙为主，同时，还编制了以工程措施为主的防沙规划，在窟顶崖面及窟区等实施了以阻为主的零星试验工程。

1951年，工程队为100多个洞窟安装木门，还清理了300多个下层洞窟的积沙，以防止流沙继续进入洞窟。

1959年，国家文物局邀请陈明道、李鸣刚等治沙专家会同省内林业方面的人士在莫高窟召开治沙会议。李鸣刚还提出建立气象监测站收集气象资料、设置高立式沙障、布设草方格沙障、试验性种植梭梭等耐旱植物的规划意见，可惜实施没多久，项目就中断了。

早在制定《1956—1966年敦煌艺术研究所全面工作规

划草案》时，就把防沙、清沙工作列入重点工程项目；1961年编制的《莫高窟治沙规划》，还提出在窟顶进行"工程治沙"试验，在窟顶崖面修筑挡沙墙、开挖输沙沟、扎设防沙栅栏等，但由于种种原因，防沙效果不佳，甚至一些工程措施由于位置设置不当造成新的隐患，后来被迫拆除。

直到1987年，莫高窟被联合国教科文组织列入"世界文化遗产名录"之后，尤其是1989年，通过敦煌研究院、中国科学院兰州沙漠研究所以及美国盖蒂保护研究所的合作，莫高窟的风沙危害防治研究才真正步入正轨，从"人工清沙"迈向"科学治理"。

综合治理

"风沙危害的主要类型为积沙、风蚀、风沙尘。"汪万福指着自己电脑里的两张照片说，"变化一目了然，令人心痛。"

的确，同样是217窟南壁壁画，1908年伯希和拍摄的照片清晰可辨，2002年拍摄的照片已是模糊不清了，差距之大令人惊心。

沙的威力不可小觑。但沙又不听"人"的话，它喜欢听"风"的话。

风，是治沙的钥匙，因此要先把风的事弄明白。

"20 世纪 80 年代末至 90 年代末为第二个时期。这一时期在窟顶安装全自动气象站，开始对莫高窟区域环境特别是风况资料进行系统监测。"汪万福说，根据现场调查研究，发现莫高窟所处地区的沙物质主要来源属于"就地"起沙，且在不同频率和不同强度的多向风的作用下，沙的搬运呈现"往复摆动"的特点，研究人员根据长年监测，绘出了类似花瓣形的"莫高窟风向玫瑰图"。

摸清了"风"与"沙"的各自习性以及内在关联，就好办多了。

1990 年，敦煌研究院与中国科学院兰州沙漠研究所合作，在美国盖蒂基金会的支持和盖蒂保护所的直接参与下，通过全自动气象站风况资料统计分析，结合窟顶戈壁风沙流运动规律，在莫高窟窟顶戈壁区设置了"A"字形尼龙网栅栏，防治风沙。

"这有效控制了偏西风向洞窟搬运沙量的 95% 左右，洞前夜间积沙减少 60%，起到了防治风沙危害的作用。"汪万福告诉记者，采用尼龙网不仅工艺简便、易移动，耐老化、使用年限长，且"A"字形结构，一改过去栅栏仅能"阻沙"的单一功能，既能在主风向上"阻沙"，还能在次风向上"导沙"。但"A"字形尼龙网栅栏也有"缺点"：一是容易形成积沙，对石窟产生新的潜在的威胁；二是遇多雨年份，在积

莫高窟早期气象站

沙体上易生沙生植物，减弱导沙功能。

1989 年，开始在窟顶崖面附近进行"化学固沙"试验。1993 年，著名敦煌学者李最雄等成功筛选出以 PS 物质（聚苯乙烯）为主的化学固沙材料，有效防止了对洞体的进一步风蚀。

1992 年和 1993 年，敦煌研究院还引进滴灌技术，选择梭梭等耐寒抗旱的沙生植物，尝试植物固沙试验，但由于规模小，林带内积沙严重，滴灌设备常被流沙掩埋。

构建体系

"20 世纪末至今为防沙治沙的第三个时期。"汪万福说，这一时期，人们对莫高窟风沙危害有了新的认识。同时，针对第二个时期出现的戈壁区积沙严重、植物固沙规模过小的问题，开始扩大植物固沙范围，开展草方格沙障固沙试验等研究。

莫高窟窟顶分固定戈壁带、砂砾质戈壁带、平坦沙地、沙山四种地貌类型，在不同地貌类型地域内依次生长着泡泡刺、沙拐枣、梭梭、白茨、白沙蒿、羽毛三芒草等植被，但因干旱少雨的沙漠气候，窟顶植被都是零星分布。

敦煌研究院保护研究所结合河西地区流沙治理的实践经验，选择红柳、花棒、梭梭、沙拐枣和柠条五种沙生植物进行栽培试验，通过分析其发芽、出叶落叶、开花落花、结果成熟、生长停止的规律以及这五种植物三年期的成活率、地径、株高和冠幅，发现这五种植物均适宜在莫高窟窟顶栽种，其中以花棒生长最快，红柳次之，再次为梭梭、柠条和沙拐枣。

试验有效，开始扩大延伸防沙林带。至 20 世纪 90 年代末，已逐渐形成长约 1850 米、宽分别约为 14 米和 12 米的两条灌木林带。防沙植物茂盛的枝叶和强大的根系有力阻隔

莫高窟顶部的防沙林

了来自鸣沙山的大量沙源，取得明显的防风固沙效果。但也有不足，由于灌木林带前缘没有任何防护措施，林带内仍然积沙严重。于是，2002年至2003年，又在灌木林带前沿设置了麦草方格沙障，粗化地表，随后又开展了砾石防护试验。

　　"通俗点讲，砾石防护试验就是用颗粒大点的沙砾覆盖颗粒小的沙面，先洒水，再碾压，让风刮不起来。"汪万福说，"窟顶地表人工砾石铺压为风沙工程增添了新的思路与新技术。"

　　这一时期，众多学者就彻底根治莫高窟风沙危害提出了

许多见解。屈建军还提出在莫高窟窟顶建立一个"六带一体"的综合防护体系。

截至目前，敦煌研究院在莫高窟窟顶依次建立了长6000米的高立式栅栏"阻沙区"，设置了100多万平方米草方格、10万平方米沙生植物、160多万平方米砾石压沙带组成的"固沙区"。以固为主，固、阻、输、导结合，以工程治沙、化学治沙、生物治沙三种措施构成的"六带一体"综合防护体系雏形出炉，也让只听"风话"的流沙开始乖乖地听"莫高人"的话了。

以前，风一起，洞窟前就是"黄色沙瀑布"；如今，游客进入窟区，就像进入了一个世外桃源，几乎感觉不到沙的存在。"莫高人"就这样，一点点、一步步，用智慧、用情、用心创造了一个沙漠深处的奇迹。

"莫高窟局部环境确实得到了好转，但必须整体考虑。"汪万福告诉记者，首先，要想真正彻底地解决莫高窟环境治理问题，就必须从敦煌地区、河西走廊乃至中国西部的大环境出发，综合治理；其次，一定要统筹考虑，否则解决一个问题，还会出现另一个问题，甚至会导致新的问题出现；再次，对文化遗产的人为措施，应以"非有百分之百的把握不能动"为原则，"否则，就有可能成为千古罪人。"

（原载于《甘肃日报》2016年9月9日一版转三版）

本体保护篇：让人类"宝贝"延年益寿

题记：想到莫高窟这座艺术宝库有一天会消失，就十分心痛。人们所能做的，就是尽一切可能为其"延年益寿"，哪怕多一年，哪怕多一天，也好。

莫高窟现存 492 个洞窟内 4.5 万平方米的多彩壁画和 2000 余尊精美塑像，毫无疑问是人类的"宝贝"。

因敦煌地处偏远、气候干燥，自十六国时期至今，其绵延千年的文化奇珍在历史长河中受到了多种自然和人为因素的影响。现在的人们还能看到这些"宝贝"是十分幸运的。

但幸运的我们能否让流光溢彩的千年壁画、塑像再流芳千百年，让子孙后代也有同样的"福祉"呢？

应急施医，抢救濒危壁画

1955 年发表的《敦煌石窟调查报告》显示：莫高窟有病害的洞窟多达 250 个，超过半数。其中，壁画病害面积约 4

千平方米，为现存壁画的 10%。而对壁画危害最严重的病害有龟裂、起甲、酥碱、变色、发霉、虫鸟鼠伤等自然因素，也有油渍烟熏、题字刻画、胶粘揭取等人为损害。

一方面，大量壁画需要保护，病害壁画需要立即整治抢修，否则将全部损坏；另一方面，新的病害还在不断发生和发展。

挑战与压力空前！

1956 年，常书鸿等人用一种特别的合成胶与丙酮溶液，做了第一次保护壁画的试验。结果既能让起甲壁画黏着在壁面上，颜色也显得分外鲜明。

1957 年，捷克专家使用当时很神奇的"打针修复法"，使起甲的壁画瞬间变得平整，让束手无策的那一代"莫高人"得到很好的启示。但外国专家对黏合剂配方保密，又提出苛刻条件，这就倒逼着段文杰、李云鹤等"莫高人"自己去探索。在经过长期探索和反复试验后，逐渐取得了整修病害壁画的经验和技术。

比如，针对壁画地仗，即壁画的黏土基层与岩壁之间失去黏结关系，导致局部形成空鼓而大片剥落，从而造成大面积壁画脱落。修复团队采取边沿加固、泥浆粘贴、铆钉加固等方法，效果很好。

比如，针对复杂原因造成的龟裂起甲的壁画，在 1962

年、1963 年期间，在文物保护科学技术研究所研究院胡继高的帮助下，修复团队用聚乙烯醇和聚醋酸乙烯制成黏合剂进行修复加固，此方法一直沿用到 20 世纪 80 年代。

比如，针对极其严重的酥碱壁画病害，修复团队以更为复杂的工艺用聚乙烯醇和聚醋酸乙烯制成黏合剂进行修缮加固，该黏合剂后被验证为在敦煌干燥的气候条件下，是修复壁画的优良黏剂，还于 1987 年荣获文化部科技成果一等奖。

……

20 世纪 40 年代至 80 年代近 40 年间，李云鹤等一代"莫高人"修复了大面积脱落、空鼓、酥碱的壁画约 3000 平方米，为祖国抢救了一大批珍贵的濒危壁画。

科学研究，防止"旧病复发"

真正做起壁画保护修复工作来，其中的繁琐、杂难，非亲历者真是难以体会一二，文字描述也只是蜻蜓点水罢了。

此前，对起甲壁画的修复有着明显的保护效果，但酥碱壁画修复后又陆续"旧病复发"，且酥碱情况更为严重。

科学研究就迫在眉睫了。

"20 世纪 80 年代后，敦煌研究院不再单纯地'施医治病'、应急抢修，而是动用很多分析方法和监测手段，逐步

迈向科学保护。"敦煌研究院保护研究所所长苏伯民告诉记者，这一时期，李最雄、周国信等敦煌学者将重点放在莫高窟颜料分析、壁画病害机理研究、保护加固材料筛选研究等方面，开始寻找壁画病害的"病根子"，以期对症"开药方"。

1979 年至 1981 年，化工部涂料研究所受甘肃省科委委托，协助敦煌文物研究所用 3 年时间，在 40 多个洞窟采集了红、白、蓝、绿、褐 5 个色种颜料的 293 个样品，进行 X 射线剖析，第一次大规模分析制作材料，初步分析出莫高窟各时代壁画使用的 20 余种无机矿物颜料，也初步了解了光照是导致壁画颜料变色的主要因素，修复工作终于有了一个良好的开端。

1984 年，香港爱国人士邵逸夫捐赠 1000 万元港币，为 100 个洞窟的近 4000 平方米壁画安装了玻璃屏风，还安装了 398 个铝合金窟门，为石窟管理创造了有利条件。同年，敦煌文物研究所扩建为敦煌研究院，制定了"保护、研究、弘扬"六字方针，莫高窟迎来科学保护的崭新时代。

1985 年，敦煌研究院与兰化研究院合作，开展了"莫高窟大气环境质量与壁画保护""莫高窟壁画颜料变色原因探讨"的研究，首次对莫高窟窟区大气中的二氧化硫、硫化氢、臭氧、飘尘、紫外线辐射、日照强度、人群等进行长期监测，初步摸清了窟区自然及人文环境要素的日变化和季节变化规律，试验了保护洞窟的最佳小气候条件。

1987年12月7日，莫高窟被联合国教科文组织列入世界文化遗产名录。璀璨的敦煌文化更加令举世瞩目，敦煌研究院也迎来了开展国际合作项目和学术交流的春天。

1988年3月20日，日本文化厅敦煌考察团一行7人，以滨田隆为团长，对莫高窟进行了为期两天的考察。其间，与时任副院长樊锦诗等交流座谈，还在第194窟安装电子温湿度计和累计式日照计，采用探头进行长期观测记录。这是改革开放后敦煌研究院首次与国外专家在文化保护研究领域开展合作。

此后，敦煌研究院与美国盖蒂保护研究所合作，建立全自动气象站，开展洞窟微环境监测；与日本东京国立文化财研究所合作，开展微环境监测和壁画制作材料的分析……敦煌研究院与国内外文物保护科研机构广泛、深入、多领域的合作，为保护事业带来勃勃生机。

"从1997年起，以敦煌研究院与美国盖蒂保护研究所合作保护莫高窟第85窟为标志，逐步进入'把脉问诊'阶段，科学研究更上层楼。"苏伯民告诉记者，一系列国际合作，使得"莫高人"对壁画保护的认识不断深化，技术不断完善，不仅理清了壁画创作的一整套流程，还基本查明了酥碱、空

鼓等病害形成的主要原因。同时，研究出脱盐、灌浆等成熟的壁画治理修复技术，"这就相当于莫高窟保护从'中医'转向'西医'，不仅治病，还着力研究病理。"

预防保健，造福子孙后代

防病胜于治病。

"21世纪，对莫高窟的保护，进入'预防保健'的新时代，主要体现在管理保护、加强研究和人才建设三大方面。"苏伯民一一分析道，管理方面，先是于2003年颁布实施了首个专项法规——《甘肃敦煌莫高窟保护条例》，为莫高窟保护、利用和管理提供了强有力的法律支持和保障。后又出台《敦煌莫高窟保护总体规划（2006—2025年）》，使莫高窟系统保护、保存、利用、管理和研究有了指导和依据。苏伯民说："研究方面，则主要体现在建立洞窟监测体系，进行游客承载量研究，建设数字展示中心以及初步建立监测预警系统等几个方面。"

自2001年起，敦煌研究院在国内首开先河，与美国盖蒂保护研究所合作开展莫高窟游客承载量研究，经过对长达十多年的洞窟监测、游客调查等数据评估分析，于2013年5月确定直接影响各洞窟每日游客承载量的5个关键参数：25人至30人的参观组人数，为讲解员在洞窟中讲解和管理游客所能承担的上限；每平方米 2 人的实体容量，为洞窟内可接受的实际容量限度；13 平方米的洞窟大小，即洞窟可容纳一个 25 人标准参观组的最小尺寸为 13 平方米；平均 8 分钟的洞窟参观时间，即莫高窟分 8 条线路参观，每条线路参观 10 个洞窟，每个洞窟平均参观时间为 8 分钟；不超过 1500ppm 的二氧化碳浓度，即洞窟和游客可接受的二氧化碳浓度不超过 1500ppm。

根据上述研究，敦煌研究院于 2013 年 5 月 16 日，确定莫高窟比较安全、合理的游客接待量为每日 3000 人。

2014 年 8 月 1 日，历时 4 年、投资 3 亿元的莫高窟数字展示中心投入使用，莫高窟日游客承载量由 3000 人提升至 6000 人。

"6000 人的游客承载量下，洞窟的微环境各项指标都在安全值以内。"敦煌研究院院长王旭东喜忧参半地告诉记者，空鼓、起甲、虫害等壁画危害因素总体都得到了有效控制，但被称为"壁画癌症"的酥碱病害一直未能根治，只能同现实生活中治癌一样，一方面进行"放疗、化疗"，一方面营造空气相对湿度在 60% 以内等良好的洞窟环境，"这就不仅需要敦煌研究院精心研究，更需要游客的理解。"

此外，还有难以控制的地震因素以及已在莫高窟壁画中消失了很长一段时间却不敢掉以轻心的霉斑。王旭东说："霉

菌一旦产生，就是控制不了的严重病害。"为此，敦煌研究院一直密切关注，还专门成立生物实验室进行长期监测。

2016 年 7 月 5 日，作为甘肃省科技重大专项计划项目，敦煌研究院开展的"多场耦合下敦煌石窟围岩风化与壁画盐害机理试验装置研发"历经 5 年技术攻关，顺利通过验收，这标志着石窟保护再次迎来革命性的时代。苏伯民解释："以前监测要在实体洞窟中进行，不仅对洞窟有影响，而且等待时间漫长。而多场耦合实验相当于建立一个虚拟洞窟，再模拟温度、湿度、日照、降雨、降雪及水盐运移等各种自然环境对洞窟的危害，减轻了对洞窟的影响，缩短了监测与研究

多场耦合实验室外景

多场耦合实验室

时间，意义重大。"

　　从敦煌艺术研究所时期石窟保护组的三五人，到敦煌研究院时期保护研究所的 150 人；从应急抢修到科学保护，再到主动预防，再到多场耦合试验；从束手无策、外请专家、摸索试验到国家古代壁画与土遗址保护工程技术研究中心、古代壁画保护国家文物局重点科研基地、甘肃省古代壁画与土遗址保护重点实验室等多个科研机构落地敦煌……经过70 余年几代人的不懈努力，集珍贵性和脆弱性于一身的世界文化遗产——莫高窟迎来了大环境、洞窟微环境、游客承

载量、参观路线、安防情况等"无微不至"的全方位监测的新时代，也迎来视莫高窟为生命的"敦煌儿女"和身挑重任的敦煌研究院"有为而有位"的新纪元。

"未来，挑战会更大。"敦煌研究院院长王旭东觉得，保护依然不能有一丝一毫的松懈。

（原载于《甘肃日报》2016年9月12日一版转九版）

开放篇：名扬四海的游客"宝地"

题记：一个伟大的过去，往往预示着一个辉煌的未来。莫高窟，或许正是如此。

从早期的零散游客到每年 1 万人次参观，再到每年 10 万人次，再到每年百万人次，呈几何式翻番增长的游客，用数字为我国中古时代规模最宏大的文化遗存莫高窟作着"吸引力"的注脚。

从自然开放到正式开放，再到预约参观，再到"数字 + 实体 + 预约 + 实名"，随着时代变迁不断更新换代的开放模式，见证着"敦煌儿女"从未懈怠的脚步。

正式开放，迎来大批游客

1944 年，敦煌艺术研究所成立，莫高窟正式纳入国家管理体系。

此后，尽管到莫高窟来的人以专业人士和敦煌当地的居

民为主，但莫高窟的游客还是渐渐地多了起来。"敦煌守护神"常书鸿曾于 1961 年 5 月 9 日在《甘肃日报》上发表《敦煌莫高窟的维修工作》一文，对 1949 年后参观莫高窟的人数做过统计：1949 年 9 月至 1959 年 9 月，10 年间共接待游客 14.65 万余人，其中庙会等节日期间的游客比平日多，而外宾共计 195 人。

这一时期，莫高窟大抵是自然开放的，直到 1979 年。

这一年，随着敦煌被国务院列为全国第一批对外开放城市，敦煌文物研究所依据洞窟的历史价值、艺术价值、科学价值，制定了洞窟开放标准，选择了不同时代的代表性洞窟正式向游客开放。

开放，让"藏在深闺少人识"的莫高窟焕发出巨大魅力。

1984 年，敦煌文物研究所扩建为敦煌研究院，提出"保护、研究、弘扬"六字方针，其中"弘扬"即指旅游开放和对外宣传，这极大地促进了莫高窟旅游，加上当时国家经济改革和对外开放工作的深入与扩大，当年来莫高窟的游客从 1979 年的 24701 人次一跃飙升为 10 万人次。

1987 年，莫高窟以符合世界文化遗产的全部 6 项标准被列入"世界文化遗产名录"，结合当时蓬勃兴起的丝绸之路热，莫高窟旅游人数在次年再上台阶，达 13 万人次，其中外宾近 2.3 万人次。

旅游旺季的莫高窟，游客摩肩接踵

　　此后，随着西部大开发以及中国与世界旅游市场的繁荣和旅游经济的发展，莫高窟迎来了大批中外游客，游客数量一再攀升。1999年、2001年、2004年和2006年，莫高窟游客从20万到30万再到40万人次，再一跃至50万人次；2011年，达67万人次；2012年达80万人次……

　　真是"前人栽树，后人乘凉"。莫高窟以其博大精深的文化内涵、精美绝伦的多彩艺术和独特珍贵的多重价值在不经意间又创造了一个辉煌的时代。

　　"自1979年旅游开放以来，莫高窟共接待了来自80个

国家和地区的 470 多万游客，取得了显著的社会效应和经济效益。"2006 年，敦煌研究院第三代"掌门人"、"敦煌的女儿"樊锦诗在《敦煌莫高窟旅游开放的效益、挑战和对策》一文中就指出莫高窟旅游开放的巨大效益。

首先，旅游开放向世界各地游客展示了悠久灿烂的敦煌文化，弘扬了中华民族优秀的传统文化，促进了中外文化交流；同时，也增强了国人的文化自信，激发了人民反思历史、振兴中华的精神。

其次，旅游开放促进了敦煌文物保护事业的大发展。随着游客增加，门票收入增长，一方面一改过去经费短缺、保护工作捉襟见肘的窘境；另一方面，通过与国内外科研院所的交流与合作，敦煌研究院保护与管理的水平也极大提高了。

尤为重要的是，莫高窟的旅游开放对树立甘肃形象，尤其是在促进甘肃乃至西北地区的旅游繁荣、经济建设和社会发展方面发挥了不可忽视的积极作用。

有数字为证。1979 年，莫高窟所在的敦煌是一个人口不足 10 万的农业小县，信息不通、交通不便，全县财政收入只有 217 万元，是需要国家财政补贴的穷县。到 1989 年，财政收入突破 1500 万元。1999 年，敦煌被评为"中国优秀旅游城市"。到 2005 年，全市生产总值 20.9 亿元，是

1979 年的 195 倍。其中，旅游收入 3.9 亿元，占 GDP 比重达 18%，真正成为支柱性产业，当地人民生活水平也随之发生了翻天覆地的变化。

与此同时，敦煌市的交通运输、邮电通信、教育卫生和社会文化等各项事业也发生着日新月异的变化。

预约参观，探索开放模式

发展的道路上，永远是鲜花与荆棘交织并存。

"莫高窟旅游开放在带来巨大效应的同时，也面临着越来越大的挑战。"对此，樊锦诗从莫高窟洞窟情况和开放情况两方面作了详细分析。

从洞窟情况看，莫高窟虽然规模宏大，但大多数洞窟空间狭小，洞窟可承载游客量十分有限，且莫高窟属于遗址博物馆，洞窟文物既不能移动，也无法布展；窟内壁画、彩塑采用当地麦草、泥土、木材制作，材质脆弱，加上千余年自然与人为因素的破坏，不同程度地存在着酥碱、起甲、空鼓等多种病害。

从开放情况看，莫高窟的游客数量呈持续高速增长态势的同时，也呈现出极强的季节性和时段性，旺季特旺，淡季特淡，且旺季游客承载量严重超标。

两大因素导致的挑战亦表现在两个方面：一方面，游客

对莫高窟的开放洞窟进行洞窟微环境监测（孙志军摄）

增加不仅让洞窟长期处于"疲劳"状态，且打破了洞窟原有恒定的小气候环境，对窟内本就十分脆弱的壁画、彩塑构成了严重威胁。而国务院早在 1987 年 11 月 24 日印发的《关于进一步加强文物工作的通知》中就强调："像敦煌壁画这类易于损坏的稀世珍宝，不能作为一般性的旅游开放点。必须严格控制参观人数，并采取有效的保护措施。"

工作人员在莫高窟洞窟内进行二氧化碳监测

　　另一方面，呈"线性"分布的莫高窟洞窟造成游客集中在窟前无法分散，因洞窟狭小造成的洞窟拥挤现象愈加突出，游客看不清、看不好，无法获取更多历史文化信息的呼声也日益高涨。而《国际文化旅游宪章》则明确要求"古迹保护和旅游规划应该确保带给游客一段有价值的、满意的和愉快的经历"。

　　没有孰重孰轻，没有孰优孰劣，没有孰先孰后，必须同时解决这些问题。

　　在践行"保持文化遗产的完整性、真实性、延续性"原

则和"保护为主、抢救第一、合理利用、加强管理"方针的基础上，敦煌研究院确定了"在保护好文化遗产的前提下，充分展示莫高窟的丰富内涵和文化价值"的思路。

对策，则是一系列"组合拳"：法制建设＋规划制定＋国际合作＋游客承载量研究＋适度利用＋展示讲解＋预约参观＋游客调查＋宣传教育……

2003年3月1日，甘肃省人大常委会颁布实施《甘肃敦煌莫高窟保护条例》。2005年6月，《敦煌莫高窟保护总体规划（2006—2025年）》出台。依照相关要求，对莫高窟的旅游开放和服务管理做了全面、科学的统筹规划，将开放洞窟的总数量由此前的40个增加到60个（正常开放30个、旺季调节洞窟20个、特别开放洞窟10个，游客可以凭正常门票参观其中的8个洞窟），达到了分解客流的目的。数据显示，冬春季旅游淡季的游客人数以每年23%的增幅增长。

为做到分时段、有计划、有质量地接待游客，同时降低洞窟负荷，2005年，敦煌研究院在旅游旺季实行参观预约和预报制度。当年9月，预约率达82.8%，在缓解洞窟压力、更好地满足游客需求方面成效显著。

赢得"开门红"，敦煌研究院又于2007年7月研发了更加便捷的"莫高窟网上预约"系统代替人工预约，省内外

180家旅行社注册预约。"预约制的实施取得了较好效果。"樊锦诗说。

"我们讲解的是历史、是艺术、是文化,我们传播的是价值、是尊重、是文明。"除免费提供残疾人轮椅、冬季免费提供棉衣、夏季喷雾降暑、延长开放时间等贴心举措,不遗余力地提高游客的旅游品质外,敦煌研究院高素质的讲解员队伍更是一道不可或缺的亮丽风景线。

相较其他景点而言,莫高窟是难懂的,讲解员就是引领游客参观游览莫高窟灿烂文化的一把钥匙。

1979年,莫高窟只有5名专职讲解员;到1997年,实现英、日、法、德、韩5种外语讲解;2015年,讲解员达135人,成为全世界文化遗产地和博物馆系统中规模最大的一支讲解队伍。他们生动而富有内涵的讲解,传递千年厚重文化,让游客领略艺术宝窟风采,也让游客知悉莫高窟来之不易、存之亦艰的珍贵,吸引更多游客关注、热爱和理解;他们还通过预约制、游客调查、大客流路线分流等方式,在缓解洞窟压力与提升游客体验感方面做着细微而有效的努力,成为莫高窟的"第一形象代言人"。

数字 + 实体，开创丝路亮点

随着经济的发展与敦煌旅游环境的不断完善，莫高窟旅游热持续升温，旅游人数屡创新高：2012 年 8 月，莫高窟游客超 16.8 万人次，创莫高窟正式对外开放以来单月客流量最高纪录。此后，该纪录一再被打破。

不断攀升的游客量见证着莫高窟的无穷魅力，也考验着敦煌研究院的管理能力。

"一些游客可能一生就来一次莫高窟，不能把他们挡在门外。""莫高窟是不可复制、不可逆的世界文化遗产，保护不好就是历史的罪人。"

两种声音，始终在"敦煌儿女"耳畔萦绕。2001 年，敦煌研究院与美国盖蒂保护研究所合作，启动"莫高窟日游客最大承载量"研究项目。2013 年 5 月 16 日，经过长达十余年的洞窟监测与大数据分析，确定莫高窟比较安全、合理的游客接待量为每日 3000 人。

这与 2013 年 10 月 1 日起施行的《中华人民共和国旅游法》中"景区接待旅游者不得超过景区主管部门核定的最大承载量。景区应当公布景区主管部门核定的最大承载量，制定和实施旅游者流量控制方案，并可以采取门票预约等方式，对景区接待旅游者的数量进行控制"的理念不谋而合。

　　但3000个名额显然供不应求。2012年，日游客量超过3000人次的天数就达100多天；"十一黄金周"日均更突破1万人次，甚至高达18660人次，是莫高窟每日游客最大承载量的6倍！

　　人无远虑，必有近忧。早在20世纪90年代，当时不懂数字化、自称"不爱赶时髦"的樊锦诗却大胆地决定，要"建一座数字莫高窟"，打造一个令世界瞩目的时尚创举。

　　2014年8月1日，"敦煌儿女"期盼了很久的日子终于来临：历时4年、投资3亿元的莫高窟数字展示中心投入使用——历史性、革命性地改写了莫高窟的开放与保护模式。

莫高窟数字展示中心大厅（孙志军摄）

运行的"数字体验 + 实体洞窟"的双重参观模式，不仅并未如外界传言"莫高窟实体洞窟不再向游客开放"，而且实际参观洞窟数在旺季保持 8 个，淡季则增加到 12 个；与此同时，通过"导流削峰"，将莫高窟单日游客承载量由3000 人次提升至 6000 人次，达到文物保护、游客承载量和游客文化体验提升的多赢效果。

2014 年 9 月 10 日，这一天，通过网上预约参观莫高窟的游客人数虽然只有 2679 人，但却是值得铭记的里程碑式的日子：这标志着开放了 35 年的莫高窟由人工管理变为信息化管理，由被动管理变为主动管理。莫高窟保护与开放的双手牵得更紧了。

这一天，运行了 35 年的莫高窟景区售票处停止线下售票。莫高窟率先在我国的世界文化遗产地中实施了"总量控制 + 预约参观 + 在线支付 + 数字体验 + 实体洞窟"的全新参观模式，当年游客数达 79 万人次。

莫高窟的魅力与日俱增。2015 年 7 月 8 日，首次出现6000 张门票半日售罄的现象。7 月 20 日，为避免倒票情况出现，莫高窟实施"实名 + 预约"这种国内旅游景区罕见的措施，并一次性提前预约一个月的门票。7 月 22 日，为应对超大客流和未能预约的游客，启动"预约 + 应急"互补模式，让来敦煌的游客通过不同方式一睹莫高窟的风采。

游客在新旅游模式下有序参观

2015年10月7日，在数字展示中心运行425天后，敦煌莫高窟传出"年度游客接待量首次突破百万人次"的消息，"单日游客超过一万人次"的火爆场面也逐渐成为这处古老文化遗产的常见现象了。这一年，莫高窟接待游客量再创新高，达114万人次。这意味着，全新的参观模式正在被越来越多的人接受。

尽管游客数一再"井喷"，但千年等一回的"数字敦煌"工程也相当给力：敦煌研究院通过近一年的监测发现，在总量控制的参观新模式下，莫高窟开放洞窟的微环境指数达标

率明显提升，而且，每日游客接待总数与时间呈现了较为平稳的线性特性，窟区游客流量峰值由之前的2300人次降至1200人次左右。

2016年，尽管莫高窟旅游持续升温，"敦煌儿女"却在匆匆的脚步中，多了一些淡定与从容……

敦煌，是伟大的。因为她的伟大，我们迎来一个辉煌的时代，还将迎来更加辉煌的未来。敦煌儿女，也是伟大的。因为他们，千年莫高窟以更加健康美丽的身影张开怀抱，迎接着五湖四海的"朝圣者"。

（原载于《甘肃日报》2016年9月13日一版转七版）

共赢篇：不能把遗憾留给历史

题记：莫高窟遭到破坏和劫掠的过程，是国人的伤心史，是人类的遗憾史。如今，敦煌研究院对莫高窟一方面做好保护，一方面科学开放，就是为了不把遗憾再留给未来。

一方面，是莫高窟无与伦比的艺术魅力吸引着游客纷至沓来，带动当地旅游业连年上升；另一方面，是面对敦煌或许成为"第二个楼兰"的严峻考验，一代又一代"莫高人"竭尽心力在保护。

在这样一场开放与保护的"博弈"中，"莫高人"该如何抉择？游客又该做些什么？

保护第一

"保护永远是第一位的。"2013年5月16日至5月19日，在敦煌举行的"中国世界遗产地游客承载量研究与游客管理工作研讨会"期间，记者采访了时任敦煌研究院院长樊

樊锦诗

锦诗。她说，莫高窟壁画和彩塑艺术及藏经洞文献和艺术品，是一千年丰富多彩的敦煌文化的厚重积淀，是一千年各种宗教、艺术、文化不断汇流、融合的美丽结晶；莫高窟不仅是珍贵的古代文化遗产，也是现代生活的重要组成部分，对于社会进步、经济发展、学术研究而言，是不可或缺的文化资源。

"保护不了，研究什么，传承什么，又弘扬什么？"樊锦诗说，莫高窟不仅珍贵稀有，还脆弱易损，一旦破坏，将不可再生，永远消失。

尽管内心深处，所有人都希望莫高窟永远屹立，但岁月的车轮会碾压掉什么，谁都无法预料、无法阻挡。人们所能做的，就是尽量让莫高窟少得些病，慢点老去，让它"延年益寿"。

是啊，如"接力赛"一般，常书鸿、段文杰、樊锦诗、王旭东等一代又一代"敦煌守护神"接过接力棒，不就是竭尽全力在和时间赛跑吗？

同样的，一批又一批"打不走的莫高人"，无数不曾留下姓名的以及无数热爱莫高窟的海内外人士，或艰难探索，默默夯筑"莫高大厦"的文化地基；或"变身"建筑专家，让岁月斑驳的危岩险崖解除威胁，为精美艺术建造一个安全的家；或变成植物学家，与风沙长期"周旋较量"，硬是在沙漠里，为洞窟营造出一个没有沙的宜居庭院；或修复、试验、监测、合作，几乎是"寸土必争"地挽救着宝贵的壁画、塑像……他们前赴后继，与各种困难作斗争，不也是为了保护好这些宝贵的人类文化遗产吗？

其实，樊锦诗少说了一句话——"保护不了，又开放什么？"难道让千里迢迢慕名而来的游客看破败不堪的洞窟，看风烛残年的塑像，看千疮百孔的壁画？

怎么忍心，又情何以堪。有心的游客一定会质问：好好的世界文化遗产，为何不好好保护？

是啊，为何不好好保护？樊锦诗受不起这样的质问，每

一个"莫高人"、每一个国人也都受不起这样的质问。

如同人会生病，莫高窟也会生各种各样的病。看着生病的亲人，谁会撒手不管？

同样的，和人一样，莫高窟的"病"也会复发，也会随着年龄的增长不断出现新的病情。看着反复生病的亲人，谁又忍心不做治疗就轻言放弃？

所以，对洞窟进行及时的修复，对自然环境、文物本体、洞窟微环境等进行监测预防，再依据监测结果"对症下药"，是敦煌研究院的"大职"。而每个有历史感、有责任心的游客也一定愿意让莫高窟多一些"休息"的时间。

科学开放

因为樊锦诗的"保护第一"说，有的人担心她"只知道保护"，有的游客担心看不到莫高窟文物本体。

"保护是为了更好地开放，我们决不关门做保护"，樊锦诗肯定地说。壁画保护是世界性的难题，无论病后救治、修复，还是积极建立健全预防性保护体系，目标从未改变——既竭尽全力保护，不让莫高窟成为历史的美丽记忆；又想方设法，辩证地处理好保护与开放之间的关系，让游客更好地体验莫高窟的神奇魅力。"但顶级的价值和高度脆弱的保存状态决定了莫高窟必须有度地、有节制地合理开放。

同时，在开放过程中，要极力保证洞窟文物和游客参观环境两个方面的'安全'与'舒适'。"

2014 年 8 月 1 日，历时 4 年、投资 3.4 亿元的莫高窟数字展示中心投入使用。

自此，游客抵达敦煌后，可首先在数字展示中心观赏循环播放的高清数字电影《千年莫高》和《梦幻佛宫》，再去参观实体洞窟。

"数字＋实体"这种新的双重参观模式，既保护了莫高窟，对于游客来说，也是"一举三得"。

莫高窟数字展示中心外景（孙志军摄）

莫高窟数字展示中心主题电影《千年莫高》（孙志军摄）

对大多数观众而言，莫高窟不像一般的旅游景点，她有些"高深""难懂"。通过观看这两部数字电影，观众可首先全面了解敦煌和莫高窟的历史文化背景与石窟艺术，对莫高窟有个轮廓性的认识。

其次，通过球幕电影，"无死角"地近距离欣赏最具艺术价值的 7 个洞窟，再加上参观 8 个实体洞窟，游客实际参观洞窟数由此前的 8 个增加到 12 个，大大提升了参观体验度。

再次，让莫高窟单日游客承载量由 3000 人次翻番至 6000 人次，大大满足了游客需求。

当然，也依然有不少游客抱怨，觉得人太多，觉得在洞窟的时间太短……

这正是一个"两难"的问题。谁都想宽畅地观赏莫高窟容颜，可时间就那么多，洞窟就那么大，人又总是扎堆，的确很难让每个人都称心如意。

但敦煌研究院还是竭力想让每个来莫高窟的人再满足一点。比如，建设敦煌石窟保护研究陈列中心、藏经洞陈列馆、院史陈列馆，合理分散游客流量，补充游客参观石窟的不足，提升游客对敦煌文化艺术的体验感。比如，分淡季、旺季制定不同票价，同时合理编排多条参观路线，专门研究具有针对性的游客承载量与游客管理模式。比如，应对7 月、8 月高峰期及"十一"黄金周，推出应急措施。比如，在高温天气搭建凉棚、进行喷雾。比如，开设老人快速通道……

"我们不会将游客拒之门外，我们要做负责任的文化人。"敦煌研究院院长王旭东说，保护的目的是为了传承，而传承就需要更多的人了解、认识、热爱莫高窟，加强管理，改善服务，就是既对洞窟负责，也对游客负责。

"截至目前，'数字 + 实体''预约 + 实名'的模式是保

喷雾设备为游客降温加湿

护利用结合的最佳模式。"王旭东告诉记者，它首次将现代
球幕技术与洞窟壁画保护完美结合，既减少了游客在洞窟的
滞留时间，又提升了游客参观的丰富度和品质，达到了文物
保护、游客承载量和游客文化体验提升的多赢效果。

　　事实是最有力的证明。自数字展示中心开放以来，所有
洞窟的各项指标都在警戒线以下，而90%的游客认为数字
展示中心给人以"震撼"的体验效果，也非常认同先数字体
验再看实体洞窟且须预约的参观模式。

平衡界点

保护，还是开放？一直以来似乎都是一场非黑即白的博弈。敦煌研究院希望保持日游客承载量6000人次，将洞窟引起病害的各项指标控制在安全值以内；游客期望莫高窟"尽情敞开"；当地政府更是希望莫高窟成为"揽金高手"，成为GDP不断提升的高速引擎。

"这确实是个矛盾。"王旭东告诉记者，尽管莫高窟希望游客能理性、错峰前来，但景点的淡、旺季几乎是世界性的难题，形成因素太过复杂，敦煌研究院可控的因素太少，能做的就是不断加强内部管理，不断创新符合市场需求的开放模式，不断研究将游客承载量从3000人次提高至6000人次再提至更高的方法途径。

但实际上，真正的平衡界点，或许并不是一个简单的数字，而是理念与意识上的平衡、一致与统一。

想想看，如果没有莫高窟，或莫高窟日益衰败，游客看什么？想保护的人、想开放的人，不都是奔着莫高窟吗？

从这一点来看，保护与开放其实并不矛盾，只是视角不同。

为达成一致的平衡界点，需要作出努力和贡献的不应该仅仅是敦煌研究院，而是每一个人。

　　敦煌研究院自不必说，除加固好每一个洞窟、保护好每一尊塑像、修复好每一寸壁画之外，还要与时俱进，采用各种方式方法，让游客了解更多莫高窟创建的自然、历史、文化背景，更清楚地欣赏洞窟建筑、彩塑和壁画艺术，提升服务质量和游客参观体验品质；同时，有效缓解洞窟压力，提升莫高窟游客接待量，切实缓解莫高窟文物保护与旅游开发之间的矛盾。

　　这一点，敦煌研究院从未懈怠。游客则需要对莫高窟再多一些爱心与包容，比如理解每口最大游客承载量6000人次以及每组参观人数少于30人、每次参观时间4分钟等规定，比如接受"预约＋实名＋数字＋实体"的参观模式，比如尽力"错峰"旅游等。尽管没有丰碑，但在莫高窟的保护史上大家都应该用心"刻"下自己的名字。

　　因为，我们都不愿看到，在全球濒临消失的美景榜上，莫高窟榜上有名；我们只是希望，莫高窟能以更加立体、直观的多样形式，继续绽放无与伦比的魅力；我们更加希望，如"飞天"一样存在的莫高窟可以继续屹立，让我们的子孙后代有幸欣赏她永恒的美！

（原载于《甘肃日报》2016年9月14日一版转二版）

临摹篇：与千年前的画工"对话"

题记：敦煌，让世界上每一个艺术家折服。

樊锦诗说，莫高窟是一部放在沙漠上的壮丽无比的佛学图典，是一件在地面上展开后长达数十公里的千年画卷。那端庄典雅的"菩萨"、那婀娜轻盈的"飞天"……都在大漠深处呼唤着每一个向往艺术殿堂的绘画者。

这些绘画者来到敦煌，借手中的笔，穿越时空，与千年前的画工"对话"；这些绘画者，带着虔诚的心，走进洞窟，让古代壁画绽放现代异彩。

早期临摹，敦煌与画家形成亲密关系

很多人以为，最早临摹敦煌壁画的是张大千。

其实不然。

早在1937年10月至1938年6月，著名画家李丁陇就只身来到莫高窟，临摹壁画百余幅，成为第一个到敦煌探

宝的国内画家。据说，仅千姿百态的手势，他就记下了几百种。

张大千看到李丁陇的画，觉得"妙不可言"，于1941年5月走进敦煌，耗时两年半，临摹了大量敦煌石窟壁画并举办展览，让敦煌艺术宝库广受瞩目。

不同于李丁陇、张大千的"个人喜好"，"官方"对敦煌壁画的临摹显得更加科学和规范。

1942年3月27日，在时任国民政府监察院院长于右任的极力倡导下，由高一涵任主任委员、常书鸿任副主任委员的国立敦煌艺术研究所筹备委员会成立。

1942年8月17日，筹委会呈送的"筹备工作报告"第十部分"开始摄影及制作"中指出："洞窟壁画图案塑像其外貌形式及内藏有供研究价值之材料均拟一一摄制照片……其色彩部分，有非摄影所能为力者，本会拟应用能觅得之材料（颜料及纸张等）逐一临摹，依原色绘制，现已开始试作，成绩尚佳，此后拟即按照计划分门别类择优继续摹制，作为战后国家美术馆之陈列品或复制印刷，此俾偏处一隅之艺术宝藏，得为一般人所共赏。为所需材料纸、布、绢、笔等均极昂贵，按照目前经费情形甚难做大规模之制作，为发扬我国艺术集东方文化计想，当局定能拨发巨款促成此举也。"

短短200余字，内容却相当丰富，明确了临摹"作为战后国家美术馆之陈列品""得为一般人所共赏""为发扬我国艺术集东方文化"等保存、传播、弘扬功能，也指出了困难和问题。

不仅如此，还明确指出了临摹对象择取标准为：石窟外界之描写与石窟立体模型之制作，石窟内部结构之测绘，各时代各洞窟绘画、图案、造像等代表作之临摹（全部或局部，按照原物尺寸、缩小或放大），有关于题材变迁、技术变迁及变色等比较材料之临写等范围和目的，而临摹应取态度则分"客观的"（即按原来形色临摹）和"主观的"（务使恢复原始情形）。

这就对莫高窟壁画临摹有了相当准确和详细的界定。

1942 年 6 月，画家王子云率西北艺术文物考察团，在敦煌临摹了大量壁画，并在 1943 年至 1944 年间，多次在成都、西安等地举办展览。

此后，常书鸿、董希文、赵望云、关山月等艺术家又在抗日战争最艰苦的岁月里，陆续奔赴荒芜寂寥的敦煌，或三五月，或一两年，长期坚持临摹，又在全国各地举办展览，使沉寂数百年的敦煌艺术重新惊现于世，也使偏居西北一隅的敦煌，渐渐成为画家的向往之地和朝圣之地。而敦煌，又反过来"润物细无声"地改变着画家甚至中国绘画艺术的风格和命运。

　　拿张大千来说，自从有了敦煌经历后，张大千"文人画家"的水墨风格为之一变，首创了青绿泼墨山水画，善用复笔重色，形成了磅礴大气、色彩缤纷的大千世界，被誉为"画中李白"。

　　拿常书鸿来说，尽管他仍然坚持着在法国所接受的正统学院派油画风格，但相较在巴黎时的西式写实作品，他来到敦煌后的作品"已然很东方、很敦煌了"。

　　"加上董希文，这三位标志性的艺术家从不同方面开了中国美术传统继承与创新的先河。"敦煌研究院美术研究所所长侯黎明告诉记者，与常书鸿一起到达敦煌的董希文虽在敦煌临摹时间不长，但"得益是直接的"。他从第254窟、第428窟的壁画《舍身饲虎》中学习"凹凸法""汉传法"，尤其是对敦煌壁画造型元素融会贯通后创作的《开国大典》和《哈萨克牧女》，被业界公认为是"20世纪中国绘画受到敦煌艺术影响的典范"。

　　张大千，因李丁陇的画向往敦煌；段文杰，因张大千的画来到敦煌……临摹，就这样让更多艺术家与敦煌结缘，让敦煌与画家的关系亲密起来，并逐步形成敦煌壁画临摹的早期体系。他们"在戈壁之夜热烈谈论的话题，就是如何从4世纪到14世纪敦煌艺术演变发展的成就中，吸取借鉴，为现代中国艺术起到推陈出新的作用"。

1945 年，常书鸿先生在洞窟临摹壁画

不断发展，敦煌壁画临摹学渐成轮廓

"敦煌壁画的临摹工作大致分为三个时期。"侯黎明告诉记者，20 世纪 50 年代以前，以常书鸿为代表的艺术家，是敦煌壁画临摹的初始阶段。

　　"与早期看守式保护相对应，早期临摹是一种抢救式临摹。"从1985年就开始临摹壁画的敦煌研究院敦煌石窟保护研究陈列中心主任娄婕告诉记者，最早到达敦煌的艺术家一边清理流沙、为洞窟编号、考据内容，一边看着即将坍塌的洞窟，在一种即将消失的焦虑中开展保存式、抢救式的临摹。

　　中华人民共和国成立后，敦煌艺术研究所改名为敦煌文物研究所。看起来，只是"艺术"到"文物"的两字之差，但其性质已然转向更为专业的临摹、研究为主的范畴了。

　　这一时期，以段文杰、霍熙亮、欧阳琳、史苇湘、李其琼、孙纪元、关友惠、万庚育等艺术家为代表，开始有意识地研究、总结临摹的目的、风格和技法了。他们不仅进一步完善了从现状临摹、整理临摹到复原临摹这三种循序渐进的临摹步骤，促使敦煌壁画临摹工作正规化，也逐步建立起完整的"三查四评"等评审制度，使这一时期成为临摹敦煌壁画数量最多、质量提高最快的黄金时期，尤其是形成了形式整齐的临摹式样和较为突出的个人风格，而整理性临摹的技法和手段则一直延续至今。

　　"现状临摹、整理临摹和复原临摹都是对应不同临摹目的划分的。"娄婕解释道，现状临摹即为了保存当时的现状，客观真实地临摹，有复制之意；整理临摹则是为了向美术研

1955 年，敦煌文物研究所的画家们在莫高窟第 196 窟临摹壁画

究、考古研究提供有据可循的图像，通过比较研究，局部缺损的艺术形象可恢复原貌；复原临摹指再现壁画最初绘制时的造型特点、线条、色彩的一种临摹方法。大量壁画因历经千年岁月已漫漶不清，要回溯到一千多年前刚画出的、完整

的初始面貌，需要通过横向、纵向比对和大量研究，所以复原临摹是难度和强度最大的一种临摹方法。

"20世纪80年代末至今为敦煌壁画临摹的第三时期，主要突破是在20世纪90年代末期完全形成了与洞窟壁画使用同样材料进行临摹的方法。"娄婕告诉记者，敦煌壁画之所以能保存千年还形色比较完整，除了气候等环境因素外，还得益于运用了天然矿物颜料。20世纪50年代以前，抢救式临摹时期因条件所限，主要用水彩、水粉和一些少量的矿物颜料，但艺术家已经认识到矿物颜料对临摹作品"质的重要性"。直到20世纪90年代，随着赴日留学的学者陆续归来，从中国传至日本的矿物颜料制作方法又"回到中国"，敦煌壁画的临摹才开始完全使用矿物颜料。

"是该总结归纳一下了。"侯黎明说，经过70多年不断继承、总结、创新的发展过程，敦煌壁画临摹从早期"注重气韵生动"的单幅壁画经典表现，到20世纪80年代末90年代初重心转向"注重历史信息丰富性和富有墙壁质感"的整窟临摹，呈现出有体系、有师承的完整性，"更关键的是，造就了一门独立的艺术学科——壁画临摹学。"这不仅彰显了敦煌壁画的艺术价值及其在艺术史上的地位，也逐渐形成了一整套与其他绘画不同的技法理论和形式规律，以及一个形式完备的创作平台。

源流一体，创作才是最有生命力的

人们看到临摹者在光线昏暗的窟内静静埋头临摹时，多会疑问：为何临摹？价值何在？有何功能？又何时能临摹完？

"临摹是一种学问。"敦煌研究院第二代"掌门人"、"文化巨子"段文杰早在 20 世纪 90 年代就提出，通过临摹对敦煌壁画技法进行全面深入研究。著名敦煌学学者史苇湘则根据自己多年的临摹实践与体会，提出"临摹是研究敦煌艺术的重要方法"，指出敦煌壁画临摹既不是简单复制，也不是一般写生绘画。两人共同认为"临摹不是目的，而是认识、研究敦煌艺术的重要方法"。

"很多学者关于敦煌壁画内容、形式的认知和解读，都是从临摹开始的，所以从一开始就赋予其重要的学术价值和多重内涵。"侯黎明告诉记者，敦煌壁画之所以在中国绘画史上非常重要，是因为它是属于中国绘画四大主流文化脉络（宫廷画、文人画、宗教画和民间画）之一的宗教绘画体系。而中国宗教绘画绵延千年，是构成中国古代史学佐证的巨大图像库，因此，临摹敦煌壁画就是研究中国古代历史不可或缺的手段。此外，在美术史方面，敦煌壁画填补了中国唐代以前绘画传世作品极为稀少的重大空缺，通过对敦煌壁画的

1955 年，段文杰先生在莫高窟第 285 窟临摹壁画

临摹，可以揭开残破漫漶的图像表层，更好地解读魏晋壁画的"小字脸"、三国时期"佛画之祖"曹不兴画风所津津乐道的"天竺法"（亦称"西域画法"或"凹凸画法"）等各历史时段的绘画沿革、艺术风格和绘画技法，上溯中原与西域、印度、罗马、希腊的文化艺术传承与交流脉络，也为中国传统

画——工笔重彩画"源流"找到依据，最终为中国美术史的研究提供图像依据平台，"当然，这对石窟的断代研究也有着不可估量的价值。"

"功能则体现在保存保护、弘扬传播和学习研究三个方面。"娄婕向记者一一分析道。

"保存保护是基本功能。"娄婕说，就是通过临摹为精美艺术留存资料，让原来的"无字天书"有了可供查找的图典。比如段文杰复原临摹的第130窟，几乎是"为数不多的唐代代表作的失而复得"。即便今天，虽然借助数字化，缩短了艺术家在洞窟内的临摹时间，对保护洞窟起到了很大作用，但临摹是带着"温度"的人工手绘，有材质感，是艺术品，也更受观众欢迎。此外，即便是单纯的白描稿，作为临摹作品的完整粉本，也是具有独立艺术价值的珍贵作品。

弘扬传播，就是通过临摹品的展览展示，不可移动的敦煌可以"变身"为"行走的壁画"，把敦煌文化的种子播撒到世界各地。统计显示，1945年至今，敦煌研究院在中国及其他11个国家先后举办了80余次敦煌壁画展，所到之处，"敦煌风"劲吹，折服无数观众，使其成为敦煌文化的忠实拥趸。

学习研究，则指对敦煌文化的研究在理论上是从文献到文献的研究，而临摹则是从图像到文献再到图像的过程，因

此是学习研究敦煌文化最独特的方法。同时，临摹更是敦煌艺术体系"源"与"流"形成与传承最直接的方法。一方面，敦煌壁画是敦煌艺术体系活力迸发的"源"；另一方面，古代画工们"年年有新样"的千年绘制过程是代代传承的"流"，现代艺术家们进入洞窟，穿越在传统与当代之间，既是从洞窟中"贪婪"地汲取"源"，也是通过手中的画笔接过古代画工的"接力棒"不断传承"流"，因为，任何一种艺术都"离不了源"，也不能"间断了流"。

"还要不断精进，艺术探索本身是永无止境的。"娄婕告诉记者，经过代代艺术家的多年积累，勾勒出现状临摹、整理临摹、复原临摹三种方法，也不断分析研究，不仅实现了完全用矿物颜料进行临摹，还渐渐实现了临摹品保存、运输、展览的"可控范围内的恒温恒湿"条件，可以使壁画在相对长的时期内保持本色。但"没有最好，只有更好"，艺术家们仍在不遗余力地去临摹前人作品，以期更加真实、客观地表现原作的艺术面貌。

娄婕说："创作才是最具生命力的。"70余年间，几代艺术家，共临摹出2300多幅单幅作品。而整窟临摹，即便团队交错工作、加班加点，也平均四年才能完成一个，现在将近完成15个整窟临摹。娄婕说，临摹是从"有我"（即自己与古代画工对话，充分理解作品真实面貌）到"忘我"（在

敦煌研究院的画家赵俊荣正在莫高窟第 254 窟临摹（孙志军摄）

临摹过程中完全投入，忘记自我存在）再到"无我"（即自己完全融入作品中）的过程，是"值得用心去付出的'美丽事业'"。

（原载于《甘肃日报》2016 年 9 月 15 日一版转四版）

数字篇：打造"青春永驻"的敦煌

题记：人们无法超越真实的世界，但可以创造一个虚拟的世界，让莫高窟在其中永存。

有时候，岁月是最好的良药；有时候，岁月是最无情的刀锋。对莫高窟这样宝贵而脆弱的文化遗产而言，岁月在其身上烙下的印记尤甚。

尽管没有一天不在努力，尽管想尽一切办法在保护、在修复、在预防，但再好的医生也只能"治病救人"，也只能尽力做到让病人"延年益寿"，谁也阻挡不了"生老病死"的自然法则。

可是，面对魅力无穷的莫高窟，谁都不甘心！一定会有、一定还能找到办法，可以永久留存莫高窟的美！

初创档案，记录最原始的关键信息

其实，大多数人很难体悟莫高窟的变化。每一个到莫高窟参观的观众，看到的都是当下。即便能想象到一些让人唏嘘不已的变化，但感觉上也不太明显。

不过，莫高窟的惊人变化不可忽视地存在着。

早期专业从事石窟档案工作的张伯元曾于1988年在《敦煌石窟的档案工作》一文中举了两个例子：

"敦煌研究院近年编写出版的《敦煌莫高窟供养人题记》，是依据四十多年前先辈们的记录成书的。今天要在洞窟中记录如此详细的洞窟题记已是不可能了，因为很多榜题字迹早已模糊难辨。这种变化是有目共睹的。"

"第156窟南壁《张议潮统军出行图》、北壁的《宋国夫人出行图》，二十年前还色彩鲜艳，宛若新成。人物表情，衣纹带饰，车马仪仗还清晰可辨。然而在今天，这两幅壁画色泽暗淡，斑驳点点，酥碱，起甲，小块剥落。这是洞窟中普遍的现象。"

莫高窟的价值极高，莫高窟一点一滴的信息都是"彰显其价值不可或缺的基因库"。

建立石窟档案，记录最原始的石窟信息就显得很有必要。

早在20世纪70年代中期，敦煌研究院就已开始着手建立敦煌石窟档案，但因人力、财力等限制，时断时续。到了20世纪80年代，张伯元专职做档案工作，他在文章中说：

"档案工作本身就是一件枯燥无味的苦差事，成天忙乱于纸、笔、墨、砚的圈子中。"

20世纪70至90年代，相比保护、研究、临摹等工作，档案工作似乎"不太入流"，更不容易见成绩，所以张伯元思想上一度动摇不定，但最终还是安下心来，每天从这个洞窟进，那个洞窟出，将凡与洞窟有关的无论或大或小的事项，作为石窟最原始的资料，一一记录下来：窟号，壁画塑像的原建时代和重修时代，统计数字，洞窟位置、形制，各部位壁画塑像内容的描述记录，供养人和壁画内容题记的抄录，洞窟平剖面示意图，全部照片资料，壁画塑像等采取保护措施前的记录，洞窟保护工程和一般保护工作的记载，自然气候如温度湿度的记录……

再后来，针对壁画、塑像的保存状况，每年正常检查两次洞窟，记录病害状况；如遇沙尘暴和降水天气，则立即检查壁画塑像状况，记入档案。

在国内的文博单位，少有像敦煌研究院一样自20世纪50年代初就开始连续不断地制作摄影档案。他们拍摄了大量壁画彩塑的照片资料，再后来，还对一些重点洞窟的壁画彩塑摄制了录像带，但胶片和录像带都不能永久、高保真地保存。

"好多东西都已不复存在了，但好多工作又都离不开宝贵的石窟档案资料。"敦煌研究院文物数字化研究所所长吴健说，即便现在已实现高科技化、数字化，但无论文字的、图像的，黑白的、彩色的，还是胶片或录像带，这些资料都是最原始、最关键的石窟信息，后来敦煌研究院文物数字化研究所还用将近 10 年的时间将 20 世纪 50 年代至 80 年代的档案资料重新扫描建档，再形成大约 5 万张照片的数字图档，"但档案的传统价值仍在，也的确起到了一定作用"。

艰难探索，奠定数字敦煌扎实基础

20 世纪 90 年代，随着计算机技术的快速发展，计算机图形技术也传入中国西北小城敦煌。

1993 年至 1996 年，敦煌研究院联合中国科学院兰州冰川冻土研究所和中国科学院长春光学精密机械与物理研究所，投资 3 万元实施了"敦煌壁画计算机存贮与管理信息系统研究"课题，以莫高窟第 45 窟为对象，采用近景摄影测量方法和数字扫描方法得到高质量、高精度的数字图像，并辅以各类文字说明和相关文物档案。

这是敦煌壁画数字化保存的初步实践，研究探索了利用计算机对复杂文物进行信息获取和保存的技术之路，也证明了其可行性和广阔前景。

1996 年，投入 150 万元的原国家科委"九五"科技攻关

莫高窟第 45 窟西壁彩塑

课题"濒危珍贵文物的计算机存贮与再现系统研究"、国家
"863"项目"曙光天演 PowerPC 工作站在文物保护中的应
用"等课题研究，进一步深化了对应用计算机进行敦煌壁画
信息保护的认识，还建立了一套计算机存贮处理壁画图像的
软硬件平台，为进一步实施数字敦煌奠定了基础。

1997 年至 1998 年，开展的"多媒体与智能技术的集成及艺术复原"项目则又向前迈了一大步，研究内容不仅涉及洞窟壁画图像的高精度存储与处理，还涵盖了石窟三维虚拟漫游、敦煌风格图案创作、图像处理与探索技术用于艺术的辅助探索等深层次研究。

"其实，严格来讲，二十世纪八九十年代只是计算机存储，到 90 年代末才提出'数字化'"，吴健告诉记者，1998 年，自己随时任甘肃省文物局局长马文治、敦煌研究院副院长李最雄赴美国考察学习，之后才开始慢慢引进相关项目。

1998 年底，敦煌研究院与美国梅隆基金会、美国西北大学共同开展"敦煌壁画数字化和国际数字敦煌档案项目的合作研究"项目，这是敦煌研究院有关敦煌壁画计算机数字化研究领域中的首个国际合作项目。通过数期合作共完成了 22 个典型洞窟的数字图像，以及 5 个基于 QuickTime 技术的虚拟漫游洞窟，更重要的是，建立了一支 12 人的、具备石窟壁画数字化工作能力的敦煌壁画数字化技术队伍。

1999 年，敦煌研究院开始了"数字化"试验，但因胶片之故，不仅要经过拍照、冲洗、扫描、变成电子文档再进行图像拼接和处理等繁杂程序，且周期很长、成本很高；到 2000 年可以使用数码相机以后，才真正进入"数字化"时代。

2002 年，敦煌研究院与第三方合作，完成一幅明代珍贵地图《大明混一图》的数字化工作和复制就是一个实证。

"2006 年是个分水岭，之前是初创探索期，之后是飞速发展期。"吴健说，敦煌研究院于 2006 年成立数字中心，2014 年更名为文物数字化研究所，标志着从单纯的工程项目跨越到数字化的研究，无论技术、学术，还是团队建设和成果，都有了飞速发展。"但前期的艰难探索同样重要，这为数字敦煌奠定了扎实的基础。"

数字敦煌，让千年瑰宝"青春永驻"

虽然通过代代守护与保护技术的不断更新，珍贵而又脆弱的莫高窟的诸多病害已得到基本控制，但能不能"虚拟备份"一个莫高窟，留存它最好的容颜？

在吴健说的"飞速发展的十年"里，答案渐渐浮出水面。

2014 年 8 月 28 日，在敦煌研究院兰州分院展出的"敦煌艺术走出莫高窟——数字敦煌展"中，首次运用数字化手段，逼真再现古老敦煌的神韵与魅力。

这是"备份"敦煌漫长道路上的"试金石"。2016 年 5 月 1 日，经过 20 多年的数字化进程，敦煌研究院"数字敦煌"资源库上线，跨越了北魏、西魏、北周、隋、唐等 10 个朝代的 30 个经典洞窟首次亮相互联网，向全球开放。

观众说，去不了莫高窟，看看"亮丽的电子版莫高窟"也很享受。

"屏前一分钟，屏后十年功。"鲜亮的洞窟背后，是"海量"的工作。这一点，吴健感受太深刻了。

第61窟的二维展示，先是搭了3层整窟的脚手架，再由4个团队20多人同时采集，历时3个月采集3万多张照片，其中13.4米长、5米高的《五台山图》就采集了7000多张照片；加之第61窟是中心柱窟，空间狭窄，壁面不平整也不方正，图像处理又耗时6个月，"但展示出来，根本显现不出过程的艰辛"。

"三维的更难。"吴健举例说，当时对第332窟中一佛二菩萨一组雕塑的数据采集，为达到无死角、无盲区，就选择了800多个角度拍摄了800多张照片，后期处理又是近半年。

不过，收获的喜悦能冲淡劳作的疲惫。这些数据不仅可以对敦煌研究起到支持作用，可以为美术工作者提供"半成品"，缩短其起稿临摹周期，也对考古等工作大有助益，"所以，我们非常愿意呈现出来，让广大学者和观众分享。"

"数字敦煌具有里程碑式的重大意义。"敦煌研究院院长王旭东告诉记者，"数字敦煌"的确艰辛，但也着实伟大，不仅可以让千年莫高窟"青春永驻"，更为其注入新鲜血液，使其获得新的生命。敦煌研究院将每年再增加1至2个洞窟

上线互联网，或许未来某一天，真的可以"虚拟再建"一个"电子莫高"，既永久留存莫高神韵，又打破其地域限制，让全世界欣赏它无与伦比的美！

壮哉！1600多年前，僧人乐僔在三危山敲响开崖建窟的第一声锤音，引来无数僧人画工在鸣沙山的悬崖峭壁开凿出密如蜂窝的莫高窟，灿烂了世界；1600多年后，敦煌研究院在互联网的广阔领域里，一次性"开凿"出10个不同朝代的30个经典洞窟，还将薪火相传，直到"在线复制"出又一个"虚拟敦煌"。

梦想并非遥不可及。截至目前，敦煌研究院已完成敦煌石窟图像采集精度为300DPI的洞窟126个，采集面积达18829平方米；完成对57个洞窟的图像处理，101个洞窟的全景漫游，113个洞窟空间结构的三维激光扫描，41020张历史档案底片的数字化扫描工作，"总数据量已达87TB"。

"不过，技术是手段，艺术才是真正的目的。"吴健说，"虚拟敦煌"是历史性的工程，自然不急于一年半载。但经过几十年的发展，在"香港敦煌之友"基金会等社会各界的大力支持下，敦煌研究院在数据采集、图像处理、存储等方面形成了一整套适用于不可移动文物，特别是石窟寺、墓葬等文化遗产的数字化的科学方法、工艺流程、工作规范和实施标准，也先后为新疆克孜尔石窟、西藏夏鲁寺、山东岱庙等文化遗产提供技术支持，得到了业界广泛认可。同时，承担了科技部关于壁画数字化标准的制定工作。"这个标准一旦确立，将对全国的壁画类不可移动文物都有指导意义。因此，关键技术、学科建设、人才培养才是今后的工作重点。"

敦煌的伟大，或许就在于"敦煌儿女"永远着眼于未来，永远敞开着怀抱吧。

（原载于《甘肃日报》2016年9月16日一版转二版）

传播篇：从西北一隅走向世界

题记：蒲公英，随风飘落，芬芳洒满世界。但根，还在原来的地方。

樊锦诗说：中国 20 世纪初有两件大事被记载——1900年，八国联军进入北京；同年，远在西北的敦煌莫高窟发现了藏经洞。

八国联军攻陷北京，全国震动。敦煌藏经洞的发现，当时却鲜为人知，但以洞中藏经流失为引子，敦煌和敦煌学在世界上有了知名度。

敦煌的传播大幕，也自此拉开。

早期传播，小荷才露尖尖角

1907 年 3 月，英国探险家斯坦因来到莫高窟，他是使敦煌藏经洞遭受劫掠的罪魁祸首。但斯坦因的到来，也使偏居西北一隅的莫高窟第一次响起了照相机的快门声。

随后，伯希和、奥登堡等陆续到达敦煌，从不同角度拍摄了大量莫高窟的照片，这在很大意义上，为当代提供了20世纪初莫高窟全面、系统的图像资料。敦煌，这个名字，也随着这些探险家的足迹和照片的问世走向世界。

"到1925年，中国政府与民间的力量才开始慢慢加入。"敦煌研究院网络中心主任孙志军脉络清晰地向记者梳理了早期敦煌传播的发展历程，他说，"他们或许并非刻意为之，但却达到了传播的实效。"

1925年5月19日，学者陈万里随美国哈佛大学福格艺术博物馆中国考察队到达敦煌，在5个小时里拍摄了17张照片，"结果极佳，良足自慰"。1926年，陈万里在《西行日记》中写道："如此伟大之古迹，恐在国内无第二处足以相抗。"时任北京大学文科研究所考古学研究室主任马衡在序中称赞陈万里"《西行日记》一卷……实为国人调查千佛洞者之第一次成绩"。1928年10月，陈万里委托上海良友画报社出版《西陲壁画集》，其中收录了8张莫高窟的照片。

"陈万里的日记和图片，是截至目前已知中国人公开报道莫高窟最早的文图资料。"孙志军说，由于借助了中国新闻出版史上第一本大型综合性时尚新闻画报《良友》之力，陈万里对于敦煌的宣传影响力在当时不可小觑。

1935年6月9日、10日两天，许师慎随国民党中央执

陈万里考察敦煌途中

委邵元冲到敦煌考察，拍得"照片 60 余幅及电影片 200 余尺"。1936 年 4 月，邵元冲一行的西北考察见闻《西北揽胜》以 23 页的篇幅收录了莫高窟的 44 幅照片，希望用精彩的照片唤起读者对西北"国故"与"文化"的兴趣。孙志军说："《西北揽胜》虽不是莫高窟专辑，但却是中国政府出版的第一部有关西北的摄影集，意义同样重大。"

此后，供职于《北平纪事报》的巴慎思，随教育部艺术文物考察团团长王子云来到莫高窟的卢善群，西北史地考察团历史组成员劳榦、石璋如等先后来到敦煌，拍摄了不少莫高窟的照片。

特别值得一提的是一个叫罗寄梅的人。

罗寄梅，本为国民党中央通讯社摄影部主任，1943年6月，应常书鸿聘请来到莫高窟"开始摄影及制作"，这是国民政府成立的莫高窟管理机构首次有计划、周详且全面的拍摄。

在一年的时间里，罗寄梅拍摄了莫高窟的327个洞窟和外景，获得黑白照片2000余幅、彩色照片300余幅，同时拍摄了电影纪录片。孙志军说："在所有早期莫高窟摄影者中，无论照片总量还是涉及洞窟情况，罗寄梅都是拍摄数量最多的，而且照片品质出色，在以后的多次展出中展现了不可忽视的传播力。"

"早期传播，受条件所限，主要以文图出版、学术报刊刊载、临摹展览为主。"孙志军告诉记者，"传播效果也各有千秋。"

20世纪三四十年代，李丁陇、张大千、王子云、关山月等一大批著名画家先后到敦煌临摹壁画，再至西安、成都、重庆等地举办展览，在交通不便的年代，让不能移动的敦煌石窟艺术变成可移动的艺术摹本，"走"出莫高窟，走出敦煌，走向全国，令远在内地的学者直呼虽不能代替此生必

须有一次的敦煌之游，但逼真的临摹，可以让人们"从一粒沙中窥见一个世界，一朵花中欣赏一个天国"了。

到1944年敦煌艺术研究所成立，在常书鸿的带领下，对敦煌莫高窟的传播虽不及保护来得扎实，但展览毕竟也开始"小荷才露尖尖角"了。据常书鸿在《敦煌莫高窟的维修工作》一文中记载：1949年9月至1958年，共在国内8个城市展出12次，观众83万余人次；在国外6个国家11个城市展出12次，观众近31万人次。

多维传播，飞入寻常百姓家

"展览是延续至今最有效的传播方法。"敦煌研究院敦煌石窟保护研究陈列中心主任娄婕告诉记者，随着时代的发展，传播的手段、方法在不断丰富，"但展览让静态的艺术以动态的形式'活起来'，效果更是不同寻常。"

从中华人民共和国成立初期在国内举办的"敦煌文物展览""敦煌艺术展览"，在印度、捷克、日本等国举办的"佛教文物展""敦煌艺术展"，到改革开放以后举办的"敦煌壁画艺术展""中国敦煌壁画展""敦煌壁画艺术精品高校公益巡展"；从单纯的壁画临摹品，到整窟复原展出；从单一展览到各地巡展……几十年来，有关"敦煌"的展览就像为敦煌艺术"安了一双会走路的脚"，所到之处，总能引起轰动，更刮起一股股强劲的"敦煌风",掀起一波波持续的"敦煌热"。

此外,"丝绸之路与敦煌学"系列学术讲座、"交融与创新"——纪念莫高窟创建1650周年国际学术研讨会、"敦煌文化驿站"公益讲座……形式多样、内容丰富的各类研讨会、学术讲座,让热爱敦煌的人有了更多机会聆听学者讲解,接受文化熏陶。

还有,数字展、网络体验、手机App……一切可能的途径都被敦煌研究院"拿来",在敦煌与世界间、在神坛高庙与寻常百姓间搭建"同频共振"的磁场,让敦煌走得更远,让莫高窟与大众距离更近。

"我们的服务对象是最广大的普通观众。"孙志军告诉记者,敦煌研究院一直在探索关于敦煌文化的大众传播,直到今天依然如此,"因为,只有努力传播,让更多的人了解敦煌文化,才有全社会关爱莫高窟、主动保护莫高窟的可能。"

"左手是历史,右手是当下;左手文化,右手传承。"为了让读者轻松愉快、浅显易懂地解读敦煌艺术,敦煌研究院首次推出"'一带一路'画敦煌"系列涂色书,自2016年4月出版第一册《这盛世,如飞天所愿》,又于8月出版第二册《愿做菩萨那朵莲》。因其折页既可细细欣赏,亦可填色互动的"接地气"设计,让这本涂色书深受欢迎,尤其赢得了青少年的"芳心"。

"敦煌是'活'的，要立足当下，更要面向未来。"娄婕告诉记者，无论请进来，还是送出去，相较以前，在传播大众化、普及化、多维化的同时，敦煌研究院更加关注青少年，"我们希望将敦煌艺术的种子播撒在青少年的心里，我们相信总有一些种子会落地、生根、发芽。"

在传播方面，也不能忘记艺术家们以"敦煌"为题材创作的《大梦敦煌》《丝路花雨》《敦煌神女》等经典剧目。演职员们漂洋过海，足迹踏遍世界的角角落落，撒下一颗颗"敦煌"的种了。

数字敦煌，天下谁人不识君

"从传统媒体到自媒体时代，不能守着过去的思维模式，否则难以生存。"孙志军告诉记者，在互联网时代，不仅要明确敦煌文化向谁传播，还须清楚怎么传播，要从"定位模糊转向定向传播和精细传播"。

结合端午节、奥运会等热点，通过微信、微博推送莫高窟文化，增加用户"黏性"；通过数据分析，明确关注敦煌的人的性别差异、年龄阶段、文化程度，再制定系统化、针对性的内容推送……敦煌研究院清楚"敦煌"是"独家资源"，更清楚"敦煌"应"人类共享"，在传播方面不遗余力，讲求深度的同时竭力追求通俗。

数字最具说服力。2014 年，敦煌研究院官网的浏览量为 97 万；2015 年，敦煌研究院官网、微信、微博等各媒体平台的浏览量猛增至 360 多万；而 2016 年上半年，敦煌研究院各媒体平台的浏览量已达 1072 万。

"提高专业度，实行差异化定制服务，建立渠道形成'圈子文化'。"尽管传播幅度、广度、深度一再攀升，但孙志军依然觉得在"平台＋内容＋服务"、国际化传达、新技术利用、完整链条建设方面还不够，还有很大空间。

的确，只要用心，一切皆有可能。

2014 年 8 月 28 日，对敦煌文化传播史来说，是一个值得铭记的日子。

这一天，由敦煌研究院与浙江大学联合推出的"敦煌艺术走出莫高窟——数字敦煌展"在兰州开展。展览首次运用数字化手段，将二维图像与三维模型相结合，使不可移动的文物突破限制"走"出敦煌，逼真再现古老敦煌的神韵与魅力。此外，展览还利用 VR 技术，以 360 度全景体验让观众身在金城却似身临其境般"神游"石窟。

这是敦煌研究院历经多年艰辛努力，率先实现由"洞中敦煌"向"洞外敦煌"，由"在地敦煌"向"在线敦煌"，由"现实敦煌"向"虚拟敦煌"的历史跨越，意义远比展览本身更值得关注。

但，还不够。能不能足不出户，海内外观众就能便捷地欣赏到莫高窟的美？

2016年5月1日，是敦煌文化传播史上又一个值得铭记的日子。

敦煌研究院"数字敦煌"资源库正式上线，首次通过互联网向全球发布敦煌石窟30个经典洞窟的高清数字化图像及全景漫游。这标志着千年莫高窟脚踩数字与科技的"风火轮"，从地处西北的"神坛庙堂"走向海内外的大千世界。

媒体赞誉，"数字敦煌"资源库让千年臭高"与世界仅有网速的距离"，动动手指，点点鼠标，全球任何角落的观众就可无任何地域限制地尽情畅游大美莫高窟，可谓"天下谁人不识君"。

敦煌研究院2016年7月27日发布的数据显示：截至2016年7月25日24时，"数字敦煌"资源库平台页面访问量达895047人次。用户来源地主要为：中国、美国、日本、德国、加拿大、澳大利亚、韩国、新加坡等。

中国大陆地区的省份按照浏览量排列依次为：北京、广东、甘肃、上海、江苏、浙江、四川、陕西等。

至此，敦煌，再不是地理意义上的敦煌。敦煌，正在成为世界的敦煌。

（原载于《甘肃日报》2016年9月17日一版转四版）

回归篇：虚拟回归，换种方式 "团圆合体"

题记：流浪得久了，应该回家。即便身回不了家，心也要回去。

很多历史上拥有灿烂文明的城市有大量文化积淀，但实物印证稀见。

敦煌，却不同。

1900 年，道士王圆箓无意中发现藏经洞，尘封的 6 万卷敦煌文物问世，以珍贵实物印证着敦煌曾经的文化辉煌，也让敦煌再次成为世界焦点。

痛苦流失，敦煌文物"身首异处"

"综合世界各地大的收藏单位情况，如果考虑到印度等国尚未完全统计到的收藏品数量的话，藏经洞出土敦煌文物总数在 6 万件以上。"敦煌研究院敦煌学信息中心主任张元

林告诉记者，这个数字虽不完全准确，但基本上反映了藏经洞文物的出土总量。而对于藏经洞出土文物的称呼，国际学术界也并不完全统一。相较而言，称为"敦煌文物"（包括文献和非文献两类）涵盖比较全面和准确，其中文献部分则有兼顾其"敦煌遗留下来的这个历史性"称作"敦煌遗书"的，也有从学科角度出发称作"敦煌文书"的，也有契合专家习惯称作"敦煌写卷"的；非文献类即非文书部分，则包括绢画、纸本画、麻布画以及彩塑、木刻、壁画残块等等。"据粗略统计，目前已知英、法、俄、印等国收藏的敦煌藏经洞出土的非文献类文物当在 2000 件以上。"

敦煌遗书约 5 万多件，包括 4 至 11 世纪 800 年间的古代文献。其中有纪年者近千件，最早的为西凉建初二年（406 年），最晚的为宋咸平五年（1002 年），大部分汉文写本写于中唐至宋初。其中，汉文文书除 95% 以上为佛典和其他宗教文献外，其余为经、史、子、集、官私档案、医药天文等。此外，还有上万卷吐蕃、回鹘、粟特、于阗、龟兹、突厥、梵文等多种文字写本，是研究这些民族历史的珍贵资料，具有很高的民族学研究价值。

这些文献涵盖了地理、历史、政治、贸易、哲学、宗教、军事、民族、民俗、体育、水利、语言文字、翻译、数学、曲艺、占卜等反映中古社会各个方面的内容，是研究中古社会生活的重要资料。特别是数百件科技史文献更是敦煌遗书中的珍品，其中与医药学有关的近百件，医疗方面的有1000多件，天文历法方面的有40多件，数学方面的约20件，水利、农业、化学等方面都有文献记载。

这些珍贵的文献文物，对于研究中国古代史乃至世界文明史，都有着不可估量的巨大作用。因此，藏经洞的发现被誉为20世纪初中国学术界的四大发现之一。

可惜，敦煌藏经洞的意外发现，也是一把双刃剑。1900年藏经洞被发现后，这些宝藏的灾难便也降临了。

自1907年，英国人斯坦因带着中国翻译蒋孝琬，跑到敦煌千方百计诱骗王圆箓，用500两银子，带走1万余件稀世珍宝(其中一部分留在印度，一部分运抵英国伦敦。其中就有印刷史上极为罕见的瑰宝、公元868年的木刻本《金刚经》)之后，各国探险家纷纷来到敦煌，将大批敦煌文物珍品"瓜分"捆载而去，让珍贵文物在重见天日没多久后就遭遇了"被掠夺"的剧痛。

时光匆匆，这些珍贵的敦煌遗书今又安在?

"大致是国内1/3，英国1/3，印、法、俄1/3。"张元林告诉记者，据不完全统计，大的收藏单位中，英国藏1.3万件，俄罗斯藏1万多件，印度估计也在1万件左右，法国藏6000多件，中国藏约1.6万件，"所幸这些流散在国外的

大英图书馆专门辟有一间敦煌藏经洞文物库房（孙志军摄）

大英博物馆的工作人员介绍敦煌文物藏品的情况（孙志军摄）

文物基本都保存下来了。从目前来看，国内外各个收藏单位也都在用心保存和管理着这些敦煌文物。"

比如，英国国家图书馆收藏的敦煌文献不仅有一个"恒温恒湿"的保管环境，而且管理和使用也非常严格，有专门人员进行保存与修复；法国国家图书馆收藏的敦煌文献，每次只能取 5 件，而且阅览桌上只能使用铅笔。如今国内各个机构收藏的敦煌文献的保管条件也在不断改善，如中国国家图书馆对所藏敦煌文献的保存、修复和编目一直十分重视，将它作为善本部的"四大镇库之宝"之一。进入 21 世纪，在

敦煌研究院的学者在英国国家图书馆敦煌文物库房内查看藏经洞出土经卷
（孙志军摄）

国家大力支持下，中国国家图书馆也修建了专门的库房，制作专柜、专盒，使馆藏敦煌遗书的保管条件达到世界先进水平，并规定读者在调阅时必须戴手套。

齐力拯救，奇珍异宝"魂归故里"

藏经洞文物甫一重见天日即惨遭浩劫，令国人扼腕痛惜。让流失文物回归故土，从此成了国人心中的一个梦想。

所幸，即使再纷乱的年代，总还有一些清醒的人。从敦煌文物流失海外伊始，我国学者就一直为文物的回归而努力。

1909 年，伯希和随身携带一些敦煌经卷来到北京，向一些中国学者炫耀，令中国学者震惊不已。著名学者罗振玉得知敦煌藏经洞还有剩余写卷时，即提请学部将敦煌经卷收归国有，使敦煌文物不再大量流散。

此后，先有王国维、罗振玉、蒋斧等学者，编辑出版了《鸣沙石室佚书》《鸣沙石室古籍丛残》《敦煌零拾》等书，后有刘复、胡适等一些游学欧洲的学者怀着满腔的爱国赤诚，通过各种途径，将斯坦因、伯希和等劫走的敦煌遗书抄写或翻拍下来，再带回国内进行研究。

1934 年，北京图书馆还特派王重民、向达分别到巴黎、伦敦将敦煌经卷拍成照片带回国内。他们在欧洲废寝忘食地工作，带回了大量的敦煌资料。向达抄录资料达 200 多万字，王重民还编成了《巴黎敦煌残卷叙录》二卷。此时，古汉语专家姜亮夫也自费到英、法等地，抄回不少敦煌文献，后编成《瀛涯敦煌韵辑》等书。

胡适、郑振铎、傅芸子、孙凯、陈垣等一批大师级的敦煌学学者，更是开拓了中国敦煌学的许多研究领域，为我国敦煌学的发展打下坚实的基础。

段文杰在《敦煌学回归故里》一文中说："敦煌学是当今世界上一门显学，研究的对象，概况地讲包括敦煌石窟、敦煌遗书和敦煌史地（实即丝路史地）三大领域。"这是敦煌学的根。但在20世纪的很长时期，因复杂的社会因素，我国的敦煌学研究发展比较缓慢，国际上一度流行"敦煌在中国，敦煌学在国外"的说法。

这极大地刺痛了中国学者的民族自尊心，成为他们发愤图强的动力。20世纪80年代以后，在以季羡林、段文杰等为代表的学者的带动下，我国研究人员奋起直追，在文献资料不易获得的困难条件下，仍然取得辉煌成果，先后涌现了《敦煌研究》《敦煌学辑刊》《敦煌学》等许多敦煌学刊物，并举行了5次国际性学术讨论会。特别是1987年"敦煌石窟研究国际讨论会"在敦煌莫高窟的召开，意味着80年前出走的敦煌学已经回归故里。此后，中国学者辛勤努力，再接再厉，使敦煌学在中国取得了历史性的发展和成就，改变

了"敦煌在中国，敦煌学在国外"的被动局面，现在国际学术界已经公认中国是敦煌学研究的中心。

"在20世纪前期，'敦煌学'的发展是一个由外而内的过程。"张元林说，严格来讲，"敦煌学"作为一门学科，应当包括对敦煌文献和敦煌石窟的研究两个方面。从这个角度看，敦煌学兴起在国外比国内要更早、规模更大。

此外，从学术研究的趋向上看，敦煌文物的外流还导致一个有深远影响的现象。因为敦煌，西方世界和学术界对中国历史和文化的认知，从原来只停留在完全与西方有别的儒家文化引领下的"独立的中央帝国"，开始向不断吸纳、兼容多元文化的"世界性的中国"的转变。与此同时，中国学者则以石室藏书为引子，从中国对传统文化和传世文献、金石的研究，进一步向西北历史、地理、民族、文化的更广视野拓展，并开始初步探究中国古代文明与印度、波斯、希腊等域外文化的交流与联系。

"敦煌艺术，是外来文化特别是印度佛教文化种子，在中国汉晋以来传统文化和艺术的土壤上结出的一颗丰硕的果实。这是段文杰先生等前辈学者对敦煌艺术属性的精辟总结。"张元林告诉记者，尽管敦煌曾一度有过"国人伤心史"，但中国的学者从未放弃自己的"阵地"，通过学术研究等方式坚持不懈地开展工作，就是希望即便实物回不来，也要让敦煌文物体现的中国文化的精神和它所具有的世界意义"魂归故里"。

身在流浪，心已先归。这，或许是敦煌文物在特定时代最好的"回归方式"。

虚拟回归，换种方式"团圆合体"

敦煌千佛洞石室遗书，目前散存于英、法、俄、印、美、日等30多个国家。这些宝贝有没有"珠联璧合"的一天，尚不得而知。

但，希望永在。努力，也从未停歇。

中华人民共和国成立之前，许多学者远涉重洋赴英、法等国，以抄录、翻拍等形式，让敦煌文物回归故土，但与数以万计的流失总量相比，只是九牛一毛；后来，借助微缩胶卷和图录出版拓宽了回归之路，但难于共享。

1994年，为促进散藏于世界各地藏经洞文物的综合利用，由英国国家图书馆发起的国际性协作项目——国际敦煌项目（IDP）正式启动，目标是"使敦煌及丝绸之路东段其他考古遗址出土的写本、绘画、纺织品以及艺术品的信息与图像能在互联网上免费、自由地获取，并通过教育与研究项目鼓励使用者利用这些资源"。

"敦煌研究院与IDP的合作早在2003年就已起步。现

在，敦煌研究院也是 IDP 的数据基站。"张元林告诉记者，20 多年来，IDP 的工作极大地推动了敦煌文献与文物的保护与共享，并在多国建立了 IDP 中心。如今，英、法、俄、德、日等 10 余个国家的敦煌文物收藏单位都加盟国际敦煌项目，成为 IDP 的多文种网站与数据库的主办者和资料提供者。

作为敦煌文物的故乡，敦煌研究院在与 IDP 积极合作的同时，近 20 年来也一直致力于敦煌文物的数字化建设和虚拟回归。

2012 年，敦煌研究院文献研究所所长马德作为首席专家，组织申报的国家社科基金重大项目"敦煌遗书数据库建设"获批立项，这是国内基于敦煌文献所资助的最高级别的数字化项目。

三年后的 2015 年 8 月，敦煌研究院完成 550 余件敦煌遗书的"数字化"；同时，与国外收藏机构陆续商谈，率先获得法国逾 400G 的敦煌遗书数字资料，为有计划地进行流散于国外敦煌遗书的数字化整理和更多敦煌文物的数字回归"开了个好头"。

无论何人，身处何地，登录 IDP 网站，即可搜索查看已经上传至 IDP 的"敦煌文物"。

值得一提的是，基于敦煌研究院和美国梅隆基金会的合作研究，梅隆基金会将在《敦煌电子档案》中融入世界各地珍藏的莫高窟藏经洞文物资料，其目标是"通过虚拟的方式，重新将曾经是敦煌的、而现今分散在世界各地的博物馆和图书馆的大量书画、文书、经卷与敦煌壁画联系在一起"，实现"将那些难以访问和在很多情况下根本无法访问的内容可以被访问"的目的。

"现在是数字化、全球化的时代，和王道士所处那个年代已完全不同，只有加强数字化的国际合作才能彰显敦煌文化之活力。"敦煌研究院院长王旭东表示，敦煌文化是全人类文明的结晶，"人类的敦煌"仅靠一家单位是永远研究不完的，我们既不能关起门来搞学术，也不能把它藏在硬盘或是陈列馆里，而是要通过现代数字化手段与全球共享，更深入全面地保护研究。当然，IDP 是机构之间的自愿合作，期望不久的将来能上升到由政府主导的"国际行动"，再通过持之以恒地努力，"那么，流散海外的敦煌文物总有一天会通过数字化的方式陆续'回归'的。"

古时，因"人心相通"铸就了"人类的敦煌"；现代，同样因"人心相通"，散藏于世界各地的敦煌文物，正通过"数字化"从四面八方汇聚向一个平台，朝着"团圆合体"的梦想奋力奔跑。

（原载于《甘肃日报》2016 年 9 月 19 日一版转十一版）

可爱的敦煌人

巧手匠心，为国之瑰宝延续生命（上）

——记敦煌研究院石窟壁画修复专家李云鹤

手 记

从 23 岁的翩翩青年，到 84 岁的耄耋老者，李云鹤在 60 余年的时间里，只干了一件事——修复"伤病缠身"的壁画和塑像。

除尘、灌胶、滚压、回贴……60 余年，2 万多天，伴着重复、简单甚至有些许枯燥的日子，风华青年华发渐生，岁月之痕爬满额头，可 4000 多平方米岌岌可危的精美壁画，经李云鹤之手重焕勃勃生机。

匠者，心也。

因为心在，他从一窍不通，到不断尝试、摸索、创新，再到技艺炉火纯青，再至开了多次壁画修复先河，最终成为石窟类壁画修复界的"一代宗师"。

因为心在，他舍了名利，没有华丽转身成为艺术家，而是守着千年的洞窟，用一生成为一名"传世匠人"。

李云鹤用自己的青春、热血为国之瑰宝延续生命，也用另一种形式延续了自己的青春。

有人说，不能延长生命的长度，但可以拓展生命的宽度。而李云鹤生命的宽度和长度，在一笔一画里，在枯燥的日子里，不断拓宽，无限拉长。

李云鹤是幸运的。60多年前，这位山东小伙"意外"来到敦煌；然后，在这里，用一生，饱蘸浓墨，一笔一画地书写了四个大字：工匠精神。

他说："60多年，我不在石窟内修壁画，就在去石窟的路上，与美丽的'她'结下'一世情缘'。"

初到敦煌

1956年，对23岁的山东小伙李云鹤来讲，本来再寻常不过。可是，因为"到西北去"的时代浪潮，他的人生画出了不一样的曲线。

从敦煌驱车近3个小时，在距敦煌200多公里、距瓜州县城也有70多公里的榆林窟，记者见到了李云鹤。

"因为舅舅霍熙亮在敦煌，我就和外祖父一起来了。"尽管84岁了，眼前的李云鹤依然高大、魁梧，且思维敏捷、活跃，很是健谈，这位山东汉子告诉记者，"那个时候，我

连高中都没毕业呢。"

那时，李云鹤和舅舅、外祖父在莫高窟待了几天。一天，时任敦煌文物研究所所长的常书鸿对李云鹤说："就留到敦煌吧。"还让李云鹤动员同学也来敦煌。

李云鹤想，留下来就留下来吧，可动员了好多同学，并没有一个人来。后来，敦煌文物研究所又招了刘寿和刘宗文两个年轻人，加上他，共三个人。

"当时，敦煌文物研究所有个传统。"李云鹤说，招的时候不管以前是干什么的，招进来后也不管以前是干什么的，都要经过三个月的"劳动试验期"，做些打扫卫生、生火炉、烧开水、敲上下班的钟等杂事。

刘宗文挑了敲钟、烧开水等差事；刘寿自告奋勇打扫卫生，剩下清理洞窟积沙的活儿就落到李云鹤的头上了。

说来也怪，天生胆小的李云鹤原来在家时，天黑就不敢出门，可进入黑乎乎的洞窟里却一点儿也不害怕。

"或许有缘吧。"李云鹤笑着说，"我一个洞窟一个洞窟把积沙扫出来堆积到窟崖下面，再由牛车拉出去。"有时候，干得汗流浃背，所里的老员工看见了，总是心疼地喊："小李，你休息一会儿。"

可年轻的李云鹤，不觉得累。

转眼，三个月的"劳动试验期"就到了。敦煌文物研究所召开全体职员大会，研究三个小伙子的转正事宜。"只转正了我一个。"李云鹤记得很清楚。

第二天，常书鸿将李云鹤叫到办公室，说："转正了，我有一项工作要交给你。"

当时，李云鹤以为是力所能及的工作，可没想到常书鸿说窟里的壁画、彩塑有很多问题，保护迫在眉睫。常书鸿说："我知道你不会，关键是你愿不愿学？"

"我什么都想学。"自认为没有一技在身的李云鹤说。

"那就好。"常书鸿说。

李云鹤夫妇在九层楼合影

李云鹤与家人合影

那场简短的对话之后，李云鹤的心再也没有离开过敦煌。

遇见"挚爱"

现在，说起壁画修复，业内人士都知道那是一门综合技术，美学、工程学、化学、物理学都得会一些，是很难掌握的专业技能。

可当时，没人想到这么多。从 1944 年成立国立敦煌艺术研究所到 1956 年，十多年的时间里，尽管在第一代"莫高人"的努力下，莫高窟不再是荒芜零乱的破败景象，相关管理也明显有了效果，但因为经费、人力、物资的异常匮乏，莫高窟依然处在"百废待兴"的阶段，尤其对壁画病害的研究、修复几乎是"零基础，零经验"。

把东倒西歪的塑像扶正，想办法整理塌了的壁画……起初，李云鹤能做的修复工作就是个"体力活"。可看着那些曾经璀璨绚烂的壁画如鱼鳞般片片起甲，又似雪花般纷纷脱落，李云鹤的心里很不是滋味："心疼啊！"

1957 年 7 月，捷克斯洛伐克文物保护专家约瑟夫·格拉尔受我国文化部文物局委托，来到莫高窟进行壁画保护情况考察和壁画病害治理示范。这是莫高窟历史上迎来的首个"治疗"壁画病害的"外国医生"，对当时敦煌文物研究所的美术组、保护组业务人员来讲无疑是雪中送炭，他们当即决

李云鹤在莫高窟第 144 窟修复壁画（李贞伯摄）

定到第 474 窟做试验，现场观摩学习。

　　格拉尔采用的是当时比较先进的"打针修复法"，能使起甲的壁画变得平整，非常适合莫高窟壁画的病害修复。可格拉尔对壁画修补材料及核心技术总是含糊其词。后来，他以莫高窟水质不好，导致他无法洗澡为理由离开了。

　　"我跟着，就看在眼里了。"或许是这些壁画的幸运，也巧了，当时的李云鹤总担心无一技之长，很想认认真真地学东西，就看得很仔细、很用心。

　　格拉尔走后，李云鹤揣摩着、试着像格拉尔一样用一些白色牙膏状的材料与水混合搅拌均匀制成黏合剂，再用一支

李云鹤在临摹塑像

医用粗针管顺着起甲壁画边缘沿缝隙滴入、渗透至地仗里，待壁画表面水分稍干，再用纱布包着棉球，轻轻按压，使壁画表面保持平整、粘贴牢固。

看起来简单的操作，实际上却没有那么容易。李云鹤像个化学家一样，使用各种材料进行混合，一遍遍调试，一次次失败，经过多次调试后，才得以成功。

不仅如此，李云鹤还在格拉尔修复技术的基础上进行了多处改良：因为纱布的纵横纹路很容易按压出"印痕"，影响壁画修复效果，所以他改用了吸水性良好又压不出褶纹的纺绸。医用粗针管压力不好控制，尤其在仰面修复窟顶壁画时，不容易将黏合剂注入到起甲壁画内部，用力小，黏合剂会顺着针头往下流；用力大，又会引起起甲壁画的脱落损毁，他又尝试着把医用粗针管的玻璃棒换成血压计的大气囊，极大地提高了滴灌修复的精准度……

其中的繁琐、熬心与苦楚，李云鹤如今依然难忘。可成功的喜悦，强烈地浸润着这个小伙子的心。他成为业界"第一个吃螃蟹的人"。

这样的"螃蟹"，在此后的几十年，李云鹤没少吃。

或许，他不知道，那个时候，自己已经遇到了此生"挚爱"并悄然与"她"十指紧扣。

用情至深

如果说，遇见"挚爱"是李云鹤的幸运；那么，遇见李云鹤，则是敦煌石窟中那些"伤病缠身"壁画的幸福。

对待自己的"挚爱"，李云鹤用情至深。

日出又日落，李云鹤就一天又一天地在洞窟里做着修复工作，可越修复越苦闷，"这天天修壁画、修塑像，都不知道这些壁画是如何绘上去的，雕塑是如何做出来的，更不知道是哪个朝代的，有些什么特点。"

这些问题萦绕在李云鹤脑海中，让他烦躁。心直口快的他憋不住，就去找常书鸿："所长，我要学画画、学雕塑。"还未等常书鸿说话，他担心被误解，又赶紧解释，"我不是想当画家、雕塑家，就是想知道壁画是怎么画的，雕塑是怎么做的。"

听到这样的请求，常书鸿自然非常高兴。此后，李云鹤跟着史苇湘等老一辈敦煌学家每天进洞窟，他们画画，他就看，就跟着学如何线描、构图、绘画……一年以后，李云鹤基本知道了每个洞窟的绘画情况。

"我的机会很好。"绘画学了个七七八八，李云鹤就又跟着前辈孙纪元学雕塑，恰好北京历史博物馆的人来莫高窟，要仿作第194窟的雕塑，李云鹤就跟着学，试着翻石膏、做模子，再临摹、仿制……一点点、一天天，实打实地上手，李云鹤对雕塑也学了个八九不离十。

"我还要回去做修复。"有了近两年的绘画和雕塑学习经历，再做修复，李云鹤心里一下子踏实了。对绘画的朝代及风格，雕塑的石胎木骨特质都心中有数了，做起修复工作，也越来越有意思了，"才真正有了入门的感觉。"

莫高窟第161窟，开凿于晚唐，有60多平方米壁画。当时，壁画已整窟起甲，经常像雪片一样哗啦啦脱落，再不抢修，壁画很快就会全部脱落。

1962年年初，常书鸿语气凝重地把第161窟的壁画保护修复任务交给李云鹤："你试试看，权且死马当活马医吧。"

李云鹤没有顾虑，爽快地接了下来。有了近六年的修复经验，加上两年的绘画和雕塑学习实践，李云鹤还是有些信心的。他清理灰尘、注入黏合剂、用棉球滚压、再用小刀回贴压平……一点一点，一天一天，李云鹤就这样一个人在洞窟里，用了整整两年时间，修复完第161窟60多平方米的壁画。

尽管修复过程异常艰辛，但第161窟壁画的成功修复，为李云鹤增加了信心，也为石窟类壁画修复技术的日趋成熟打下了坚实基础。

　　"真想不到，你这个山东大汉能待在洞窟里做这种工作。"后来，"敦煌的女儿"樊锦诗不止一次地这样"调侃"李云鹤。

　　"不但不孤单，还挺有意思。"李云鹤看着塑像和菩萨笑嘻嘻的，壁画上的飞天像要向他"飞"来，让他感觉很亲切，"就是不会说话。"

　　　　　　　　（原载于《甘肃日报》2017 年 11 月 22 日一版）

巧手匠心，为国之瑰宝延续生命（中）
——记敦煌研究院石窟壁画修复专家李云鹤

题记："执子之手，与子偕老。"最长情的告白莫过于陪伴，最温暖的承诺莫过于相守。

一次又一次遇上难题，一次又一次攻克难关……因为"挚爱"，李云鹤执着而又大胆地不断创新和实践，在文物保护修复方面，以炉火纯青的技术开创了一个又一个先河，创造了一个又一个迄今无人超越的"奇迹"。

为爱执着

修复，修复，还是修复。李云鹤的生命中，壁画是他"永远捧在手心里的宝"，修复是他生命中不可或缺的主题，亦是他生命中最亮丽的色彩。

1963年的夏天，正在第161窟修复壁画的李云鹤听见一声巨响，心想："完了。"果然，他从脚手架上爬下来，跑

到第 161 窟下方底层的第 130 窟门口，已是灰尘扑面，一看，北壁塌了 2 平方米多，"心里那个痛啊"。

第 130 窟开凿于盛唐时期，窟内有莫高窟第二大佛——身高 26 米的"南大佛"，主室南北壁各绘有高约 15 米的巨型菩萨坐像，顶部还有绘于宋代的、敦煌石窟中最大的飞天图案，价值极高。

看到壁画大面积脱落，常书鸿赶紧拍电报和北京有关方面联系，院里则派人到天水买搭架了的木材。没多久，批复下来了，木材买回来了，可李云鹤傻眼了：除了已经塌毁的 2 平方米，还有多达 300 多平方米的壁画存在塌毁的风险，自己没有修复的经验，很多同行更是摇头咂舌，怎么办？

有经验要做，没有经验就创造经验。能求助的，只有自己。

李云鹤先是和工人师傅窦占彪等人在崖面上打埋铆钎，再挂上石头，一次又一次地测量之后，终于测得每根直径 12 毫米、长 20 至 30 厘米的钢筋可以承重 60 公斤的石头，最多不超过 75 公斤；再根据脱落的壁画材质和密度，测算出每平方米壁画的重量。

"保守、安全一点，我按每根钢筋承受 40 公斤的重量做了布局。"从 1963 年到 1965 年，经过近两年的周密测算、精准布点、反复试验和论证，李云鹤按一根钢筋固定约 1 平方米壁画的办法，在第 130 窟的壁面上，嵌插了 300 多个钢筋铆钎。

如今，第 130 窟的壁画安然无恙。继第 161 窟的"注射法"之后，在而立之年，李云鹤又以第 130 窟的成功范例开创了国内采取"铆固法"保护修复空鼓壁画的先河。

1975 年，刚过不惑之年，李云鹤又对第 220 窟甬道的西夏壁画进行了前所未有的整体剥取、搬迁和复原，将西夏壁画"续接"在侧旁的唐代壁画边上，让西夏与唐代，两个不同历史时期的壁画同时展现在一个平面上，使学者研究、游客参观更为直观和生动，成为"国内石窟整体异地搬迁并成功复原"和"重层壁画分离"的第一人。

此时的李云鹤，已不是壁画和塑像修复界的新人，而是引领前沿、独树一帜的国内著名文物修复保护专家了。

爱不停歇

学海无涯，李云鹤从不满足，依然像个新手一样不断学习、不断尝试、不断创新。

1994 年至 1995 年，因为青海塔尔寺大殿建筑失稳需要落架维修，壁画出现空鼓、断裂等病害，李云鹤应邀赴青海保护修复塔尔寺弥勒殿壁画和大殿建筑。壁画面积约 140 平方米，若用传统的切割法，就会损失至少 5 平方米的珍贵壁画。

损失 5 平方米，这对壁画来说可不是小数目，太令人

李云鹤在修复榆林窟第 3 窟塑像

心疼、太可惜了。看着精美的壁画，李云鹤的执拗劲儿又来了。他破天荒地采取先整体剥取，再原位固定，最后砌好墙体再平贴回位的高难度修复技法，没有任何壁画损耗地成功修复，成为"国内原位整体揭取复原大面积壁画"的第一人。

这一次，李云鹤已到花甲之年。

可是，爱的脚步从未停歇。李云鹤的每一天，依然围绕心爱的壁画，陀螺般旋转着……

1998年底，李云鹤退休了。

不过，谁都清楚，让身藏"绝学"的李云鹤离开文物修复工作实在太可惜了。

"院里返聘你行不行？能不能帮我把人带好？"时任敦煌研究院院长樊锦诗找李云鹤谈话，"只是从保护研究所副所长的职务上退下来，其余一切照旧。"

于是，李云鹤又回到"挚爱"身边："退休了就可以更加专心专意地做，我觉得能做得更好。"

李云鹤（左一）在莫高窟第66窟培训年轻工作者（乔兆福摄）

此言不虚。

1998 年，李云鹤应邀修复武威天梯山大佛塑像。

"难度很大，因为原始资料只有几张小小的黑白照片。"李云鹤说，照片是远景照，并不是很清楚；加上照片是平面的，而大佛塑像是立体的，"以前的所有经验和技术'失效'了。"

因为曾经在日本见过三维扫描，李云鹤专程跑到兰州，满大街寻找可以将平面照片进行三维扫描的门店。

自然，失望而归。

那段时间，老伴跟他说话，李云鹤老是走神。好在老伴早已习惯，也早就清楚"老李又为修复上的事犯愁"，也不计较。

"我是个急脾气，想不到解决的办法连饭都不想吃。"李云鹤嘴上不说，可心里对老伴很感激，家里的一应事情她都操心了，自己可以一门心思干工作。

白天想，晚上想，李云鹤又有了对策：把照片放大，再对照照片比例和大佛现存部分塑像的比例，他硬是啃下了这块"硬骨头"，且完成得很漂亮，别说塑像比例自然一体，就连大佛脚趾缝的大小都是严丝合缝的。

痴心一生

2000 年，位于西千佛洞下游 2 公里处的敦煌南湖店第

16 窟和第 18 窟"告急"，尤其是崖体坍塌得特别厉害。

李云鹤认真查看了"灾情"，又陷入长时间的沉思：如果就地加固，费用少，但因地处偏远，管理困难；如果整体搬迁，费用多，但好管理。

从考古角度、保护角度、管理角度，李云鹤方方面面都考虑到了，心里比较偏向整体搬迁，但向来节俭的他还是拿不定主意，就把两种办法的利弊得失分析清楚上报了。

国家文物局批复：整体搬迁。

一个北魏洞窟、一个元代洞窟，两座洞窟 40 多平方米的壁画和 3 尊塑像，在李云鹤的巧妙处理下，"腾云驾雾"般从南湖店整体搬迁、复原至莫高窟北区石窟群中部塔湾。

这样的例子，不胜枚举。

似乎退休之后，李云鹤又迎来了自己的"黄金时代"。哪里有"生病"的壁画和塑像，李云鹤几乎就在哪里：从 2001 年至 2017 年，从甘肃张掖金塔寺、马蹄寺，敦煌莫高窟、西千佛洞、榆林窟，天水纪信祠，平凉泾川王母宫，甘谷大像山，到浙江杭州凤凰寺、河北曲阳北岳庙、山东岱庙，再到北京故宫……李云鹤的身影总是在最需要他的地方出现。

有时候，别人开玩笑问他："老李，钱还没挣够啊？"

他是懒得解释。多少年的修复生涯，李云鹤从未算过工

2003 年，李云鹤在张掖马蹄寺进行壁画保护修复工作

作一天要多少钱，修一平方米壁画要多少钱；斤斤计较的，是自己有没有能力修复，能不能修好。他说："如果真是为了名利，应该不干壁画修复的工作才对。"

"春蚕到死丝方尽，蜡炬成灰泪始干。"为了挚爱的"她"——壁画、塑像，李云鹤痴心一生，精心守护。这甚至都成了一种"病"，他见不得壁画和塑像有伤病，即便不在自己的项目之内，也总是在工作间隙，把塑像掉了的胳膊安上、断了的腿接上，"我看着她，她看着我，完整的样子

2019 年 12 月 16 日，
李云鹤获评"全国离退休干部先进个人"

才好看。"

真不知道，到底是他舍不得"她"，还是"她"离不开他；也说不清，到底是"她"更需要他，还是他放不下"她"。

或许，在 60 余年、22000 多个日日夜夜的朝夕相处中，他与"她"早已融为一体了。

（原载于《甘肃日报》2017 年 11 月 26 日一版）

巧手匠心，为国之瑰宝延续生命（下）
——记敦煌研究院石窟壁画修复专家李云鹤

题记：时间是最好的证明。

60余年，在洞窟里、在壁画前，日月更迭，李云鹤慢慢"苍老"了容颜；可他心爱的"她"，在他耐心而又细心的呵护下，一点点、一天天褪去了"病容"，重现"花容月貌"。

咫尺匠心

4000多平方米壁画、几百身塑像——这是60余年来，李云鹤为"她"，也为自己交出的答卷。而这些数字，全是李云鹤一点一点亲手干出来的，还不包括他带团队在项目、工程中修复的壁画和塑像。

这些数字，在外界看来似乎不足为奇；可在业内，这是一个难以逾越的数字，谁都会竖起大拇指。

因为，的确庞大；因为，着实不易。让时间倒回到1962 年。

这一年，李云鹤临危受命修复第 161 窟 60 多平方米的起甲壁画。

古代壁画结构从里向外通常由支撑体、地仗层、底色层、颜料层等组成，壁画病害类别则根据病害的主要表现形式和外貌，分起甲、疱疹、龟裂、盐霜、酥碱、空鼓等 20 余种。

起甲指壁画底色层或颜料层发生龟裂，进而呈鳞片状卷翘，在石窟和殿堂壁画病害中最为常见，修复难度较小。

小，也只是相对的。先用柔软的刷子，对壁画进行简单的清理，再注射黏合剂，然后用小刀回贴压平，再用纺绸包着的棉球进行滚压，最后再用胶滚来回滚压……程序复杂不说，因为伤病壁画原本就很脆弱，刷的时候要把握好力度，滴管的黏合剂要不多不少，回贴压平和滚压的时候力度要不大不小……整个修复工程要稳一点、慢一点，再稳一点、再慢一点。

"因为每天只能修复 0.09 平方米，所以 60 平方米的壁画整整修复了两年。"第 161 窟是李云鹤首个独立修复的洞窟，是他壁画修复保护事业的起点，他自然记得清楚。

说是修，倒不如说是"绣"！甚至比"绣"还有过之而无

李云鹤先生

不及。

再回到 1963 年，第 130 窟的修复现场。300 平方米的墙上，嵌插 300 个铆钎。这在工程上，应该是很快的事儿，可放到有着精美壁画的崖体上，绝不是一件轻松、容易的事。

当年，李云鹤和同事提着马灯，在 20 多米高的壁面上，就像古代画工开凿洞窟一样，手拎铁锤和钢钎，一点一点打眼。其实，还和古人不同，因为古人是在"毛坯洞窟"打眼，而李云鹤却要在有着大幅壁画且已经岌岌可危的壁面上作业，要更加小心谨慎。

"两个人一天只能打三个眼。"李云鹤记忆深刻，先用铁锤和钢钎打眼，再把12毫米粗的钢筋埋入壁面25厘米深处，然后用水泥和砂浆固定，最后用螺帽拧紧、固定，"300个眼，300根钢筋，全部手工作业，还得把握好力度与火候，想快根本不可能。"

"精华在笔端，咫尺匠心难。"张祜《题王右丞山水障》的诗句或许是对李云鹤最好的写照。

慢工细活

有道是"慢工出细活"。李云鹤仿佛有着"神奇的魔法"，他那双宽大的双手所到之处，犹如春风拂过，那些"疾病缠身"的壁画和塑像又"容光焕发"了起来。

半个多世纪过去了，经他修复的壁画和塑像依然完好如初。

时间给了李云鹤最好的证明，客户也给了李云鹤最好的"嘉奖"。

"你怎么没给我们修啊？"1995年，青海省塔尔寺弥勒殿壁画及大殿建筑修复工程结束后，寺院负责人验收时如此"质问"李云鹤。

听到这样的话，62岁的李云鹤高兴得像个孩子。他特别爱听这样的话，觉得心里一下子踏实了，因为文物修复的终极追求是"修旧如旧"，"这是对我最高的褒奖。"

60余年，李云鹤用专业严谨的态度，一直走在保护修复壁画、塑像等文物的路上，不断探索，不断创新，永无止境……

2017年8月31日，敦煌，莫高窟第130窟保护现场。

窟内塔架林立，记者几乎手脚并用，依然双腿打颤，才爬上了近30米高的脚手架，可46岁的敦煌研究院文物保护修复中心工程部部长付有旭却如履平地，"噌噌噌"就上去了。

"这算什么，80多岁的'大李老师'还爬高上低的呢。"已有28年修复经历的付有旭说，跟着李云鹤老师，他们这

李云鹤在家中

些学生早都习惯了，"这是基本功。"

"修复文物，'大李老师'亲力亲为，也要求我们一定要亲力亲为。"付有旭还记得 1992 年，他跟着李云鹤老师到新疆库木吐喇石窟下层洞窟修复壁画的场景：因为文物修复现场和他们的生活处所中间隔了一条近 30 米宽的木扎尔特河，每天来往，都要蹚过最深处齐腰的河水。当时，已经快 60 岁的李云鹤也没"偷过一次懒"，天天和付有旭一帮小伙子一起过河干活；直到十多天之后，他们找了几个汽车轮胎，拼了个简易渡船，才结束了天天蹚水的日子。

心手相传

"技术之外，态度最重要。"李云鹤说，做了一辈子的文物修复工作，要么自己做，要么在现场看着，不敢有一丝一毫的大意和懈怠。

亲力亲为之外，李云鹤还有一个雷打不动的原则：如果能力不够就坚决不接修复项目，一旦接下来就必须干好，至少要做到当时情况下的最高水平。"因为，自己代表的是敦煌研究院，更关键的是要对历史负责。"

有一次，在修复现场，有个学生将掉到手指上的一小片起甲壁画直接弹出去，扔了。李云鹤看见了，特别生气，直接将其从项目组开除了，"对文物起码的尊重和敬畏都没

有。"

还有个学生，曾对李云鹤说："老师，我跟你学的，够吃一辈子了。"李云鹤听了这话，既惊讶又生气。文物修复是一项崇高的事业，哪能当作赚钱途径，要打心眼里喜欢才行；自己总觉得还有很多地方要学、很多技术值得研究，恨不能"向天再借五百年"，可学生还没干几年呢，就"够了"，这学生不适合做文物修复工作，又被开除了。

"对学生要求严格，对自己要求更严格。"付有旭记得，1992 年在新疆修复库木吐喇石窟的时候，因为揭取一块壁画，李云鹤从几米高的梯子上掉了下来，但他死死抱着壁画没撒手，"老师说文物的生命比自己的生命更重要。"

这样的情况不是一次两次了。

因为在李云鹤的心里，这些精美的壁画和雕塑不是死了一千年的标本，而是活了一千年的"生命"，它们用自己的身体无言地诉说着千年历史的风云变幻与朝代更迭，讲述着千年历史的社会万象和人间百态，是值得用生命去守护的宝物。

所以，李云鹤对这一个个洞窟——从历史深处走来，代表着不同朝代又各自迥异的"鲜活生命"，心存敬畏；对如同这些"鲜活生命"不可或缺的肌肤的每一寸壁画，倍加珍惜。

李云鹤获 2018 年"大国工匠年度人物"称号

"一切手工技艺，皆由口传身授。"李云鹤经常带着学生在外面跑，现场操作示范；在每年院里举办的培训班上，除了传授壁画修复常识及技艺外，更是经常对年轻人说，要有大的胸怀，别分什么敦煌的、甘肃的，还是外地的，那都是国家的甚至是世界的珍贵文物，是值得一辈子珍惜的"宝贝"。

在他的影响下，儿子李波也来到了李云鹤曾经所在的部门——保护研究所，孙子也开始从事文物保护修复事业，带出来的学生，更有不少是壁画修复项目的带头人。

"没有一个让我满意的。"尽管如此，李云鹤说起他们

李云鹤父子俩修复壁画

来，总是一堆的问题和毛病：不是态度不够认真，就是程序不够完善；不是材料不够标准，就是速度太快……

他几乎是一名"苛刻"的老师。可也正因为这种"苛刻"，李云鹤才用一生之久，成为壁画修复界一位有名的"匠人"。

如今，李云鹤已是耄耋之年。壁画修复，他已经干了整整61年，可他对敦煌研究院院长王旭东说："只要能干动，我会继续干下去。"

（原载于《甘肃日报》2017年12月3日一版）

三危山下，"莫高青年"明媚蔼然（上）

——莫高窟优质服务助推敦煌走向世界

题记：把最好的，给最爱的。因为，值得。

敦煌，三危山下，有一群年轻人，他们的名字，叫作"莫高青年"。

他们，很温柔，总是面带微笑，彬彬有礼，从来不会乱发脾气；他们，很注重形象，总是以最美形象示人；他们，很上进，总是自我提升，想成为内外兼修的业内专家；他们，很单纯，总想着千方百计让五湖四海来朝圣敦煌的人满意而归；他们，也很专一，自始至终，只为让敦煌文化走得更远、更广。

他们，是莫高窟的"第一形象代言人"——以专业化、科学化、人性化、特色化的优质服务，赢得社会各界普遍赞誉的莫高窟开放管理服务团队。这个团队，由莫高窟数字展示中心 150 多名员工和莫高窟接待部 130 多名员工共同组

成，有男有女，有老有少。

从头认识，"莫高青年"重任在肩

认识这些"莫高青年"，还得从头说起。1979年，莫高窟正式对外开放，负责接待的讲解员只有5名，当时被誉为敦煌文物研究所的"五朵金花"。当年游客总计只有26271人次。

但，此举让"藏在深闺少人识"的莫高窟焕发出巨大魅力。

从不到3万再到10万，再到20万、30万，直至一路跃升至年百万人次……随着莫高窟以符合世界文化遗产的全

与自然环境融为一体的莫高窟数字展示中心（孙志军摄）

部 6 项标准被列入"世界文化遗产名录",以及蓬勃兴起的丝绸之路热、中国经济高速发展与世界旅游市场的繁荣发展,莫高窟旅游人数几乎是"井喷式"增长。

面对这样的境况,"敦煌儿女"喜忧参半。

喜的是,莫高窟精美的壁画、彩塑以及独特的历史价值、艺术价值和科技价值散发出夺人光芒,悠久灿烂的敦煌文化得以展示;忧的是,历经千年风霜雨雪的莫高窟,如此高速攀升的游客量是她"难以承受之重"。

"一些游客或许一生就来一次莫高窟,不能把他们挡在门外。""莫高窟是不可复制、不可逆的世界文化遗产,保护不好就是历史的罪人。"

两种声音,始终在"敦煌儿女"耳畔萦绕,也成了他们抹不去的一块"心病"。

鱼和熊掌,不可兼得。可"敦煌儿女"不信,非要保护开发与开放利用双赢。

在"敦煌的女儿"樊锦诗带领下,"莫高人"历时十几年,根据长期的洞窟监测和大数据分析,科学确定莫高窟游客合理日承载量为 3000 人次;投资 3 亿多元建设数字展示中心,通过"数字体验 + 实体洞窟"的双重参观模式和"导流削峰",将单日游客承载量由 3000 人次翻番至 6000 人次,不仅达到文物保护、游客承载量和游客文化体验提升的

多赢效果，还历史性、革命性地改写了莫高窟的开放与保护模式。

至此，数字展示中心作为莫高窟开放的"最前沿"，亮丽地登上历史舞台，也成为"莫高青年"奋战的"大舞台"。

临危受命，"莫高青年"不辱使命

"当时，还是想简单了。"想起时任敦煌研究院院长樊锦诗让自己从接待部到数字展示中心担任主任，李萍觉得自己是讲解员出身，又有着多年担任接待部主任的游客管理与接待经验，院里所有职工认为她最合适，她自己也觉得义不容辞。所以，尽管对接待部有许多不舍，她仍然毫不犹豫地按照院里统一安排，从接待部选调了16名业务骨干与自己一起"转战"到数字展示中心。

可李萍没想到，"麻雀虽小，五脏俱全"。何况数字展示中心占地面积10万平方米，仅主体建筑面积就达11825平方米，工作难度根本不是自己多吃点苦、多用点心那么简单，"大到数字展示中心整体运行模式，小到厕所卫生，所有的角落都得照顾到。"

"刚来时，简直是一片狼藉。"数字展示中心综合管理科科长柴启林说，远不像游客现在看到的干净、有序的数字展示中心。

"员工自己能干的，绝不等工程队。"每天清晨6时左右，李萍那辆黄色的汽车总是早早停在停车场，很是醒目。

清理建筑垃圾、打扫场馆卫生、布设水电采暖、规划栏杆设施……柴启林说，为了确保数字展示中心于2014年8月1日正式迎客这个"死任务"，从2014年2月到8月，李萍像个大姐一样带着大伙，天蒙蒙亮就来到现场，大家个个像工人一样，一头扎进1万多平方米的数字展示中心干活。渴了，喝口矿泉水；饿了，吃盒饭甚至是自带的干粮；累了，就地躺一会儿，几乎是"创业"般地干了整整半年，"可一个个干得很带劲，也很兴奋。"

因为，这所有付出，这一切努力，都值得。更因为，他们深深懂得，"十年磨一剑"才建成的数字展示中心，对于莫高窟有多重要。

迎难而上，"莫高青年"华丽逆袭

可，有的人不懂，甚至抵触。

也能理解，出租车司机将客人载到莫高窟窟区，车费100元；可载到数字展示中心，只有20元；从火车站来的客人，甚至可步行而至。

困难很多，可执着的"莫高青年"办法也不少。

或邀请导游、出租车司机到数字展示中心免费观看球幕

电影，现场体验；或组织旅行社举办专场说明会……从游客参观体验的角度、从文物保护的角度，找种种机会和场合，李萍带着大伙一次又一次地讲莫高窟推行"数字体验 + 实体洞窟"的必要性。

慢慢地，理解的人多了。

"从刚开始的抵触，到现在的支持，直接掉了个个儿。"不止柴启林一个人告诉记者，数字展示中心每天满负荷只能放映 30 场《千年莫高》《梦幻佛宫》电影，刚好 6000 人次。那些未能预约到只能以应急模式参观莫高窟的游客，会因无法"数字体验"两场电影而感到很是遗憾。

"2017 年前 8 个月，已达 120 万人次。"李萍告诉记者，从 2014 年的 24 万余人次，到 2015 年的近 92 万人次，再到 2016 年的 135 万人次，数字展示中心游客逐年攀升，场馆的压力自然也不断加大。

预约调度科、票务科、游客服务科、安保科、设备保障科、综合管理科……从起初的 16 人到现在的 6 个科室 150 多人，数字展示中心的"体量"也日益庞大。尽管如此，在"莫高青年"的不懈努力下，数字展示中心运转得愈加顺畅、高效了。

（原载于《甘肃日报》2017 年 12 月 9 日一版）

三危山下，"莫高青年"明媚蔼然（中）
——莫高窟优质服务助推敦煌走向世界

题记：很少有人会透过邋遢的外表，去发现你优秀的内在，也很少有人真的喜欢没有灵魂的漂亮外表。

从仪容仪表、言行举止再到内在修养……"莫高青年"时刻都在提升自己。

扮靓自己，"莫高青年"朝气蓬勃

预约调度科，是游客最早见到的"莫高青年"，确切点讲，是听见的"莫高青年"的声音。

尽管敦煌研究院采取了各种方式，介绍莫高窟为何采取"数字体验＋实体洞窟"的参观模式、如何预约等所能想到的前期问题，可对预约相关问题提出质疑、进行维权的电话还是一个接一个地打进来，预约调度科话务咨询中心的员工就一个一个地解释、说明。

同样的话重复千万遍，可语气里不能有半点的不耐烦。

虽然游客和"莫高青年"并非面对面，可"莫高青年"在游客心中最初的形象，就会在这一问一答中树立起来。

"耐心点、认真点，游客就能多一点理解；怠慢了、应付了，游客就会多一些抱怨。"预约调度科科长李红对此深有体会。与此同时，预约调度科还要根据接待政策的变化推介参观模式、开放策略，根据团队游客和散客比例变化情况调整话务工作，解决因天气原因、游客身体不适等不可抗因素引起的退单、改单等各种工作……总之，预约调度科相当于莫高窟开放体系的"大脑"和"防火墙"，既要确保预约模式有效执行、游客有序到达，又要把游客抵达数字展示中心前的所有前端问题解决掉。

"有苦，也有委屈，但没人抱怨，更没人退却。"李红告诉记者，2014年，每天的话务总量在八九千个左右，8个话务员，平均每人上千个电话；2015年，随着"西北游"的升温，话务量又明显上升，最高峰达每人每天1500个。可只要耳机一戴，就要挺胸收腹，面带微笑。

"票面参观时间11点45分的游客在这里检票，12点15分的游客在后面排队。"

2017年8月28日11时30分，在数字展示中心验票口一侧，验票员李之歌正在以每四五秒一人的速度验票；另

预约调度科话务咨询中心

一侧，数字展示中心游客服务科的刘佳欣则一遍又一遍提醒游客该检票的及时检票，该排队的按序排队。

"请问预约的票在哪里取？""你看下，我的票是在这儿排队吗？"虽然80%的游客会根据票面信息、指示牌和广播通知按点排队，但还是有不少游客或不了解新的参观模式、或听到广播里的"排队"字眼就径直来排队、或是老人小孩需要帮助……人工引导少不了。

"游客一开口，我们就知道要问啥，八九不离十。"游客服务科入口组主管李超告诉记者，看上去这些都是简单、重复的解释、说明工作，可每天站立6个多小时，每天回答1万多条问询，每句话每天重复上千遍，没有点耐心还真不

行。

验了票，过了安检，游客就进入数字展示中心大厅了。有的游客要直接进入影院观看《千年莫高》《梦幻佛宫》，有的游客则还要随便转转。

这时，穿着颇有敦煌文化元素的礼宾服的薛晶和她的同事，就会在大厅做一些引导和咨询工作。

"我们在尽力专业化、规范化，同时，'软服务'也是提高服务质量最好的方式。"数字展示中心主任助理雷政广说，虽然大家经常忙得没时间吃饭、没空上厕所，可每个人都会

"莫高青年"在引导游客参观

尽最大可能在每个环节做好服务，并不断发现问题、快速完善，提升游客满意度，"因为，每个人的一言一行直接代表着整个团队、整个莫高窟的形象。"

"莫高窟的服务就是不一样。"游客这样说的时候，是"莫高青年"最开心的时候，似乎所有的疲惫都烟消云散了。

苦练内功，"莫高青年"内涵充盈

如果说数字展示中心是参观莫高窟的前奏曲，那么进入洞窟就是主旋律了。

从数字展示中心出来，摆渡车就会将游客载到莫高窟窟区。然后，游客就可以跟着接待部的讲解员一起，目睹莫高窟的"芳容"了。

"每天带四次讲解，在夏天是常有的事。"接待部副主任宋淑霞说，从早晨六七点出门一直到下午六七点，在地表温度将近40摄氏度的高温下，一次带团参观走将近一万步，四次就四万多步，每天下来讲解员汗流浃背甚至全身湿透已是司空见惯；同事帮忙打的午饭，吃到嘴里常常已是下午四点甚至下班后了；胃病、咽喉炎、关节炎也是讲解员最易得的职业病，"特别是旺季，讲解员几乎都是拼着体能在工作。"

可累还在其次，关键是讲解质量。因为，"莫高青年"

更希望以自己的"内在美"赢得游客的称赞。

从 1979 年只有被誉为"五朵金花"的 5 名专职讲解员，到 1997 年实现英、日、法、德、韩 5 种外语讲解，再到 2015 年讲解员达 135 人……自莫高窟开放以来，莫高窟的讲解队伍不仅逐步成为全世界文化遗产地和博物馆系统中规模最大的一支讲解员队伍，他们更以生动而富有内涵的讲解让游客神游在世界艺术宝库里，尽情领略着中华千年文化风采，成为莫高窟无穷魅力的生动注解和"现场翻译"。到现在，游客木身的文化素养越来越高，数字展示中心播放的电影《千年莫高》《梦幻佛宫》对莫高窟的历史和一些精美洞窟已经做了直观的展现。

"这就对讲解员提出了更高的要求。"敦煌研究院院长王旭东说，原来，讲解员是游客的第一信息获取源，可现在，反倒成了莫高窟参观的后端了。所以，刚开始讲解员心理上还挺"失落"的，"只能在服务方式上，尤其是在内容上下功夫。"

因为，相较而言，莫高窟是难懂的，讲解员就是引领游客畅游莫高窟灿烂文化的一把"金钥匙"。

下"狠功夫"不够，还要下"细功夫"。

"每个洞窟挑选最具代表性的塑像和壁画，讲深、讲透。"如丁淑芳一样，接待部的讲解员大多采取了"精、准、深"的策略，大大满足了游客多样化的文化需求和参观体验。

"不仅要会讲、讲好，还要能写通俗读物。"接待部主任罗瑶告诉记者，为了不断提高讲解员的讲解水平和服务能力，他们将洞窟内容分为音乐、图案、服饰、供养人、经变画等（每个种类又细分，比如音乐又细分为琵琶、箜篌、阮咸等）38个专题小类，让讲解员查资料、作研究，先书面汇集成一两万字的材料，然后用30分钟的时间，当场讲解；之后，再到洞窟实地讲解核验，"不仅要通俗易懂，也要厚积薄发。"

的确，讲得浅了，不够味；深了，又太晦涩。要把"火候"掌握得恰到好处。

还得因人施讲，不能千篇一律。比如，游客中小孩多的，就以壁画故事为主，讲得通俗一点；老人多的，就走比较容易到达洞窟的"夕阳红线"，行程、讲解要慢一点；年轻的游客多，就多讲解几个洞窟；对专业些、文化层次高一点的游客，就多讲讲美术方面……

"近3年，从未接到过对讲解质量方面的投诉。"尽管如此，传帮带、淡季专业培训、定级考核晋升、同系统同单位交流学习、外展讲解训练……在提升讲解质量和水平上，"莫高青年"从未停下过脚步；专家有最新研究成果，更是第一时间讲给讲解员，因为讲解员是"敦煌文化传播的'转化

大使'"；更因为，每一句讲解词都要言之有据、科学严谨，"还要结合自己的知识和经验融会贯通，变成自己的语言，讲给游客。"

罗瑶说，讲解员不仅仅是做好讲解就够了，天天和文物近距离接触，"文物出事是天大的事"，得时刻留意文物安全、游客安全。因此，体能之外，精神上、心理上、思想上压力巨大。

可是，"莫高青年"都一一扛起来了。

（原载于《甘肃日报》2017年12月10日一版）

三危山下，"莫高青年"明媚蔼然（下）

——莫高窟优质服务助推敦煌走向世界

题记：爱上你，就有了动听的故事。

鲜花因绿叶陪衬而缤纷绚烂，蓝天因白云飘过而诗情画意。享誉世界的莫高窟吸引着一个又一个"莫高青年"来到身边，更因"莫高青年"的真情付出而更加迷人。

注重细节，"莫高青年"追求完美

专业、热情、周到、细致……这样面对一个人，不难；但要面对成千上万的人，并不易。做到一天，不难；但要一年 365 天每天如此，不容易。

可"莫高青年"不仅做到了，还很注重细节，朝着"白璧无瑕"的方向努力着。

"这么好的场馆，你可得管理好，别没几年就'旧'了。"心里记着老院长樊锦诗的话，李萍这个家里的"甩手掌

柜"跟变了个人似的：数字展示中心的194块立体玻璃、几万平方米的墙面地面"都按五星级宾馆标准要求，精细化管理"。平时，脏了就擦，每隔几日，还要来次大清洁。她还专门邀请物业公司的专业人士，手把手地教保洁员。自己更是见哪里不干净了，顺手就擦。慢慢地，人人都变成了保洁员，共同维护着场馆的环境。

精细化管理，人性化服务。"莫高青年"是个"完美主义者"。

敦煌位于沙漠地区，没多少树荫，数字展示中心也同样。游客多的时候，排队是常事，细心的"莫高青年"看着游客，尤其老人、孩子在烈日下排队等候，实在不忍心，便搭起100个带电子喷雾系统的应急棚，为游客降温消暑。

这样的事，"莫高青年"没少做。

在应急区，"莫高青年"摆放150把2米长的条凳，让老人小孩可以坐着等候；幼儿、孕妇、残障人士、老年人，可以提前入场、转场。刚开始，还免费给老人、小孩发水，后来，实在发不过来也忙不过来，就设置了自动售卖机。

为让游客"轻装上阵"，"莫高青年"提供箱包寄存服务；后来，又因为有的游客提出"要是不让带宠物进去，那我也不进去了"，"莫高青年"又提供了宠物免费寄存服务。又怕游客担心宠物安全，"莫高青年"专门盖了可分离式宠物

莫高窟宠物寄存处

寄存舍并安装监控、风扇，铺上一次性卫生垫。

"莫高青年"专门设立失物招领处，无论引导员、讲解员还是司机，捡拾到游客遗失的手机、包等总是能及时送还游客；若游客已离开敦煌，"莫高青年"则将遗失物品邮寄过去。

每位讲解员都要掌握一门外语，力争实现全程双语讲解。接下来，他们还准备培养手语讲解员。

这样人性化、特色化的服务，能预设的尽力预设，不能提前预设的，"莫高青年"根据游客需求及时跟进，尽量让游客满意。

"在数字展示中心3年遇到的问题，赶上以前30年遇

到的问题了。"从一个专职的讲解员，到管理和业务双肩挑，李萍的感触太深了，她说自己成天"泡"在场馆，偶尔在家休息，电话还响个不停，嗓子都说哑了。

用情投入，"莫高青年"代代传承

"莫高窟，应该是全国真正实现'实名＋预约＋数字体验＋实体洞窟'这种参观模式的石窟。"敦煌研究院院长王旭东说，业内人士都知道，实现这种参观模式太不容易，要基于环境监测、游客承载量、大数据分析等一连串科学研究，要完成游客调查、线路设计以及指挥平台建设等一系列工作。

实现这种开放模式，"莫高青年"功不可没。

不过，很多人好奇，敦煌研究院到底是怎么留人的？

"起初，觉得在敦煌研究院工作比较体面；可现在，是发自内心的喜欢，哪天不讲好像少了什么。"已有30年讲解经验的丁淑芳说起自己的工作来，依然兴奋。多年以前，为了学好日语，院里公派她去日本学习，两年下来不少当地公司提出聘用她，可她"觉得不能对不起院里的培养"。她抱着感恩之心，毅然回国，在讲解员的平凡岗位上同样赢得了人生的精彩。

"讲解是'心灵的供养'。"丁淑芳说，要以讲解为兴趣爱好，不能仅当作一份工作，才会越做越有趣，越做越好；更要将讲解当成一门艺术，"用情忘我地投入"，才能打动人。

像丁淑芳一样，派出去学习深造的员工，大多回到了敦煌。刚刚故去的考古学家彭金章曾幽默地说敦煌研究院培养的员工"是永久牌的，不是飞鸽牌"。

"留下的都是与莫高窟有缘的人。"讲解员向丽君感慨地说，大城市很好找，但全世界再也找不到第二个莫高窟，"我们这一代人有幸站在巨人的肩膀上放眼世界，必须对自

"莫高青年"为外籍游客提供咨询服务

己要求更高，不能辜负敦煌研究院的培养，更不能辜负莫高窟。"

"老一辈的一言一行影响着我。"法语讲解员韩文君说自己很幸运，莫高窟北区研究"泰斗"彭金章做人、做事、做学问的严谨态度影响着大家；老院长樊锦诗在陪同客人参观时会认真地指出讲解的细微不足；无论听过多少次，陪同客人参观时，王旭东院长始终戴着耳机认真地听……"他们的点点滴滴、一言一行激励着我、鞭策着我。"

"沙弥讲经沙门听，不在年高在性灵。"段义杰老先生说的这句话以及老一辈"莫高人"的点点滴滴和代代传承的"莫高精神"深深影响着这群可爱的人，感召、鼓舞着年轻的"莫高人"。

芳心如初，"莫高青年"爱无止境

"最好的工作状态就是最好的感恩方式。"2015年，李彦琪冲着莫高窟和敦煌研究院的名气来了，工作之后他发现，这里给他的远不止是一份工作和一份薪水。

生于1982年的杨赫赫已是干了10年的老讲解员了，但他仍不满足于现状，不断努力进取，充实完善自我，去年从西北师范大学硕士研究生毕业后，今年还准备报考天津大学建筑学院建筑学专业博士研究生。院里非常重视人才的培养，不仅工资照发，还资助学费。

"小丫头都变成'老丫头'了，可为游客服务永无止境。"李萍觉得比起常书鸿、段文杰、樊锦诗等老一辈"莫高人"，自己还"差得很远"。

不只是李萍，每一个"莫高青年"都觉得"比起院里的要求，总感觉自己还有很多不足；对于莫高窟这处世界文化遗产，自己做得还远远不够。"

"莫高在我心中"，这是敦煌研究院 2017 年 7 月份庆祝建党 90 周年活动的主题。

其实，"莫高在我心中"已经深深烙印在每个人心里，化为一言一行。莫高窟，是"莫高青年"和每一个"莫高人"心灵的港湾。

所以，他们用心呵护，用情守护；

所以，每个员工会琢磨着如何提升，会主动做事；

所以，无论老员工，还是新人，都代代传承着"莫高精神"，用岁月把自己变成"莫高人"，把种种不可能变为可能；

所以，他们从理念上、服务上，从流程设计、配套设施上……不断挑战自我、否定自我，再不断完善、不断优化，以专业化、科学化、人性化、特色化的优质服务，实现了预约制下的"数字体验＋实体洞窟"双重参观模式，实现了游

客从质疑、抵触到频频点赞的"华丽转身"。

提供最好的开放模式，把莫高窟保护好，因为，这处符合全部6项标准的世界文化遗产、这座璀璨绚烂的艺术殿堂值得；提供最优质的服务，让游客参观好，因为，这些来自五湖四海的爱好者们值得。

那么，让我们把最热烈的掌声和最芬芳的鲜花，送给"莫高青年"吧。因为，他们，也值得。

（原载于《甘肃日报》2017年12月11日一版）

樊锦诗："敦煌女儿"的家国情怀

"感动、自豪、骄傲；激励、鼓舞、振奋！向樊锦诗院长致敬！""莫高人的荣耀，也是文博界的荣耀。"……

2019年9月29日，因为一个人、一件事，朋友圈被刷屏了。

这个人，大家很熟悉，她就是"敦煌的女儿"樊锦诗；这件事，也很不一般，当天上午10时，中华人民共和国国家勋章和国家荣誉称号颁授仪式在北京人民大会堂金色大厅隆重举行，中共中央总书记、国家主席、中央军委主席习近平向国家勋章和国家荣誉称号获得者颁授勋章奖章。

樊锦诗，是全国唯一一位"文物保护杰出贡献者"。

缘分

1938年出生的樊锦诗，已是80多岁高龄了，可因为敦煌，她从未有停歇的意思。

1962年，24岁的她，从北京大学毕业第一次来莫高窟

樊锦诗

实习的时候，未曾想到，自己会在敦煌一待就是一生；更不曾想到，自己会头顶"改革先锋""全国优秀共产党员""全国先进工作者""全国三八红旗手标兵""100 位新中国成立以来感动中国人物"等诸多光环。

但人们最熟知的，应该是"敦煌的女儿"这个称号吧。

女儿，不止是一个称呼那么简单，那是无数个日日夜夜、不带一丝敷衍的操劳凝结而成的。

其实，又哪里能敷衍呢？

"看一个窟就说好啊，再看一个还是好啊。说不出来到底有多大的价值，但就是震撼、激动。" 24 岁的樊锦诗第一眼见到敦煌，那黄昏下古朴庄严的莫高窟、远方铁马风铃的铮鸣，都让她似乎听到了敦煌与历史千年的耳语，窥见了跨越千年的美艳。她和几个一起实习的同学走进石窟，所有的语言似乎都显得平淡无奇，简直失色了，满心满脑只剩下几个词重复使用："哎呀，太好了，太美了！"

虽说对大西北艰苦的环境有一定的心理准备，但水土不服的无奈、上蹿下跳的老鼠，让樊锦诗仍心有余悸。到处都是土，连水都是苦的，实习期没满，樊锦诗就生病提前返校了，也没想着再回来。

或许是命中注定的缘分。没想到，一年后樊锦诗被分配到了敦煌文物研究所。

"说没有犹豫惶惑，那是假话，和北京相比，那里简直就不是同一个世界。"樊锦诗记得太清楚了：到处是苍凉的黄沙、无垠的戈壁滩和稀稀疏疏的骆驼草。洞窟外面很破烂，里面很黑，没有门，没有楼梯，她就用树干插上树枝的"蜈蚣梯"爬上去，看完洞窟再爬下来。家里人希望樊锦诗换个地方工

樊锦诗

作。

　　但，那个时代报效祖国、服从分配、到最艰苦的地方去的主流价值观影响着樊锦诗，她依然选择了敦煌。

　　在武汉大学工作的恋人彭金章来敦煌看樊锦诗，发现她变了，"变土了，哪像上海姑娘？"

　　樊锦诗与彭金章约定，"三年即返"。可三年期满后，樊锦诗"耍赖"，她舍不得敦煌，舍不得735个洞窟里低眉含笑的菩萨，舍不得衣袂飘飘的飞天……她还心疼，心疼那些饱受"病害"折磨的壁画，心疼那曾绚丽无比却因岁月流年失了颜色的壁画……

　　"可能是命中注定吧。待得越久，越觉得莫高窟了不起，是非凡的宝藏。"此后的50余年，樊锦诗像扎了根，彻彻底底成了敦煌人，在莫高窟进进出出，与洞窟里的菩萨"耳鬓厮磨"，与洞窟里的壁画"相看两不厌"……她的心里、眼里满是敦煌，与敦煌再也分不开了。

守护

　　一个留着齐耳短发的女孩，背着书包，手拿草帽，意气风发地迈步向前——在敦煌研究院一处不显眼的地方，有座名为《青春》的雕塑，正是以初到敦煌的樊锦诗为原型雕塑的。

那时，樊锦诗对敦煌还没有太深刻的理解，更多的是被历经千年、色彩艳丽的壁画打动，还有一听就让人肃然起敬的名字：常书鸿、段文杰等，"敦煌就是神话的延续，他们就是神话中的人物啊！"

一开始，在这庞大深邃的敦煌面前，樊锦诗是羞怯的，恍若相见初恋一般的惶惑不安；相处后，不觉慢慢地、小心翼翼地把敦煌当作了"意中人"。

"能守护敦煌，我太知足了。"樊锦诗说，当灿烂的阳光照耀在色彩绚丽的壁画和彩塑上，金碧辉煌，闪烁夺目。整个莫高窟就像一座巨大无比、藏满珠宝玉石的宝库。

如此动人可爱的"意中人"，让樊锦诗愈发难以割舍，成了她生命中不可分割的一部分。爱人彭金章也受樊锦诗的影响，来到敦煌，彼此相守，也共同守护着敦煌。

樊锦诗潜心于石窟考古研究工作。她运用考古类型学的方法，完成了敦煌莫高窟北朝、隋及唐代前期的分期断代，成为学术界公认的敦煌石窟分期排年成果。由她主持编写的26卷大型丛书《敦煌石窟全集》成为百年敦煌石窟研究的集中展示。

1998年，樊锦诗接过接力棒，担任敦煌研究院第三任院长。

当时，随着西部大开发，旅游大发展，来莫高窟的游客

1999年，樊锦诗在保护所会议室

越来越多，樊锦诗喜忧参半，游客数量的剧增有可能让洞窟的容颜不可逆地逝去，壁画渐渐模糊，颜色也慢慢褪去。

是啊，谁愿"意中人""心上人"老去呢？

樊锦诗还清晰地记得，有一天太阳升起，阳光普照，风沙围绕中的莫高窟依旧安静从容。仰望之间，樊锦诗突然莫名心疼：静静沉睡一千年，她的美丽、她含着泪的微笑，在漫长的岁月里无人可识；如今，太多钦慕者的到访又让她更易脆弱衰老。千百年来，那些未曾留下名字的塑匠、石匠、泥匠、画匠和供养者用坚韧的毅力和执着的信念，代代接力造就了莫高窟。我们看到的，也不只是惊艳的壁画和彩塑，那更是一种文化的力量！

就算有一天她衰老了，这种力量也不应该消失。

樊锦诗心想："我一定要让她活下来！"

回归

如何让这些千年艺术瑰宝"活"得更久，尤其是在自然环境遭到破坏、洞窟本体老化与游客蜂拥而至的三重威胁

樊锦诗（左三）指导青年人开展工作（张伟文摄）

下。

当樊锦诗知道通过数字化技术可永久保留文物信息的时候，对电脑并不在行的她，慢慢有了一个大胆的构想——为每一个洞窟、每一幅壁画、每一尊彩塑建立数字档案，利用数字技术让莫高窟"容颜永驻"。

心动，而后行动。樊锦诗立即向国家相关部门提出要进行数字化工程。她知道，中华人民共和国成立后，国家特别重视莫高窟的保护工作。20世纪60年代国家经济刚刚恢复，周恩来总理就特批了一百多万元用于敦煌莫高窟的保护。

后来，国家果然给了充足的经费，让敦煌研究院进行数字化实验。

实施过程并非轻而易举，更非一帆风顺。一方面，信息采集量极大，仅实现一个有300平方米壁画的洞窟数字化，就得拍摄4万余幅照片，还需要繁复的拼接，而莫高窟的壁画总面积多达4.5万平方米。

另一方面，樊锦诗和敦煌研究院还要面对各种质疑与责难，有人说她"死守洞窟，反对旅游，有钱不会赚"。

"我不反对旅游，但前提是要保护好洞窟。"樊锦诗说，皮之不存，毛将焉附？我们得感谢、敬畏老祖宗给我们留下了这么多优秀的文化遗产。敦煌研究院也一直强调，要坚持做"负责任"的文化旅游，就是"一边向文化遗产负责，一边

樊锦诗在数字化工作现场

向游客负责"。敦煌研究院也一直在想尽办法，让游客在莫高窟看好、看舒服，但绝对不会放弃保护。

2014年8月，历时4年建成的莫高窟数字展示中心开门迎客，"总量控制、在线预约、网络支付、前端观影、后端看窟"的旅游开放新模式开始实施。

此举，不仅彻底改变了莫高窟自1979年开放以来实行了35年的参观流程、参观模式以及参观体验，将莫高窟游客最大日承载量由之前的3000人次提升至6000人次，还首次将现代球幕技术与洞窟壁画保护完美结合，开启了洞窟文化保护利用的全新模式，也成为目前为止解决莫高窟保护

莫高窟第 158 窟卧佛

与利用矛盾的最佳选择。

2016 年 5 月，"数字敦煌"上线，首次通过互联网向全球发布敦煌石窟 30 个经典洞窟的高清数字化图像及全景漫游，让千年莫高窟脚踩数字与科技的"风火轮"，从地处西北的"神坛庙堂"瞬间走向海内外大千世界。

从公元 366 年莫高窟开凿到瞬息万变的新时代，千年等一回的"数字敦煌"工程，让莫高窟"容颜永驻"不是梦。

2015 年 3 月，樊锦诗卸任敦煌研究院院长一职。可她并没有返回故里上海，而是留在了敦煌：讲座、研究、学术会议……日程排得满满当当。

她说："要做点自己该做的事了。"这点"该做的事"，还是她离不开的敦煌事业。

樊锦诗很喜欢中唐第 158 窟的卧佛，每当心里有苦闷与烦恼时，都忍不住走进这个洞窟，那里总能让她瞬间忘却许多烦恼。

樊锦诗脑海里时常想起季羡林的诗：

"我真想长期留在这里，

永远留在这里。

真好像在茫茫的人世间奔波了六十多年，

才最后找到了一个归宿。"

樊锦诗说，我愿与我的前辈、同仁们一样，与这一眼千年的美"厮守"下去。

（原载于《甘肃日报》2019 年 10 月 3 日一版）

樊锦诗　我心归处是敦煌

　　刚刚过去的一段时间，樊锦诗的名字像敦煌一样，更加深入地走进全国人民心中，走向海外世界。

樊锦诗

2018 年 12 月 18 日，樊锦诗被中共中央和国务院授予"改革先锋"荣誉称号，颁授"改革先锋"奖章，获评"文物有效保护的探索者"。

2019 年 9 月 29 日，中华人民共和国国家勋章和国家荣誉称号颁授仪式在北京人民大会堂金色大厅举行，中共中央总书记、国家主席、中央军委主席习近平向国家勋章和国家荣誉称号获得者颁授勋章奖章。樊锦诗是全国唯一一位"文物保护杰出贡献者"。

2019年10月4日，第四届"吕志和奖——世界文明奖"在香港举行颁奖典礼，樊锦诗获"正能量奖"。值得一提的是，这个奖项不但要求获奖者具备世界性的成就和贡献，还特别注重对获奖者作为精神道德榜样的考量，强调鼓舞人们在艰辛和逆境中追求建设性的改变，在推动社会和谐和文明进步中的无私奉献。

2019年10月21日，由樊锦诗口述、北京大学艺术学院教授顾春芳撰写、译林出版社出版的《我心归处是敦煌：樊锦诗自述》在北京大学发布，与广大读者见面。

……

这是一位八十多岁老人的行程，闪烁的光芒，足以慰平生，也足以照亮更多人前进的道路。

"我也是南方人"

"我也是南方人，很想回去。"没有刻意地表白，在《我心归处是敦煌：樊锦诗自述》的出版座谈会上，樊锦诗坦言，刚到敦煌时她真的想走，因为她觉得一个搞科研的地方条件不应该那么差。

樊锦诗在莫高窟第 85 窟壁画修复现场检查工作

　　可她又不太想走，因为莫高窟确实太美了。

　　走和不走，樊锦诗都不太坚定。

　　"其实，我这个人比较笨，也比较傻。"樊锦诗说，自己摇摆不定，但组织让自己待在敦煌，自己就待在敦煌。

　　"他们怎么能待下来，我真是奇怪。"常书鸿、段文杰等前辈把敦煌当成自己的家，把敦煌融进自己的血脉里，把敦煌变成自己不可分割的一部分，"太了不起了！"樊锦诗被深深感动了。

《我心归处是敦煌：樊锦诗自述》出版座谈会现场

　　时间长了，樊锦诗对敦煌的感情越来越深，也逐渐明白、理解前辈为何能默默无闻，在大漠深处，献了青春献生命，献了生命献子孙。因为，敦煌的价值之高无法估计，敦煌的资源之多取之不尽、用之不竭，"莫高窟这座文化遗产实在非同小可。"

　　"我的命运好像就在敦煌。"既然待着，就要做点事，就要把前辈未竟的事业做好，樊锦诗回忆道。

　　1944 年，惊艳于中国艺术之美，已在巴黎颇负盛名的

樊锦诗

东方之子、画家常书鸿从法国巴黎来到大漠戈壁，白手起家开始了敦煌研究院的创建史。

到 1962 年，樊锦诗到敦煌时，常书鸿已在敦煌待了 18 年。

"常先生去敦煌的时候，完全是一片废墟啊。"樊锦诗说，但在 18 年时间里，前辈们做了大量修复、保护、研究、测量、临摹等工作，为后来的敦煌研究院开展各项工作打下了坚实基础，必须做好接力，"否则，对不起前辈。"

"我真没想到"

1938年出生的樊锦诗，经历了中华人民共和国成立70周年的全过程，也经历了改革开放的全过程，她没想到，自己会被中共中央和国务院授予"改革先锋"荣誉称号，更没想到能荣获国家荣誉称号。

"我也没想到，我真不知道哦！"樊锦诗回忆道。

有人对她说，你就穿成这样去和习近平总书记握手啊？"我有什么办法，我也不知道啊！"质朴无华的语言引来一片会心的笑声。

"当时，有点'开小差'，脑海里马上想到了前辈和同事。"樊锦诗坦言，"改革先锋"不是我一个人的，这个荣光属于无数先辈和莫高窟人。敦煌研究院能有今天，功在祖先千百年来多元性、持续性"接力"，留给我们一座独一无二的文化宝库；功在一代又一代莫高人坚守大漠、无私奉献、艰苦奋斗。

"获得国家荣誉称号时，特别穿了一件丝绒的棉衣。"回忆起9月29日那一天，樊锦诗像个孩子一样，言语里充满童真与兴奋。

"第一次去人民大会堂金色大厅，印象深刻。"樊锦诗还记得，因为自己的姓氏笔画数最多，所以排在最后面，习近

平总书记站了有半个多小时。

"我们又见面了！"这是习近平总书记为樊锦诗颁授勋章时说的一句话。樊锦诗很自豪。

之后，樊锦诗又受邀与同获国家勋章和国家荣誉称号的其他人，一同到天安门城楼观看庆祝中华人民共和国成立70周年国庆大典，"心里更加不平静"，我们只是普普通通的一个人，"可国家简直把我们当成'宝'了"。又看看周边张富清、李延年等人，樊锦诗"感觉很惭愧"，说"这些老英雄才是我们学习的榜样"。

樊锦诗在考古报告撰写工作现场

"从'改革先锋'到'国家荣誉称号'，荣誉越来越高，我不过是万千文物工作者中的一分子。"樊锦诗忐忑，却也欣慰。这么多年，樊锦诗"对文物两个字比樊锦诗三个字更敏感，也有更多想法"，她说"这些奖要拿给甘肃人民和甘肃的领导看看"。

"我心归处是敦煌"

"世界太小了。"樊锦诗又接着讲《我心归处是敦煌：樊锦诗自述》的"诞生史"。

以往，有不少记者采访樊锦诗，写关于她的报道；也有不少人提出，要为她写传记。

樊锦诗总是不假思索，一一拒绝："我觉得自己没什么可写的。"

后来，同行、同事、朋友都劝樊锦诗写一部回忆录，"写你，也写敦煌啊"。说得多了，樊锦诗开始认真考虑这个建议。

"也对，那就写吧。"樊锦诗明白，自己在敦煌工作60年的经历和所见所闻，正是莫高窟发生巨变和敦煌研究院事业日新月异的60年，"为敦煌研究院的发展留史、续史，也是我不能推卸的责任。"

也是天意。

　　2014年，北京大学几位教授到莫高窟考察，樊锦诗和艺术学院的教授顾春芳一见如故。

　　"她多才多艺，知识面很广，眼界也很开阔，很聊得来。"樊锦诗对顾春芳不吝溢美之词。

　　从敦煌回到北京，顾春芳就写了两首诗，一首是关于莫高窟的，一首是关于月牙泉的。

　　樊锦诗看着喜欢。

　　"那就再来啊。"没多久，北京大学的这几位教授又说"还想再去敦煌看看"，樊锦诗热情地邀请了他们："莫高窟也有个宾馆，虽然不如北京的，但还凑合，住下来慢慢看。"

　　谁知他们来了，说还有一个任务："给你做记录。"

　　"行。"这次，樊锦诗二话没说，答应了。或许是与自己毕业于北京大学有关，"相信他们的学问。"

　　樊锦诗和顾春芳的访谈持续了十多天。因为信任，樊锦诗特别放松，敞开心扉、毫无保留，问什么说什么。

　　"不能光说敦煌研究院的事啊，也说说你自己。"顾春芳也会提"意见"。

　　有一次，樊锦诗到顾春芳的房间，发现偌大的书桌上，堆满了关于敦煌历史、敦煌艺术、藏经洞文物、壁画保护等方面的书籍，樊锦诗情不自禁地说："顾老师，你太厉害了！"

　　樊锦诗知道，顾春芳并非考古、文物专业，也不是从事敦煌学研究的学者，写这本书，也着实为难。加上北京、敦煌相距遥远，见面不易，就尽量多提供一些材料给顾春芳。

"看到初稿时，大大超出我最初的想象。"樊锦诗觉得顾春芳很辛苦，又非专业出身，"我有责任配合她做好校对工作，尤其是把事实搞清楚。"

或许，好事多磨。2016 年，此书完稿。2017 年，樊锦诗的丈夫彭金章病重；2018 年，顾春芳的父亲病重……

直到 2019 年 3 月，樊锦诗又重拾此书，到 7 月初完成校对，又和顾春芳一起梳理框架。

从"人生的不确定性""神圣的大学""敦煌是我的宿命""千年莫高窟"，到"敦煌在中国，敦煌学在世界""敦煌的女儿"，再到"保护就是和时间赛跑""永久保存，永续利用""莫高窟人和'莫高精神'"……《我心归处是敦煌：樊锦诗自述》分 13 个篇章，以时间为序，将樊锦诗和她心心念念的敦煌娓娓道来，封面上写着"此生命定，我就是个莫高窟的守护人"。

"反正您的心就在敦煌，书名就用'我心归处是敦煌'吧。"自称"我是敦煌的老太婆"的樊锦诗，对顾春芳的这个提议回答说："好！"

（原载于《甘肃日报》2019 年 10 月 27 日一版）

莫高窟记得，"飞天"记得……

——敦煌研究院文物保护利用群体素描

莫高窟，沙漠里的艺术明珠，曾数历磨难。

如今，莫高窟因为一群可爱的人，通过长达 70 多年的接力呵护，又熠熠生辉。

这是千年前无数敦煌画工听到的最美"历史回音"，响亮悦耳；这是国内外无数敦煌朝圣者看到的最好"时代答卷"，精彩满分。

莫高窟不会忘记，"飞天"不会忘记，我们也不会忘记。

灯

回首 76 年的岁月时光，那里，一盏盏"灯"，灿若星辰——

1935 年的一天，漫步巴黎塞纳河畔的常书鸿，在一个旧书摊上，偶然看到由伯希和编的一部名为《敦煌石窟图录》的画册。这是常书鸿第一次听说了敦煌，知道了在莫高窟还保存着如此精美绝伦的古代壁画和塑像，他既震惊又感慨：

"我是一个倾倒在西洋文化里的人，面对祖国如此悠久灿烂的历史文化，数典忘祖，真是惭愧至极。"

这一眼，让已在巴黎颇负盛名的东方之子魂牵梦萦。那印在脑海中的精美壁画和塑像，像一盏明灯，指引着他。他一路辗转，抵达敦煌，一头扑进"飞天"的怀抱。

1944 年元旦，国立敦煌艺术研究所成立，莫高窟近 500 年无人管理的历史终结了。

那时的常书鸿，或许想象不到，自己也会成为一盏明灯，指引着一批又一批热爱敦煌艺术的青年们在荒滩戈壁扎下根来，用青春、汗水、热血甚至生命浇灌，让"敦煌之花"绚烂怒放。

20 世纪 40 年代，地处西北一隅的敦煌，条件之差难以想象，500 多年无人管理的莫高窟更是破败不堪：风沙肆虐、荒凉寂寞、无电无水、无交通工具、信息闭塞……

常书鸿知道难，可他更知道，洞窟里那些精美绝伦的壁画和塑像值得守护，他不断给远方的友人和学生写信发出邀请。很快，董希文、潘絜兹、乌密风、史岩、范文藻、段文杰、凌春德、霍熙亮、孙儒僩、欧阳琳、史苇湘等年轻艺术家陆续来到敦煌。

他们白手起家，用双手清除了数百年堆积在 300 个洞窟里的积沙，修建了 1007 米的土围墙，在周边种树，为洞

窟测绘、照相、编号，全面调查洞窟内容和供养人题记，临摹……他们克服常人难以想象的艰难困苦，为开辟敦煌石窟保护与研究事业迈出了可喜的第一步，也为敦煌文物事业的持续发展奠定了坚实的基础。

生活苦，尚可忍受。妻离子散、研究所撤销的时候，常书鸿悲痛至极，他一个人站在莫高窟里，看着《萨埵那太子舍身饲虎图》，又感慨万千，萨埵那太子能奉献自己的身体救活一只奄奄一息的老虎，自己为什么不能舍弃一切侍奉艺术、侍奉这座伟大的民族艺术宝库呢？

萨埵那太子，或者说那千年前的无名画工，那萦绕在自己周围的敦煌艺术，如一盏黑夜中的明灯，再一次指引了常书鸿——不能走，再严酷、再艰难也要坚持下去。

从此，他用一生守护，在敦煌站成了一道独特的风景——"敦煌守护神"。

20世纪80年代初，段文杰从常书鸿手中接过接力棒，继任敦煌文物研究所第二任所长，又于1984年担任扩建为敦煌研究院的第一任院长，不仅带领大家将敦煌保护、研究、弘扬的各项事业提到新的高度，还孜孜以求，临摹面积达140多平方米的洞窟壁画340幅，创下了敦煌莫高窟个人临摹史上的第一，被誉为"敦煌艺术导师"。

这一阶段，借力改革开放的东风，李最雄、王旭东、汪万福、苏伯民、马德、赵声良、张先堂、杨秀清等专业人才，通过大学分配、招聘、调动等方式，陆续来到敦煌，逐渐成为各自领域很有成就的专家，也为敦煌研究院的发展作出了不可磨灭的贡献。

1998年，年近60的樊锦诗接过重任，成为第三任院长。

2014年，47岁的王旭东，再接力，继任第四任院长。

2019年，已扎根敦煌35年的赵声良接棒，担任第五任院长……

因为莫高窟这盏明灯，这个名单会继续拉长，如颗颗繁星，将曾数经磨难的莫高窟映照得更加明亮。

莫高窟，莫高人，两盏明灯，在戈壁，交相辉映。

登

翻开敦煌研究院这本厚书，一页页，如同一个个云梯，接力攀升，登向高处——

沙，总也清理不完的沙，或许是老一辈莫高人记忆犹新的画面。

从用双手清沙，到设法把宕泉河的水引至窟前"引水冲沙"；从就地取材，在石窟山崖边上修建"土坯防沙墙"，到用"导沙帆布筒"清理流沙，再用牛车拉走……或许在今人

眼里略显"小儿科"的做法，在当时那个年代却能陆续清理洞窟及周边三四万立方米的积沙。

后来，又经过"化学固沙"，到建设防沙林带，再到建立"六带一体"综合防护体系……从常书鸿、孙儒僩到李最雄、汪万福，代代莫高人硬生生将"黄色沙瀑布"的环境改善为"大漠深处的世外桃源"。

对莫高窟的保护，环境，只是基础。

一代代莫高人不断攀登，对莫高窟窟体精心保护，终于给"飞天"一个安全的家；对莫高窟窟内本体的保护，更是无微不至，广寻良策，誓与历史和时间"掰手腕"，让人类的"宝贝"延年益寿。

1980 年底，经过两轮考试，进入敦煌研究院工作的时候，高中毕业的吴健刚刚 18 岁。那个时候，胶片相机是奢侈品，吴健这份颇为"高级"的工作令人羡慕。

可外界总是传来"文物摄影只是翻拍，算不上艺术""文物摄影只是其他业务的附庸，无法和绘画、美术相比"等声音，让吴健心里很不是滋味。

怎么就不能比呢？

吴健不信，去天津工艺美术学院学习摄影，回敦煌后一头钻进洞窟。他记着樊锦诗说的"158 窟涅槃像是我看到的所有卧佛里最美的"这句话，便成天待在 158 窟，盯着这尊

15.8 米长的佛像，从头观察到脚，再从脚观察到头，他想拍出这尊涅槃像深情安详、微含笑意的神韵和意境。

直到 1998 年的一个下午，吴健看见了那束光，将一张前所未有的涅槃像定格在胶片上，从此开启了用镜头与石窟对话的精彩摄影人生。

30 多年过去，吴健早已不在意外界的种种，他只想拿起相机，寻找自己眼中的敦煌，最美的敦煌。

2018 年，吴健积累了二三十年的作品——组图《西风东渐·佛影重现》获第十二届中国摄影金像奖，其中，就有 158 窟涅槃佛。

而他的摄影，不再是附庸和配角。这些千万级别的高清照片，为敦煌研究做生动的注解和旁白，更成为数字展示中心和"数字敦煌"的"核芯"……

1981 年 4 月 1 日，18 岁的李萍和其余 22 名朝气蓬勃的年轻人坐在一辆贴着"欢迎新干部"的大客车上，驶向敦煌。

李萍和爱人坐在车里，那时，他们彼此还未相识。那时，李萍也不曾想到，自己能先后成为敦煌研究院接待部和数字展示中心这两个弘扬敦煌文化"大部门"的负责人。

和她同来的人，有些都陆续离开了。

可李萍，因为段文杰的一句"你是敦煌姑娘"留了下来，

不断学习，提高自己，讲解、翻译等工作都让人竖起大拇指。

也因为樊锦诗的一句"这么好的场馆，你可得管理好，别没几年就旧了"，李萍像变了个人似的，"跨行"学习物业管理，将数字展示中心管理得井井有条，194块立体玻璃擦得干净锃亮，几万平方米的墙面、地面达到"五星级标准"，自己更是见哪里不干净了，顺手就擦……愣是"颠覆"了游客对西北的印象。

从1944年的敦煌艺术研究所，到1950年的敦煌文物研究所，再到1984年的敦煌研究院……变化的是年份和名称，不变的是"保护、研究、弘扬"的初心和使命。

为了这六个字，莫高人攀登的脚步从未停歇，莫高人攀登的身影里还有更多不曾被提及的名字——

常年在莫高窟窟顶与沙较量的年轻人，常年在书海艺苑里默默遨游的学者，常年在洞窟里一笔一画临摹、一寸一毫修复的专家们……

1650年前，无数画工登上梯架，一笔一画，勾勒出一个个佛国世界，璀璨了千年。

"新竹高于旧竹枝，全凭老干为扶持。"1650年后，一代代莫高人忘我攀登，用每一个人的青春与奉献，筑成通往世界领先文博管理机构的一架架云梯，铸成开创未来的"莫高精神"的一颗颗螺丝钉。

等

公元 366 年，三危山等来了乐僔。从此，敲击声叮当悦耳，一座座石窟绵延 10 余个朝代，开凿出一座流经千年的文化圣殿。

公元 1944 年，莫高窟等来了常书鸿。从此，号角嘹亮，一代代莫高人接力 70 余年，建立起一家享誉世界的文博管理机构。

常书鸿、段文杰、樊锦诗、王旭东……一代代莫高人都知道，莫高窟在等；可他们更知道，莫高窟等不起。

从最初的看守保护，到抢险加固，再到科学保护，再到如今基本建成以保护和管理并重、抢救性保护、预防性保护、数字化技术相结合，专项法规和保护规划为保障的综合保护管理体系……方法和手段不断升级完善，保护的初心和使命未曾改变。

从最初单纯的壁画临摹与绘画技法研究，到敦煌石窟考古研究、敦煌石窟艺术研究、敦煌壁画图像研究、敦煌文献研究、敦煌历史文化研究、丝绸之路民族宗教研究等专题研究，以及敦煌文化价值和精神内涵的系统解读，从"吾国学术之伤心史"到冉冉升起的世界敦煌学中心……范围和内容不断延伸，研究的初心和使命依然如故。

涂色书、展览、公益讲座、"手机 App""数字敦煌"，多维传播让偏居西北一隅、曾无人问津的莫高窟，成为名扬四海、一票难求的旅游宝地；使高深难懂、高高在上的敦煌文化，褪去神秘外衣，从"庙宇神坛"走近"寻常百姓"……

从无到有，从小到大，尽管敦煌研究院已发展成我国拥有世界文化遗产数量最多、跨区域范围最广的文博管理机构和最大的敦煌学研究实体，在保护、研究、弘扬方面处于全国乃至国际领先地位，在文化遗产领域开了无数先河，争得无数第一，取得多项专利，荣获多项大奖，但莫高人依然"如坐针毡"，只争朝夕，与时间赛跑。

2003 年，65 岁的樊锦诗提出了大胆的设想，用球幕电影展示洞窟文物。这在全国乃至世界都属首次，没有任何经验可以借鉴，反对声也不绝于耳。

可，樊锦诗"执拗"。

保护，还是开放？一直以来似乎是一场非黑即白的博弈。

可樊锦诗，用一座历时 12 年建成的数字展示中心，实现共赢。"总量控制、线上预约、数字展示、实体洞窟"的旅游开放新模式，不仅彻底改变了莫高窟自 1979 年开放以来的参观流程、参观模式以及参观体验，也将莫高窟游客最大日承载量由之前的 3000 人次提升至 6000 人次，实现了"鱼和熊掌兼得"。

2016 年 5 月 1 日，经过 20 多年的数字化进程，敦煌研究院"数字敦煌"资源库上线，在互联网的广阔领域里，一次性"开凿"出跨越了北魏、西魏、北周、隋、唐等 10 个不同朝代的 30 个经典洞窟，向全球开放。

这不仅让更多难以抵达敦煌的观众"看见敦煌"，也将薪火相传，直到"在线复制"出又一个"虚拟敦煌"，让敦煌的美永世流传。

这是何等的壮举！

虽然 60 多年过去了，但李云鹤却依然记得常书鸿交付给自己的任务，穿梭在洞窟和脚手架上，一点一点修复壁画。

他知道，那些"生病"的壁画和塑像等不起。

除尘、灌胶、滚压、回贴……从翩翩青年到耄耋老者，李云鹤很知足，因为 4000 多平方米岌岌可危的精美壁画，经自己之手重焕勃勃生机。

这样的人，还有很多。从当初的常书鸿一人，到敦煌艺术研究所时的 18 人，再到如今的 1463 人，有些人走进人们的视野，为人识得、记得；更多的人，默默无闻，不为人知，不被人晓。

雁飞过，天知道；风吹过，云知道。来过的人，做过的事，敦煌都知道、都记得。这已足够。

　　樊锦诗说："敦煌是一部永远读不完的书。"

　　她还说："如果再给我一次选择机会，还是敦煌。"

　　莫高窟在等，莫高人在等，他们等着更多的人来到莫高窟，成为莫高人，成为那一盏明灯，成为那一位攀登者。

（原载于《甘肃日报》2020 年 1 月 11 日一版）

让"一眼千年"的惊世容颜再续千年

——记敦煌研究院文物保护团队

题记：千古文物有灵性，万年古迹赤子心。

——林清玄《千古文物》

他们，扎根大漠，只争朝夕，与时间"比速度"，只为抢救保护古代壁画、石窟寺、土遗址等文化遗产；

他们，赓续接力，广寻良策，与岁月"掰手腕"，甘愿用青丝华发换来文化瑰宝青春永驻；

他们，有一个共同的名字——敦煌研究院文物保护团队。

2024 年 1 月 19 日，"国家工程师奖"表彰大会在北京召开，敦煌研究院文物保护团队荣获"国家卓越工程师团队"称号。

初心与坚守，唯愿文化瑰宝青春永驻

735 个洞窟、4.5 万平方米壁画、2000 多尊彩塑，莫高窟——这座坐落于河西走廊西部尽头的文化宝库，被誉为丝

绸之路上最耀眼的璀璨明珠。

黄沙积埋、崖体裂隙、栈道损毁、壁画剥落、塑像倾倒……自16世纪中叶以来的几百年间，莫高窟一直处于无人管理的境地，遭受了比较严重的自然和人为破坏。

直到20世纪40年代初，国立敦煌艺术研究所成立，才彻底结束了敦煌石窟近400年无人管理的历史。

中华人民共和国成立后，莫高窟残破不堪的面貌得到根本改变。在国家的大力扶持下，这一机构不断发展壮大，先后更名为敦煌文物研究所和敦煌研究院。

护，是首要之务——

以常书鸿为代表的第一代莫高窟人，克服常人难以想象的艰难困苦，树立起"保护第一"的责任意识，拉开了敦煌文物保护的历史大幕。

莫高窟开凿建造历经1000多年，精美壁画缘何能保存至今？常书鸿等研究发现，"密码"在于古代工匠在绘制时选用了能够长久保存的天然矿物颜料。

然而，历经岁月和风沙侵蚀，壁画面临大面积脱落、颜料层表面起甲、被水渍泥沙污染以及被昆虫和其他微生物破坏等问题，他们心急如焚，想方设法做保护。

1957年，原文化部邀请捷克斯洛伐克有着30多年壁画修复经验的文物保护专家约瑟夫·格拉尔来到莫高窟考察和讲学。

约瑟夫·格拉尔介绍了国外从事壁画修复工作的方法和材料，用他带来的黏合剂在莫高窟第 474 窟做了壁画修复的现场试验。然而，他并不愿意透露黏合剂成分的核心技术。

常书鸿他们并不气馁，采取蒸、煮等高温方法筛选材料，终于找到理想的修复材料，又结合医用注射修复方法，最终形成我国第一代壁画起甲的修复工艺和技术。

1987 年，莫高窟因符合世界文化遗产全部 6 项标准，入选"世界文化遗产名录"。此后，通过联合国教科文组织的牵线搭桥，与当时世界上最著名的文物保护机构——美国盖蒂保护研究所合作，共同开展防治沙害、洞窟微环境等研究；同时，在全面评估洞窟壁画历史、艺术和科学价值的基础上，使用大量分析设备，对壁画颜料、制作工艺以及现存问题进行分析研究，文物保护理念及方法不断创新。此后，段文杰、樊锦诗、孙儒僩、李最雄、李云鹤、王旭东、苏伯民等一代代莫高窟人，不忘初心，坚守大漠，代代接力，以科学研究为基础、以人才培养为核心、以工程实践为重点，创造出中国文物保护可持续高质量发展的"敦煌经验"和"中国方案"。

攻坚与突破，破解无数"卡脖子"问题

酥碱，有着壁画"癌症"之称。这是敦煌石窟壁画中最严重、对壁画危害最大且最难治理的病害之一。

为了攻克"癌症"，敦煌研究院文物保护团队历时几年研究，才找到酥碱病害产生的"元凶"。

原来，壁画颜料层下面有一层绘制壁画的泥层，叫地仗。地仗层中，有大量可溶盐。空气潮湿时，可溶盐吸收湿气，就会潮解；空气干燥时，可溶盐失去水分，又重新变成

莫高窟第 8 窟壁画酥碱病害修复前

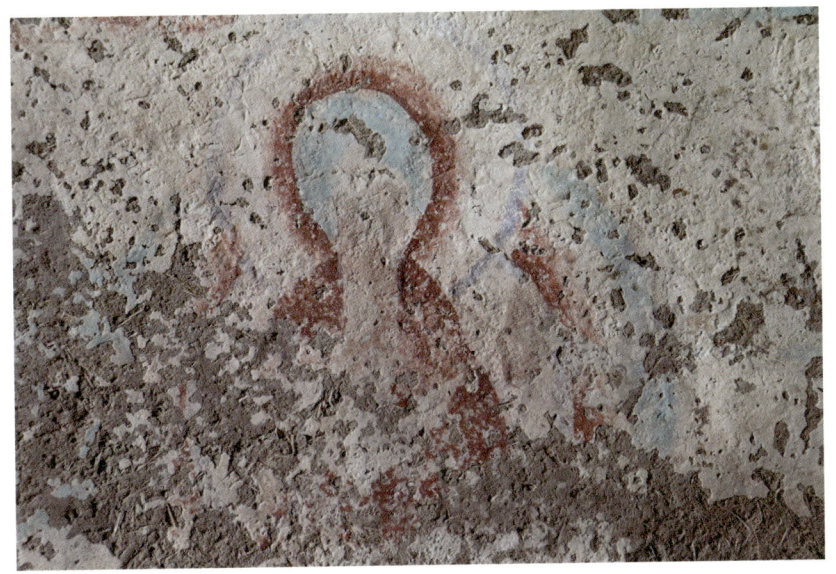

莫高窟第 8 窟壁画酥碱病害修复后

白色的结晶小颗粒。结晶、潮解、结晶、潮解……反复之间，就造成壁画酥碱，使壁画颜料层与地仗层失去粘连，起甲剥离，甚至整个地仗层全部脱落。

找到"元凶"，才是第一步。

"接下来，要把盐分从泥层中脱离出来。可想而知，这是一件多么困难的事情，何况我们面对的是如此珍贵的壁画。"敦煌研究院院长苏伯民告诉记者，为此，又历时 7 年，尝试了 80 多种配方，终于找到"灌浆脱盐"技术，把盐从壁画中脱离出来，并在莫高窟第 85 窟完成修复，根治了壁画

"癌症"，"85窟修复是中国壁画保护的一个经典案例，在中国壁画保护史上具有里程碑意义。"

洵不虚言。

莫高窟第85窟的修复，不仅攻克了壁画"癌症"，同时确立了一整套壁画保护的科学程序，还促成了《中国文物古迹保护准则》的出台。

而壁画病害不止酥碱，还有起甲、疱疹、龟裂、盐霜、空鼓等20余种。

可敦煌研究院文物保护团队，就是不服输。对不同类型的病害，团队一次次试验，一次次失败，又一次次试验，克服重重困难，从分析"病症"，到研究病害机理，再到研发保护材料和专用装置，再到"对症下药"。研究一个，攻克一个，逐渐形成酥碱脱盐、起甲回贴、空鼓灌浆等古代壁画病害修复关键技术，还不断创新，攻克一系列"卡脖子"关键核心技术——

首次建立了我国古代壁画保护的科学方法和工作程序；研发了复杂空间、多元异构的壁画数字化技术体系。

通过研究保存环境与微生物病害作用机制，研发灭菌材料和非接触式智能灭菌系列装置，形成了墓葬壁画微生物防治和环境调控等核心技术。

通过利用原位无损探测技术，形成塑像结构的科学评估

辐照灭菌技术

方法和骨架替换技术，构建了塑像保护技术体系。

……

说起来容易，看起来或许还有些枯燥和难懂，可只有经历过的人，才知道每一次突破都有多么不易。

难，太难了，难到一生只能干一件事。

"虽然退休了，还是舍不得离开，还想为保护工作再尽点力。"樊再轩自1981年到敦煌，从保护修复"小白"，一路成长为壁画和彩塑保护修复研究的专家，正如他的微信名字"面壁三十载"，他知道壁画修复有多难，他知道成为此

领域专家有多难，所以他毫不犹豫选择继续工作，"我还要再培养一些年轻人。"

"我们这些人毕生所做的一件事，就是让那抹'一眼千年'的惊世容颜再续千年。"有"壁画医生"之称的苏伯民如是说。

创新与发展，为文物保护穿上"全科"外衣

莫高窟，坐落在三危山和鸣沙山的怀抱中，四周布满沙丘。要让莫高窟延年益寿，就要给她一个安全的、生态的"家"。

草方格固沙、生物治沙、砾石压沙、尼龙网挡沙……针对莫高窟风沙侵蚀危害，敦煌研究院文物保护团队与沙为伴，日复一日，年复一年，不仅逐渐构建起以"固"为主、"阻、输、导"结合的综合防护体系，使窟前积沙减少85%，还首开先河，积极从抢救性保护向预防性保护转变。

时光荏苒，这样的"先河"，这样的创新，也越来越多。

早在20世纪90年代，"敦煌的女儿"樊锦诗就关注并思考到：游客进入洞窟后会不会对壁画产生影响，会产生怎样的影响？

为此，敦煌研究院开展了莫高窟游客承载量研究，通过实时监测洞窟内的温度、湿度、二氧化碳浓度等，最终确定

莫高窟风沙治理体系

莫高窟风沙治理体系

莫高窟最大游客日承载量为 3000 人次。

2003 年，65 岁的樊锦诗又提出大胆设想，用球幕电影展示洞窟文物。这在全国乃至世界都属首次，没有任何经验可以借鉴，反对声也不绝于耳。

可樊锦诗"执拗"。用一座历时 12 年建成的数字展示中心，实现"总量控制＋线上预约＋数字展示＋实体洞窟"的旅游开放新模式，将莫高窟游客最大日承载量由之前的 3000 人次提升至 6000 人次，实现保护和开放"鱼和熊掌兼得"。

"机器之用、物化之学，工之智也。"1650 多年前，无数工匠一锤一斧，开凿洞窟；无数画工一笔一画，勾描塑造，携手为世界留下宝贵的敦煌文化，璀璨了千年。1650 多年后，莫高窟人与时俱进，综合运用科学技术手段，合力为珍贵文化遗产织就"金钟罩"。

早在 20 世纪 60 年代，敦煌研究院文物保护团队就在莫高窟窟顶建立气象观测站，为防沙治沙和壁画保护提供依据。

运用眼科医生的 OCT 图形技术，进行壁画分析；运用骨科诊疗的 X 射线透视，探查壁画内部结构损伤情况；运用 3D 打印技术，提高修复工作的准确性。

天气实况、实时游客量、文物现状……通过莫高窟监测预警系统，莫高窟的大环境、微环境、崖体与洞窟本体，以及游客与文物安全等动态情况，尽在"眼前"。

"2022 年，在莫高窟监测预警系统的基础上，又启动了甘肃省石窟寺监测预警系统。"敦煌研究院石窟监测中心主任王小伟告诉记者，截至目前，可实时监测莫高窟 115 个洞窟，同时接入榆林窟、西千佛洞、麦积山、炳灵寺和北石窟寺的实时数据，并纳入气象、地震、安防等预警系统，不仅为保护和开放提供数据支持，也构建起"信息综合、科学研判、协同管理、主动预防"的石窟安全管理新模式，"文物保护，绝不能成为信息孤岛。"

蛇、蜘蛛、蜥蜴……敦煌研究院保护研究所生物实验室内的架子上，一排排透明的瓶子里，整齐摆放着不少动物标本。原来，这些小动物全部采集自各个石窟，敦煌研究院保护研究所副所长武发思介绍道，动物进入洞窟做窝、排泄、抓挠，植物根系、枝条生长，都会对壁画、塑像等产生影响，做好微生物研究，才能为文物保护"保驾护航"。

"文物保护远不是'文博'单一学科所能支持的，早已发展成为'全科'覆盖式保护。"敦煌研究院文物保护所所长于宗仁说道，经过近 80 年矢志不渝、接续奋斗，从当初的保护队伍只有四五人，到现在的两三百人；从起初只有几样简单的基本工具，到现在拥有各种现代化仪器。而变化的不止是人数和设备，更关键的是，一支涵盖化学物理、地质土

木、环境大气、生物科学等多学科交叉融合、具有国际视野的一流文物保护研究和工程实践团队正在逐步建立，并发展成为全国最大的文物保护团队。

攀登与担当，让"中国方案"走向世界

冬季仓中，来自锁阳城遗址的样本上，一片"皑皑白雪"；风雨仓中，来自庆阳北石窟寺的样本，正经历着"风吹雨打"；夏季仓中，取自秦东陵遗址的样本表面沟壑纵横，显得"岁月沧桑"……

2020 年 12 月 18 日，敦煌研究院国家古代壁画与土遗址保护多场耦合实验室通过验收投入运行。这是我国文化遗产领域首个多场耦合实验室，也是我国文化遗产领域唯一的全气候大型物理仿真模拟平台，占地 3000 多平方米，具有

多场耦合实验室的冬季仓

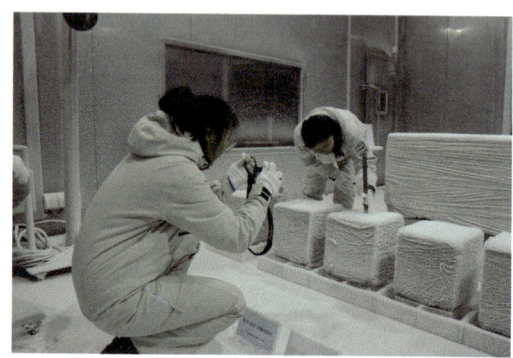

正在冬季仓进行实验

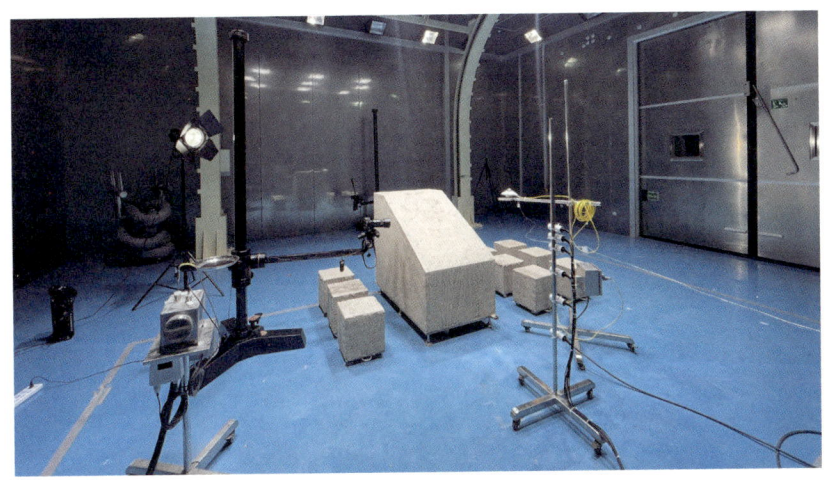

多场耦合实验室的夏季仓

时间可控、精度可调、可进行多场耦合模拟、足尺样品模拟等优势，三个仓体配合使用，可模拟从零下30℃到60℃的温度，从10%到90%的相对湿度，以及一年四季中风、霜、雨、雪、日照等各种气候条件下的遗址变化情况。

"在多场耦合实验室中，时间可以被'加速'。"敦煌研究院研究员裴强强告诉记者，像干旱环境，模拟一个年周期仅需四五十天时间，"这项重大发明，大大缩短了研究时间，为文物保护争得宝贵的时间。"

第一次系统科学研究支撑下的整窟壁画保护修复、第一个基于风险理论的世界文化遗产地监测预警体系、第一辆考古发掘现场移动实验车……这样的第一，还有很多。

　　"文物保护，没有不好的材料，只有不好的试验环境和方法。文物保护，也没有限定的区域，只有更多的适用遗址和范围。"敦煌研究院副院长郭青林说，敦煌研究院文物保护团队不断攀登，从早期保护、崖体保护、预防保护、数字化保护到综合性管理保护，从壁画、彩塑保护，一路延伸到土遗址、石窟寺等各类文化遗产保护，从立足敦煌到辐射甘肃，再到面向全国，放眼世界——

　　莫高窟、麦积山石窟、榆林窟、云冈石窟、布达拉宫、永乐宫……在壁画塑像方面形成的一系列壁画保护技术体系，成功应用于全国各地的文化遗产，先后形成国家和行业技术标准 10 项、专利 53 件，获全国十佳文物保护工程等省部级奖励 11 项（占壁画入选总数的 2/3），抢救了 13 省（区、市）153 处文化遗产，为古代壁画和彩塑保护提供了"中国方案"，引领了国内外壁画、彩塑保护研究和工程实践的方向。

　　新疆吐鲁番交河故城遗址、嘉峪关长城、锁阳城遗址……敦煌研究院文物保护团队突破了崖体失稳、渗水、坍塌、风化、开裂等防治技术瓶颈，建立了基于传统材料与工艺的综合保护技术体系，将技术广泛应用于国内石窟寺与土遗址，先后形成国家和行业技术标准 6 项、专利 68 件，获国家科技进步奖 1 项、省部级和行业奖励 10 项，抢救了 12 省

云岗石窟的修复工作

（区、市）144处遗址，开创了我国土遗址和石窟寺保护工程模式。

良渚遗址、石峁遗址、大河口西周墓地……针对考古发掘现场出土文物快速劣化、消失的世界难题，敦煌研究院文物保护团队研发了我国首座考古发掘现场移动实验室，构建了出土现场保护技术体系，有效支撑了国内21处遗址的抢救性保护，实验平台及其工作模式推广至10余省100余项考古工程。成果形成国家和行业技术标准3项、专利23件，获国家科技进步奖1项、省部级科技奖3项，创建了考古发

交河故城保护加固现场

交河故城遗址三期抢险加固工程现场

交河故城遗址五期抢险加固工程现场

掘现场文物保护新模式，为中华文明探源工程提供了强有力的科技支撑。

此外，敦煌研究院文物保护团队还积极与印度、柬埔寨、尼泊尔、伊朗、阿富汗、巴基斯坦、乌兹别克斯坦、吉尔吉斯斯坦等国对接或签署战略合作协议，为保护技术辐射更多"一带一路"共建国家奠定了坚实基础。

时间不语，串串足迹见证初心与坚守；岁月无声，累累硕果书写使命与担当。

"文物保护，是一个永恒的话题，只有更好，没有最好。"苏伯民说，为了守护千年文脉的根与魂，敦煌研究院文物保护团队，将"永远在路上"。

（原载于《甘肃日报》2024年1月23日十版）

范兴儒与"飞天"的一世情缘

一个人，一辈子，一件事。

他，用一生，整理、临摹、复原敦煌飞天188身。他笔下的飞天，个个飘逸、灵动、鲜活。

他，被誉为"范飞天"。

范兴儒

范興儒同志

敦煌藝術
源遠流長

常書鴻題 時年八十又九

常书鸿先生题词

2020 年 9 月，《宝相天葩——范兴儒敦煌壁画临摹精品集》在西北师大首发。

"千淘万漉虽辛苦，吹尽狂沙始到金。"范兴儒借用唐代诗人刘禹锡的这两句诗，形容画册艰辛的出版编辑过程。

岂止画册，即便用来形容他的一生，亦贴切不过。

"初恋"

6 岁的时候，祖母带着范兴儒，坐着慢悠悠的牛车，经过两天一夜的颠簸，来到闻名于世的张掖肃南马蹄寺石窟。那神奇的佛教艺术，便在他幼小的心里"生了根"。

莫高窟第 321 窟《双飞天》（范兴儒临摹）

莫高窟第 161 窟《四飞天》（范兴儒临摹）

随后，伴随着丝绸之路上的名刹张掖法幢寺的钟声，范兴儒读完了小学。其间，他有幸目睹了一次寺庙大修缮，亲眼看到画工们如何把"飞天"画到墙壁上，"这也许就是我最初的'飞天'情结吧！"

1958 年 7 月，范兴儒即将初中毕业，因贫困，父亲为他在制鞋厂找到一个学徒岗位。

在这个关乎前途命运的节点，西北师大美术系教授陆剑民正好到张掖招美术专业预科生。得知消息，范兴儒喜出望外。没想到，两块五毛钱的照相和报名费又成了"拦路虎"。万幸，同学崔安民慷慨资助，范兴儒顺利考上兰州艺术学院，有幸成为常书鸿的第一批学生。

后来院校合并。1964 年 8 月，范兴儒从西北师大美术系国画专业毕业，分配到四〇四厂工作。

单位虽远，却离莫高窟近。冥冥之中，那根看不见的线，总是将范兴儒和"敦煌"紧紧相连。

范兴儒在校园写生

1966年3月28日，第一次来到莫高窟的时间，范兴儒永远记得。

色彩斑斓，美妙绝伦，璀璨无比……一进洞窟，范兴儒惊呆了，情不自禁拜倒在这独特的艺术殿堂之下。

眼里，形态各异、婀娜多姿的飞天如行云舒卷，似流水有声，"她"或自天而降、芬芳万里，或腾空而起、花坠九天，或舒广衣袖、舞动彩云，或弹琴击鼓、引吭高歌。

耳畔，仿佛萦绕着委婉动人的歌声、美妙悦耳的乐器演

1966年3月28日，范兴儒第一次走进莫高窟

奏声。

　　"我仿佛被敦煌飞天的艺术海洋所吞没，化成了一滴水。"这夜，范兴儒久久不能入睡：飞天、菩萨、乐舞、九层楼的大佛，在眼前闪现，在脑海中定格；清风明月中的风铎铃声，此起彼伏，在耳旁久久回响。

　　范兴儒"沉沦"了，为了那名叫"敦煌""飞天"的"她"。

1966年，范兴儒（右）在敦煌莫高窟与敦煌研究院关友惠（左）留影

"深爱"

怎样才能让那些尘封千年的艺术瑰宝走进现代人的生活？又该如何传承、弘扬敦煌艺术？

陷入"深爱"的范兴儒，头也不回地走上了追逐"敦煌梦"的漫长道路。

说来也巧，20世纪60年代有一段时间，范兴儒因工作原因借住在四〇四厂图书馆。有一天，他翻找图书时，"敦

煌壁画"四个金色大字突然映入眼帘。双手捧起,他欣喜地发现,竟是文物出版社1959年出版的我国第一部敦煌壁画大型画册。

"这是苍天赐给我的一把打开敦煌艺术宝库的金钥匙。"在资料短缺的年代,这本画册弥足珍贵,范兴儒如获至宝,"这本画册让我对敦煌艺术的认识从感性到理性,从单一到全面。"

至今,这本画册依然摆放在范兴儒的书桌上。

随着时代发展,范兴儒有了越来越多的机会去敦煌感悟、学习,然后潜心钻研,临摹、整理、复原了大量不同时代的敦煌飞天、菩萨、乐舞图像。

1992年9月,范兴儒在敦煌博物馆举办了国内第一个"敦煌飞天艺术展",为实现敦煌飞天"飞出石窟,飞遍全国,飞向世界"的美好夙愿,揭开了金色帷幕。

1995年2月,《敦煌飞天》画册出版。范兴儒用自己的双手,在业界捧出一个崭新的"飞天世界"。

2000年4月,范兴儒"敦煌飞天艺术展"在中国美术馆开展,这是敦煌艺术专题展首次登上中国最高美术殿堂。

一个又一个第一次,让范兴儒成就感满满,却也深知,此时的自己,依然只是一滴水。所不同的,是这小小的水滴,已角度清晰地折射出敦煌的夺目光彩。

2003 年 10 月 15 日 9 时整，神舟五号载人飞船发射成功。喜讯传来，范兴儒泪流满面，美丽的甘肃，可爱的家乡，实现了中华民族千年的"飞天梦"。

2009 年 4 月，范兴儒有幸见到航天英雄杨利伟，向他介绍敦煌飞天艺术，一起探讨中华民族的千年"飞天梦"……

此后，一艘艘神舟飞船遨游太空，极大地激发了范兴儒的勇气和决心，他从莫高窟 4500 余身飞天中，整理、临摹、复原出 188 身不同时代的敦煌飞天图像。

"白头"

敦煌菩萨是敦煌壁画中最优美的艺术形象，被誉为"东方圣母"。

1996 年，55 岁的范兴儒又全身心投入，开始了对敦煌菩萨图像的专题研究、整理和临摹工作。

突然，噩耗传来：爱子因公出差遭遇车祸不幸身亡。范兴儒几近崩溃。

挥之不去的敦煌情结，在范兴儒心灵深处慢慢复活，他又拿起搁置多日的画笔。

然而，因长期用眼过度，他右眼眼底病变，错过最佳医治期，几近失明。

在这种情况下，要完成数十幅菩萨画稿，难。

可范兴儒执着。

他还记得，在完成最后一幅菩萨画稿的那天晚上，夜已经很深了，窗外不知何时飘起了雪花，寂静的小小画室里冷风习习，寒气逼人。

睡眼蒙眬中，范兴儒忽然"看"到爱子一步一步向自己走来：魁梧的身影，大大的眼睛，弹着吉他唱着歌。范兴儒想迎上前去，却又突然清醒……

2000年8月，浸透着心血和泪水的《敦煌菩萨》画册，终于与读者见面了。

以"反弹琵琶伎乐天"为代表的敦煌乐舞，是敦煌艺术的又一朵璀璨奇葩。在莫高窟492个洞窟中，就有260个洞窟绘有敦煌乐舞。

早在1992年，范兴儒就首次探索和尝试，临摹了莫高窟第112窟的反弹琵琶伎乐天。

随着《丝路花雨》《大梦敦煌》等舞剧的精彩演出，"敦煌舞"深入人心。但，人们对其艺术原型却知之甚少。

于是，范兴儒又开始集中精力研究、整理、复原敦煌壁画中的乐舞形象，新绘了45幅计82身敦煌乐舞。

"我相信绚丽多姿、柔媚多情、激昂洒脱的敦煌乐舞，会在新时代大放异彩。"面对"挚爱"，范兴儒依然"热情似火"。

莫高窟第 14 窟《金刚母菩萨》(范兴儒临摹)

莫高窟第 57 窟《观音菩萨》(范兴儒临摹)　　莫高窟第 205 窟《观音菩萨》(范兴儒临摹)

　　2017 年，范兴儒用时 5 年，以传统工笔重彩技法，采用矿物质颜料，绘制了全卷长 50 米高 0.52 米的《飞天追梦图》(亦称《八十七飞天卷》)。

　　这幅国画长卷展现了莫高窟和榆林窟自北魏至元代，历经 9 个朝代 13 个时期近千年的代表飞天 87 身，实现了范兴儒让敦煌壁画上的艺术形象"新"起来、"活"起来的初心，

莫高窟第 112 窟《反弹琵琶伎乐天》(范兴儒临摹)

莫高窟第 220 窟《乐舞图》（范兴儒临摹）

莫高窟第 98 窟《腰鼓舞》（范兴儒临摹）

也为自己魂牵梦萦的"敦煌梦"画上了圆满的句号。

50 年耕耘、守望，只为圆一个"敦煌梦"。

圆梦路上，范兴儒吃了很多苦。欣慰的是，范兴儒得到了常书鸿、段文杰、常沙娜、史苇湘、李其琼等诸多敦煌大家的帮助，得到了单位领导同事以及亲朋好友的大力支持和鼎力相助。

进入耄耋之年，范兴儒依然在与时间赛跑，他赋诗激励自己：

大梦敦煌何所求，帛洒丹青绘神游。

弹琴击鼓舞盛世，心化飞天竞自由。

（原载于《甘肃日报》2020 年 10 月 19 日七版）

秦川，风从敦煌来

金城，秋日，午后。阳光明媚，时光静好。

在自己的工作室，秦川完全沉浸其中，浑然忘我。连着几天，他一直在做四集纪录片《敦煌，千年不散的筵席》央视播出版的字音校对和画面修改，力争这部纪录片能抢在国庆期间登陆央视纪录频道。

"羊肚筋膜丰富，临出炉的刹那，浇上一股醋，趁热咬上一口，酸爽滑嫩的快感直冲头顶……"光看着诱人的画面，听着诱人的解说，就让人忍不住一个劲地咽口水，秦川自己也时时被美味"诱惑"，笑着坦承："剪着，剪着，就饿了。"

秦川，著名纪录片导演。此前，他刚刚从新疆回来，若非疫情影响，他应该还在拍摄纪录片《石窟中国》。

这是目前为止，秦川接到的最大的纪录片项目，"央视本来'高手如林'，能第一时间想到我，是信任，更是对我拍了十几年敦煌和石窟的肯定。"

"甘肃的石窟群，从东到西，从南到北，我基本拍了个遍。而《石窟中国》将展现中国石窟全貌，刚好让我'补'全'石窟课'，令我特别兴奋和期待。"从2004年起，自称"敦煌土著"的秦川立足于敦煌、守着敦煌拍了十几年，先后拍了15部、60多集纪录片，总时长"两天两夜不吃不喝才能看完"。

风，从敦煌来，不眠不休。

（一）

1965年1月，秦川在敦煌莫高镇出生。

莫高镇离莫高窟很近，幼年的秦川就时常沐浴在"敦煌风"中，乐此不疲。莫高窟每年雷打不动的四月八庙会，在秦川记忆里"比过年还热闹"。

这一日，为抢得头炷香，十里八乡的善男信女不等天亮，红日初照，便拖家带口，带上吃喝，赶着马车、驴车，赶往莫高窟。其时，敦煌城里万人空巷，前往莫高窟的路上则"车马喧阗，游人络绎。或轻裘缓带簇雕鞍，校射锦城濠畔；或凤管鸾箫敲玉板，高歌紫陌村头"。

一派热闹繁盛景象。

秦川记得，四月八这一日，锣鼓喧天，唱戏的、卖吃喝的、卖工艺品的……令人眼花缭乱，特别红火；很多人在山上待一整天，有些老人会待三四天。小时候的秦川，最喜欢

在这时候跟着家人去莫高窟，"钻各种洞子"。那时候，莫高窟的洞窟还没有门。

钻洞子"钻上了瘾"，秦川就找各种机会去。好在父亲是泥瓦匠，常有去莫高窟干活的机会。

"白天钻洞子，晚上就睡在下寺。"秦川印象很深刻，晚上的莫高窟特别特别安静，风铃的声音，还有白杨树叶像拍手一样"啪啪啪……"的声音清晰可闻，常常伴着小秦川进入甜甜的梦乡。

那时，秦川对敦煌是懵懂无知的，莫高窟就像当时当地农村的广场一样，只图个热闹好玩。

上学，毕业，工作，秦川对敦煌的认识依然。秦川的梦想是做个专业作家，苏童、王蒙、余华是他崇拜的偶像，小说、诗歌、散文、报告文学也都写过，可投出去的稿子都"石沉大海"了。

直到 1991 年。这一年，他无意间看到著名导演刘效礼拍摄的 12 集纪录片《望长城》。该片突破了中国电视纪录片创作长达 30 年之久的"画面＋解说"模式，被誉为中国纪录片史上里程碑式的作品。除了震撼人心的长城外，这部纪录片将长城周边放羊的、种地的、打柴的过程，以及武威花馍馍和做花馍馍的过程，都原模原样、原汁原味地展现在荧屏上，这让观众大吃一惊，也彻底改变了秦川。

在酒泉师范附小当美术老师的秦川，毫不犹豫改行去了酒泉电视台当记者，目标很明确："也想拍纪录片。"

当上了记者，秦川又像小时候一样，一年跑几十趟莫高窟，每去采访一次，都重新进洞窟看一遍，慢慢了解了敦煌的历史、艺术。

可采访来采访去，写来写去，总固定在那些框框里。秦川不干了，莫高窟的博大精深，敦煌老百姓说不上就说不上，但作为媒体人，来来回回说"敦，大也；煌，盛也"，实在说不过去。

（二）

秦川说，你可能不相信，20 世纪 80 年代受过教育的文学青年，心底都藏着"以天下为己任"的雄心壮志，想要建功立业，想要在历史上留下铿锵足印。

秦川就是这样，他想找到"敦煌的源头"，于是向台里提出拍摄纪录片《大河西流》的建议。

思路，他都想好了。

那是 2004 年，酒泉电视台当时的条件并不好，不仅设备处于中低档水平，也没有专业的摄影师、剪辑师、灯光师，所以，秦川提出这个建议的时候，别人都说："这个人太可笑了，想出名想疯了。"

可秦川执拗。他带着几个志同道合的同事，在敦煌整整跑了 3 年，其中很多地方都是荒无人烟、从无人涉足的。

"用了最小的投资，对于大团队来讲，几乎就没有投资。"这是秦川拍摄的第一部纪录片，印象格外深。时隔近 20 年，拍摄过程依然恍如昨日，历历在目。

采访车是临时借来的，现场拾音的话筒挑杆是一根自制木棒，每天野外工作十几个小时，最长的一天昼夜奋战 22 个小时，凉水、干饼就黄瓜就是可口的午餐；拍摄时间要么利用节假日，要么平日里加班一点点"攒"出来，没有补助、没有加班费，可"有梦想啊"，干得贼起劲。

其实，在秦川他们看来，这些都不是事儿，关键是拍摄设备也很"拿不出手"——

除飞行员，只能承载一人的动力三角翼，在空中抖得和拖拉机一样，秦川将半个身子吊挂到飞机外面，机器上再拴个绳子，算是航拍。

有一次，鸣沙山这边风平浪静，可飞往莫高窟的峡谷里，狂风呼啸，动力三角翼就像拖拉机开在搓板路上，颠得要死，只得作罢，又等了风小的天，再次拍摄。

风沙吹进眼里，揉揉再继续拍，可看到央视著名纪录片导演周兵的拍摄团队，秦川真是"眼红了"：天上有直升机，地上有长轨道、大摇臂、清一色越野车，还有几个"武装到牙齿"的集装箱车……

秦川心里暗暗叫苦，又拧着一股子劲儿鼓励自己，就算人家从十个角度说敦煌的前世今生，咱也有咱的角度啊。

别人拍敦煌，都是从文化、历史的角度切入，直接触碰敦煌艺术。《大河西流》则另辟蹊径，从地理入手，沿着疏勒河，拍大小河流、山川戈壁、河滩沼泽，因为丝绸之路上往来的人们，就像游牧民逐水而居一般，是沿着疏勒河而行的，"疏勒河就是天险，离开疏勒河就是死路一条"。

随着拍摄的一点点推进，秦川惊奇又惊喜地发现：与多

正在拍摄纪录片《大河西流》的秦川

《大河西流》纪录片拍摄团队合影

数自西向东流淌的大江大河不同，疏勒河是由东向西的。而这条在西北戈壁汩汩流淌的大河，不仅连通了世界上最古老的四大文明古国——中国、古印度、古埃及和古巴比伦，传播了佛教、基督教和伊斯兰教，也把中国文化、印度文化、希腊文化和伊斯兰文化交汇融合在一起，产生了辉煌灿烂的敦煌文化和丝路文化。"疏勒河，就是'敦煌的源头'，是敦煌的母亲河，就连石窟也全在疏勒河的大小支流沿线上。"

前期拍摄艰难完成，他又开始"啃骨头"。

"剪辑，相当于二度创作。"在秦川看来，没有剪辑技术和经验，完全可以"突击"，但纪录片的画面如何铺垫、如何呈现、如何衔接，不同的做法讲出来的是完全不一样的故事，其中包含着对世界的认识、看法，这些全部体现在后期剪辑的"一把刀"上，也考验制作人的"文学功底"。

6 个多小时的成品，秦川剪了整整 5 个多月，到最后几乎是"弹尽粮绝"，差费、补助都没有了。原本就不被看好，3 年了还没成片，"全是唱衰的声音。"

秦川压力很大，却也有底气，他加快了剪辑进度。2005 年 5 月，包含《敦煌的母亲河》《中国长城的尽头》《脱水的城堡》《西出阳关》《寻找玉门关》《三危佛光》《飞天情缘》《拯救敦煌》的 8 集纪录片《大河西流》终于"呱呱坠地"，在酒泉电视台首播。随后他又在敦煌市开了一场观影会，赢得"一片叫好声"，一举"扭转乾坤"。

（三）

《大河西流》播出后反响不错，可毕竟是小地方，影响不够，想在更大的平台播出，又苦于没有渠道。

也是巧了，《大河西流》里有个主人公认识央视《探索·发现》栏目主编李卓玉，得知他来了敦煌，就问秦川："是不是见个面？"

真是踏破铁鞋无觅处，得来全不费工夫。秦川火速赶到

敦煌，见面后，李卓玉就把 8 张《大河西流》DVD 光盘带到北京，推荐给了《探索·发现》制片人王新建。王新建每年要看 1000 多集纪录片，一开始说没时间看，后来架不住秦川和李卓玉的"磨"，答应拿一张 DVD 回家抽空看。

没料想，看了第一集《敦煌的母亲河》，王新建就对李卓玉说："把剩下的 7 张盘都给我。"看完全部 8 集，就打电话让秦川去北京。

秦川那叫一个高兴啊，火速赶到北京，按着王新建列的修改意见单，一条一条改。

2006 年 12 月，《大河西流》在《探索·发现》栏目播出，疏勒河连同秦川的名字瞬间广为人知。

这是自己的作品在央视的首秀，秦川很是激动，广电局、电视台领导也十分高兴。自此，大力支持秦川，不仅确立了"拍摄一部，推介一部，储备一部"的纪录片创作方针，还"把纪录片拍摄放在酒泉台年度重点工作第一位"。

地级台拍摄的纪录片能登上央视平台，实属不易。时任甘肃省委常委、省委宣传部部长的励小捷还写了亲笔贺信，肯定的同时，还鼓励秦川和酒泉电视台再接再厉，继续讲好敦煌故事。

同年，《大河西流》第八集《拯救敦煌》为酒泉摘取了第一个国家级电视节目大奖——2005—2006 年度"中国广播影视大奖"优秀电视专题片提名奖。

与前七集令人心醉神迷的历史文化、风土民情不同，这一集镜头下是铺天盖地的"黄沙漫天"，看着令人揪心。

在《拯救敦煌》中，秦川聚焦别人从未涉及过的大河生态危机：20世纪50年代的敦煌，还是一派碧波荡漾的景象，东南西北四大湖里不仅可以游泳，还可以洗羊。可大自然的变迁以及人类的过度索取，让大河断流、湖泊消失、沙尘弥漫。拍摄途中，遇一放羊老汉，他看着龟裂的湖泊遗迹，撸起袖子说："那个河水啊，像人的动脉血管，动脉里没血了，毛细血管哪还有血呢？"心痛之情溢于言表。

"这既是生态的危机，也是文化的危机。"秦川把老汉拍进了纪录片，人家说得多透彻、多形象啊。借老汉之口，秦川发出振聋发聩的时代追问。

《大河西流》的拍摄与播映，如同疏勒河一样"曲曲折折"，也如同疏勒河终究造就了璀璨的敦煌和丝路文化一样，终究"一鸣惊人"，也造就了未来的秦川。

（四）

《大河西流》坚定了秦川的信心，也让秦川为自己定下不成文的"规矩"：凡拍纪录片，从立项开始，就得是全国标准，全国水平。

纪录片《祁连夜光》拍摄团队在祁连山

2007年3月，央视《探索·发现》栏目找到秦川，委托他拍摄纪录片《祁连夜光》。

本就信心满满，又熟悉情况，秦川只用了两个月，就拍出了《祁连夜光》，半个月之后顺利播映。

在央视"梅开二度"，少不了又是一番庆祝。"央视的路算是蹚开了，还得继续。"领导这么要求秦川，秦川也这么要求自己。

一部接一部登上央视，一部接一部获奖，秦川兴头更足。特别是，"敦煌就像个宝库，随时打开都有新题材。"

这次，秦川要做《敦煌书法》。

他知道，在敦煌的艺术宝库中，除了壁画彩塑，还有一枝光芒四射、瑰丽多姿的艺术奇葩——敦煌书法。

敦煌，是中国书法的重要发源地。敦煌书法范围甚广，从藏经洞出土的书写本到古遗址出土的汉简、石窟题记以及现存的碑碣，时代久远，数量巨大，书体多姿，书体行草隶篆皆备，其功力法度、审美情趣都令人仰望赞叹！

敦煌，有大量汉代到宋代的书法真迹，这在中国书法史

秦川在浙江绍兴拍摄《敦煌书法》纪录片

上是至高无上、绝无仅有的。汉字第一次脱离识读功能而成为独立的抽象艺术——草书，也出现在敦煌……关于敦煌书法，可以说的话，讲的故事，太多太多了，秦川"有种'不吐不快'的感觉"。

其实，此前，也有不少导演想拍敦煌书法，可苦于不懂书法，很难拍出书法的真正精髓。而对是中国书法家协会会员的秦川来讲，"啃"这块"硬骨头"，如同"探囊取物"，而他自己"早就想对敦煌、甘肃的书法做个系统的梳理了"。

四集《敦煌书法》，七个月的拍摄，让秦川"特别过瘾"，"情景再现"的表现方式，仿若时空穿越，让他与古代书法家亲密地"朝夕相处"起来：

——东汉，张芝敦煌家中后院。正在挥毫泼墨的张芝，看到家人将绢帛送去染房染色，突发奇想，若在白绢上写字，若何？

其时，纸张刚刚发明出来，还比较粗糙，尺幅不大，价格不菲，书家很少用。而西汉就已经产生的章草，也"只能像豆子一样，一个一个'蹦'出来，是无法'连体'的。"

铺开绢帛，蘸墨提笔，张芝行云流水般一口气写下去，感到从未有过的酣畅淋漓，"因为绢尺幅大，且细腻，吸水性极好。"

就这样，草书诞生了。那一刻，汉字从认读工具，真正成为一门石破天惊的书法艺术；那一刻，一颗巨星在中国敦煌闪耀登场，又整整影响后世1800多年。

——东晋王羲之，被誉为"书圣"。"书圣"也有偶像，正是张芝。王羲之对张芝推崇备至，感叹道："顷寻诸名书，钟张信为绝伦，其余不足观。"又云："吾书比之钟张，钟当抗行，或谓过之。张草犹当雁行。然张精熟，池水尽墨，假令寡人耽之若此，未必谢之。"也就是说，他的书功，还能赶上钟繇，但无论如何也难以超越张芝。

——敦煌汉简发现之前，人们不知道汉代人写的毛笔字是什么样的，只能通过漫漶不清的石刻，通过刀法看笔法，

秦川在绍兴兰亭

"可笔锋下的轻重缓急，是雕刻家的，不是书法家的。"

2009年12月，包含《流沙坠简》《草圣故里》《写经风流》《翰墨千秋》的4集纪录片《敦煌书法》，登上《探索·发现》栏目，又一次引起热议，被誉为书法类影视节目中的精品。观众通过这部纪录片，对敦煌书法形成、发展、衍变的历史以及贯穿其中的上下五千年中国书法史，基本了然于胸。

2011年11月，国家广播电影电视总局公布2010年度国产纪录片及创作人才扶持项目评选结果，《敦煌书法》喜获"优秀国产纪录片中篇奖"。

（五）

"2010年，也不能挂空挡啊。"

"闹铃"准时响起，秦川也执着，还真就没挂过"空挡"。

找到唐代的玉门关、夜渡葫芦河……2010年，明知"电视剧手法"比纪录片拍摄难度系数乘10，秦川还是"大胆"地首用"电视剧手法"，拍摄了甘肃首部高清剧情纪录片《玄奘瓜州历险记》，生动再现了大唐玄奘西行取经，途经瓜州，九死一生的真实故事。

2011年，他拍摄纪录片《传世象牙佛》，将传世国宝榆

秦川在拍摄纪录片《玄奘瓜州历险记》

林窟象牙佛的传奇故事搬上荧屏。

2012 年，刚刚成立的央视纪录频道征集节目。秦川二话不说，报了个深度挖掘敦煌音乐的 8 集纪录片《敦煌伎乐天》。毫无悬念，央视批准了，投资 100 万元。

与往常不同，这是秦川首部"有人投钱"且投资最大的一部纪录片，也是央视纪录频道当年委托地方台制作的最大项目。

纪录片《玄奘瓜州历险记》拍摄现场

纪录片《传世象牙佛》拍摄现场

纪录片《敦煌伎乐天》拍摄现场

这一次，秦川又创造了一个奇迹：8集，8个月成片。

既未"偷工"也没"减料"：秦川带领酒泉电视台摄制组，辗转敦煌、武威、兰州、北京、上海、深圳、西安等地，一直拍到法国巴黎，深入挖掘了敦煌壁画中令人心醉神迷的音乐舞蹈，代价是"脖子都快累断了"。

2013年4月，《敦煌伎乐天》在央视纪录频道黄金时段重磅推出，又引起巨大反响。时任甘肃省委常委、省委宣传部部长连辑还特意安排组织，在兰州举办了隆重的首映式。

这在秦川的纪录片生涯中又是第一次。

一周之后，秦川还没从拍摄《敦煌伎乐天》的疲惫和喜悦中缓过神来，受甘肃省委宣传部委托，他又开始创作拍摄

纪录片《敦煌伎乐天》剧照　　　　　　纪录片《敦煌伎乐天》剧照

6 集大型纪录片《敦煌画派》。

　　这一次，秦川拍了整整三年。三年中，秦川长途跋涉数万里，搜集到大量鲜为人知的故事线索，终于将敦煌画派纷繁复杂的碎片一一厘清，勾画出一幅波澜壮阔的中国美术画卷。

　　"这三年，非常痛苦，简直痛不欲生。"秦川的言语神情中，透着化不开的痛，尽管这只是回忆。

　　秦川、安秋两位导演花了整整五六个月的时间，整理学

纪录片《敦煌画派》剧组合影

术资料，最终形成 26 万字的学术本和分集大纲。

"既要有学术价值，又要有艺术价值，还要有观赏性。"为了达到这个目标，秦川他们跑了七八个省，在画面呈现上也是绞尽脑汁，颇费心思。

拍"敦煌画派"，绕不开常书鸿、张大千、于右任、段文杰、董希文、吴作人、关山月、常沙娜、李其琼、万庚育、史苇湘、欧阳琳、孙纪元、何鄂等闪耀之星，名单很长很长。

可该怎么呈现呢？

（六）

纪录片《敦煌画派》一开场，张大千这位21世纪全世界公认的画家率先登场。秦川借张大千之力，让观众一下子对敦煌有一种敬仰之情。

秦川或许是幸运的，常书鸿的"历史再现"拍摄过程就是明证。

他记得，他第一眼看见在巴黎机场接机的中国留学生王栋，就惊为天人，"长得特别像常书鸿。"秦川很快起了"小心思"，就邀请王栋做他的特型演员。

"啊，我没演过戏啊？"王栋一脸懵懂。

"没关系。"

"演谁啊？"

"常书鸿。"

"常书鸿？不认识啊。"王栋还是一脸懵懂。

可秦川十分兴奋，"没关系，没关系"地解释着，心里偷着乐：这不是上天眷顾吗，原本还发愁这异国他乡的到哪去找"常书鸿"，这"常书鸿"就自己来了。

无巧不成书，大抵就是如此吧。秦川的镜头里，就有了几十年前的故事——

1935年秋的一天，漫步巴黎塞纳河畔的常书鸿，在一个旧书摊上，偶然看到由伯希和编的一部名为《敦煌石窟图录》的画册。

这一眼，让已在巴黎颇负盛名的东方之子魂牵梦萦，急急忙忙赶往吉美博物馆，看了伯希和带来的敦煌唐代绢画真迹，坚定了放弃巴黎回国的决心。他一路辗转，抵达敦煌，一头扑进"飞天"的怀抱。从此，常书鸿再也不忍离弃，用一生守护，在敦煌站成了一道独特的风景——"敦煌守护神"。

时隔 8 年，拍摄万庚育的一幕幕场景，犹在秦川眼前。

2013 年 5 月 10 日那一天，当时已 92 岁高龄的敦煌美术家万庚育老人郑重地打开抽屉，小心翼翼地捧出一方丝帕，又小心翼翼地展开——徐悲鸿、廖静文、吴作人、李苦禅、董希文等 20 多位美术大家的签名，竟密密麻麻汇集在这方小小的丝帕上。

作为徐悲鸿、常书鸿的弟子，万庚育并非寻常人，她和许多仁人志士一样，半个世纪都在敦煌，看惯了大漠长天，孤泉冷月，黄沙万里，却在漫天黄沙即将把数百个灿烂夺目的洞窟掩埋和毁灭之际，用满腔热血挽救敦煌，保护敦煌，研究敦煌。

万庚育喜结连理的日子，徐悲鸿带着师生前来祝贺，他们就用毛笔在这方丝帕上一一签下名字。自此，这方丝帕成

了万庚育最珍贵的宝贝。

　　真是万幸啊，手绢皱皱巴巴了，可签名依然清晰。拍摄时，万庚育因脑梗，已基本失去语言能力，日常交流全靠子女翻译。可当导演安秋问她："这一辈子，跑到敦煌，受了那么多苦，后悔不后悔？"时，老人突然说话了："不……后……悔……"

　　"为啥？"

　　"艺术……艺术……艺术……"老人重复了好几遍，令人动容。

　　他们中的许多人，在上世纪四五十年代，都是凤毛麟角的美术科班生，如果不到敦煌，仅是以画画为生，也当锦衣玉食了。可他们，从来没有后悔过恋上敦煌，只觉得，敦煌让自己的生命之花如此灿烂；只觉得，爱敦煌还不够……

　　拍摄的时候，秦川总会被感动；剪片的时候，又会被再一次感动。可剪到第五集的时候，秦川崩溃了，连续十几天熬通宵，身体严重透支，再剪感觉都要出人命了，"要不就5集算了吧。"

　　可想想这些前辈，秦川既舍不得，又愧疚，咬牙继续。正巧要到敦煌开会，秦川就把设备带到敦煌，白天开会，晚上剪片，继续不眠不休。

　　会议结束了，秦川说走了，其实没走。酒泉人打电话，

秦川在莫高窟前拍摄纪录片

就说在敦煌；敦煌人打电话，就说回酒泉了，他只为专心剪片。秦川带着朝圣般的心，第六集《朝圣敦煌》终于剪辑成片。

首映式现场，秦川心里有些忐忑：观众多是画家、艺术家，必然又是专业又挑剔的。可他又是安心的：他相信，三年的翔实调查和真实纪录，都会为自己"说话的"。

果然，敦煌画派理论体系描述到位、劲道；以形象化、故事化影像，表现抽象的、理性的敦煌画派理论，元气淋漓，又生动自然；那些真实感人的故事，更是令人热泪盈

眍……

　　秦川拍了很多片子，但《敦煌画派》是他"拍的最难的片子"。

（七）

　　2016年1月19日—24日，6集大型纪录片《敦煌画派》在中央电视台《探索·发现》栏目如期播出，在国内外引起巨大反响，好评如潮。

2021年7月，秦川在火焰山下拍摄纪录片

　　三年苦熬，终有回报。最令秦川欣慰的，是他有幸纪录了擎出一盏盏敦煌壁画艺术心灯的他们，"老一辈艺术家留给敦煌的，不是多少幅画，而是宝贵的精神财富。"

　　好多人，陆续过世，长眠黄沙，可这一盏盏灯，依然璀璨，指引着后来人。

　　"拍摄《敦煌画派》虽苦不堪言，但也让我收获很多，尤其是让我对敦煌有了新的认识。"秦川说，纵向看，无论单论中国传统文化，还是将中国美术史与敦煌结合起来，敦煌文化都是登峰造极之作。即便横向与欧洲教堂壁画比，敦煌壁画也毫不逊色，堪称笔笔到位。

　　后来，同名著作《敦煌画派》还荣登"中国好书"2018年12月榜单，"我的文学梦也实现了。"秦川的言语神情里，有着满满的幸福感。

　　2018年2月的一天，秦川正骑着自行车在酒泉的大街上溜达，接了个邀请他拍纪录片的电话，喜得他竟差点从自行车上掉下来，"兴奋啊！"

　　这部纪录片叫《莫高窟与吴哥窟的对话》，是敦煌首次跨出国门，与其他文明的对话。

　　秦川心里清楚，自己对吴哥窟一无所知。但他相信，敦煌可以和任何一种文明对话，他说："把敦煌吃透了，再去对话，找共同点，找不同点，就不难。"

秦川与安秋的五人拍摄团队

此后，秦川、安秋两位导演开始"恶补"吴哥窟。其时，有关吴哥窟的书并不多，但痴迷吴哥窟、每年要去好几回吴哥窟的台湾著名作家蒋勋，写了不少有关吴哥窟的书，《吴哥之美》便是其中经典。

吴哥窟有多美？尽管每年去好几次，可每一次去，蒋勋坐到那里都不想起身，他凝神静观，从各个角度体会吴哥窟之美……

身未动，心已远。不断"恶补"之下，秦川对吴哥窟心向往之，也发现了莫高窟、吴哥窟的诸多异同——

莫高窟、吴哥窟的重新发现，乃至被推向世界，竟然是因同一个时代的同一个人参与其中。此人名为伯希和。

巧还巧在：后来，法国人把吴哥窟的石雕偷运到法国巴黎；其时，藏经洞亦被发现，伯希和组建考察队来到敦煌，用相当于法国市面上一件文物的价值，拿了7000多件敦煌宝贝，也偷运至法国巴黎。

100多年前，两大文明，遭同一批人以同样方式被"发现"；并且，两大文明的文物在同一家博物馆、同一间展厅展出，这家博物馆正是法国吉美博物馆。

只可惜，它们都在异国他乡。

"没有任何一个国家的文物，有这样奇妙的机缘。"秦川已经感觉到纪录片《莫高窟与吴哥窟的对话》那喷薄欲出的巨大历史含量和冲击力。

又巧了。2019年3月，时任敦煌研究院院长的赵声良要去法国巴黎讲课，秦川知道这正是难得的机会，他对赵声良说，"吉美博物馆的卷子，

秦川在额济纳旗拍摄纪录片

等您等了 100 多年了。"

百年风云际会，就这样巧妙成行。

2018 年 6 月份，秦川抵达柬埔寨，开始了吴哥窟的拍摄。因为只许停留 5 天，从早到晚，秦川一直在拍，5 天拍了 20 多个小时的素材。

"太美了，太震撼了！"秦川第一次感觉到巨型石雕所构筑的空间艺术对心灵的巨大震撼和洗礼。吴哥窟所有的建筑都是石雕，所有的石头上都有雕花，他被吴哥窟牢牢地吸

纪录片《莫高窟与吴哥窟的对话》剧照

引，看啥都想拍，舍不得放过任何一块石头，"吴哥窟的雕塑太细腻了，就是拿着针在石头上绣花。"

一边拍摄，秦川一边想：创造吴哥文明、敦煌文明的工匠，生活在唐、宋、元同一时段，他们用艺术征服了世界，用艺术征服了人类，获得了"永生"。

"原来，艺术之美是不需要翻译的。"镜头里，吴哥窟的精美雕塑一一呈现；脑海里，莫高窟的精美壁画一一映出。举着摄像头，秦川突然"顿悟"，语言不同、民族不同肤色

秦川在纪录片《莫高窟与吴哥窟的对话》拍摄现场

不同，但美的艺术可以让人心连通起来，"这不就是'一带一路'讲的'民心相通'吗？"

没错，没错，"民心相通"，最佳的打通方式就是艺术，"'一带一路'建设，就应通过文化更多地进行联结。"

2019年8月31日15时，纪录片《莫高窟与吴哥窟的对话》在敦煌国际会展中心盛大首映，成为"一会一节"闭幕式上的最大亮点。

其实，播映之前，有人担心"两集100分钟太长，特别是怕不少嘉宾年龄大，坐不住。建议只播一集"。

可秦川犟，别人说什么都不听，坚持两集全部播完。结果，全场1200多位嘉宾安安静静看完，事后谁也没找秦川"算账"。

作为中国首部亚洲文明对话题材的大型纪录片，《莫高窟与吴哥窟的对话》分《丝路双骄》《余响千年》两集，全方位展现了世界上最大的石窟"莫高窟"和世界上最大的庙宇"吴哥窟"之间命运相通、文化相通、艺术相通的奇妙关联。

无数观众，通过这部纪录片，穿越时空隧道，共赴一场千年之约，同启一场文明对话。2019年12月，敦煌—柬埔寨(暹粒)国际航班正式开通。而好多人，正是看了这部纪录片，才想要去往吴哥窟的。

第二年，纪录片《莫高窟与吴哥窟的对话》入选第八届优秀国产纪录片及创作人才扶持项目优秀长片奖、荣获第26届中国纪录片学术盛典长片"十优"作品、中宣部2020年度优秀地方外宣品二等奖……纪录片《莫高窟与吴哥窟的对话》先后摘得4项全国大奖，还捧得中国广播影视大奖第26届电视文艺"星光奖"优秀纪录片提名奖。

从莫高窟前仰望星空，到衡水湖畔摘下"星光"；从黑戈壁到红地毯，秦川走了整整20年。

他走得步履铿锵，别人"恨"他"恨"得咬牙切齿："秦川，你太不厚道了。收那么少的钱，拍那么多那么好的片子，这不是破坏行情吗？再不能这样干了啊。"

"真的是情怀。"秦川笑笑，自嘲对自己确实挺"刻薄的"，拍了15部纪录片，做导演没导演费、写稿子没稿费、摄像没摄像费、剪辑没剪辑费，没钱咋办？就"拿肉夯呗"，透支休息时间，透支身体……

（八）

很多人知道，秦川拍了《吴哥窟与莫高窟的对话》；很多人不知道，在拍《吴哥窟与莫高窟的对话》的同时，他还接了纪录片《中国石窟走廊》的拍摄。

"太狠了。对自己太狠了。"秦川知道，这就相当于头上顶着两个大罐子，还要快速奔跑，还不能让罐子掉下来，

纪录片《中国石窟走廊》拍摄现场

纪录片《中国石窟走廊》拍摄现场

"2018 年和 2019 年，拍这两部片子的时候，我过着'非人'的生活。"

好在，两部片子都是石窟，有交叉、有穿插。

好在，两部片子都让秦川兴奋。

甘肃，最值得骄傲的历史文化资源之一，便是绵延三千里的石窟走廊。不仅中国最古老的石窟在甘肃，甘肃石窟营造延续时间也是最长的，长达 1600 多年，"而且，千年营造从未中断过。"

甘肃石窟的艺术价值无与伦比，用秦川的话讲，就是壁画"独步天下"，雕塑"笑傲江湖"，彩塑更是"登峰造极"。

有这些"托底"，虽是咬着牙、跺着脚，但秦川底气十足，干劲十足，"趁机将甘肃境内石窟群的脉络、价值，全部梳理出来了。"

2020 年，秦川还拍了纪录片《敦煌，千年不散的宴席》，将壁画上的美食、生活中的美食都拍进纪录片。在拍了 20 年"好看的敦煌"之后，终于拍了一部"好吃的敦煌"。这部纪录片"太诱人了"，看片时，肚子会情不自禁地咕噜噜叫，大家纷纷说："一定要去敦煌吃一吃。"

壁画、雕塑、书法、绘画、舞蹈、音乐、饮食……敦煌，因包容而璀璨。受敦煌文化的熏陶，秦川也"有容乃大"。20 年里，几乎把所有题材拍了个遍，"唯一还没涉及

的就是文献敦煌学了。"

　　其实，土生土长于敦煌的秦川早就想拍一部《到全世界找敦煌》的纪录片，通过全面的、地毯式的寻访和拍摄，将家乡流散在外百多年的国宝，看一眼，拍一下，用视频的方式"带"他们回老家"团圆"，也在题材上实现自己的"全家福"。

　　这是秦川的"心愿"，一个从小在莫高窟长大的导演的"心愿"。

　　"敦煌，是文化和艺术的汪洋大海。20年，我只是舀了敦煌的一瓢水而已。"说起敦煌，秦川兴奋起来，滔滔不绝。

秦川在纪录片拍摄现场

莫高窟里，没有完全相同的两个洞窟，也没有完全相同的两幅壁画，不同时代有着不同的艺术风格，这代表的是中国不断创新的创造精神，代表着最先进、最优秀的中国文化。

藏经洞，就是一千多年前的"博物馆"，海纳百川，兼收并蓄，"成就了敦煌的伟大"，这体现了中华文化的自信。

中国的文化记忆、民族记忆，以及记忆的丰富细节，都保存在敦煌，要唤醒民族记忆，敦煌就是最好的"开关"……

"敦煌，是一座富矿，有着人们穷其一生也做不完的文章。"敦煌养育了秦川，敦煌文化更给了秦川强大的文化自信。更何况，作为甘肃人、敦煌人，在敦煌题材创作上，秦川还有着巨大的地缘和情感优势，"我是不会停止创作的，这是敦煌交给我的'使命'，而在源源不断的创作过程中，也让我获得很多乐趣和精神上的无穷滋养。"

这不，9月22日下午才"见缝插针"地约了采访，23日一大早，秦川就飞往敦煌，继续走上《石窟中国》的拍摄之路。

风，从敦煌来。只有起点，从无终点……

（原载于《甘肃日报》2022年1月7日九版）